大唐

禁忌錄

笭菁 著

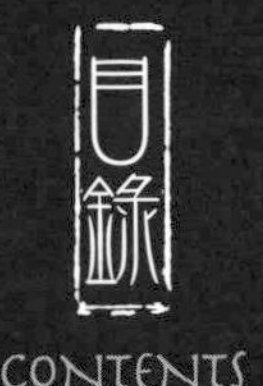

CONTENTS

禁忌錄．入厝

禁忌錄
人厝

本故事純屬虛構．內容概與現實無關

大唐禁忌錄

楔子

門禁卡朝電梯的感應器一貼，嗶聲後便能按下十二的按鈕，男人疲憊的放下手上沉重的物品，靠著電梯稍事休息；他覺得只要閉上眼，可能就能立刻睡著。

搬家實在是太累了，裝潢監工、挑選家具、跑遍工廠，還得跟老婆溝通，他們喜歡的風格迥異，最終他只獲得書房佈置權。

畢竟愛妻心情好，他才會心情好，真的沒必要這麼堅持居家風格……只是操辦這些瑣事，花了他們好幾個月，原本以為家具就是桌子椅子買買就好，誰曉得還有一堆眉眉角角。

十二樓，他拎起沉重的物品，這裡一層四戶，坪數不算很大，但好歹是他們好不容易才有的家。

打開門，一室通亮，謝茂一面露無奈的步入，這鐵定是家喬阿嬤的意思，後天就要入厝，什麼三天前要把屋內的燈全部點亮，人都還沒進來住就在浪費電？地球都快爆炸了，居然在為這種事情破壞環境？他真對不起北極熊。

把袋子裡的東西放上餐桌，再一一分類，餐具、盤子，還有後天入厝時要煮的甜湯材料，以及一堆……紅包袋；老婆列了張清單，除了這些東西得先買好擺放好，剩下的就是必須將紅包袋裡塞進零錢，再置入每一個空著的抽屜裡。

「這到底是誰想出來的啊！」謝茂一望著紅包袋就覺得煩，「哪裡來這麼多莫名其妙的規矩！」

不是他在說，都什麼時代了，居然還這麼迷信？老一輩的人就算了，老婆居然也跟著起鬨，搬一堆「她媽媽說」就照做……他媽也唸了一堆，他一句都沒理啊。

幸好他們自己有說好，絕對不讓長輩插手裝潢事宜，要不然一人帶十個風水師來，這屋子還要不要住？

「紅包袋咧……」謝茂一嘴上叨唸著，他還是心不甘情不願的把紅包拆開，再倒出特地換的零錢，一個紅包袋扔十元進去做數。

每個抽屜都要的話……謝茂一忍不住走到廚房去，看著那系統櫥櫃，還有主臥室的衣櫃、他的書房、儲物間……喔！天哪，難怪老婆叫他買三打！

謝茂一不耐煩的把零錢放進紅包袋裡，他真的呵欠連連，好不容易塞好一大疊，趕緊將它們扔進屋內每個抽屜裡，從客廳茶几下到廚房、再從臥室到書房……他望著手上最後一個紅包袋，發現儲物間裡還剩兩個大抽屜。

「隨便啦！最好這麼計較。」他從口袋掏出另一枚銅板，放進紅包袋裡，「這裡雙倍，應該做數了吧！」

打開倒數第二個抽屜，將紅包袋扔進去，大功告成！

用力伸了個懶腰，不停打呵欠的他眼皮沉重得很，儲物間斜對面是主臥室，他閒散走進，他們的主臥室很大，幾乎可以分成兩大區塊，正對著門的這右半邊有浴室、櫃子跟梳妝台，還面對著落地窗，看得見陽台上那兩張特挑的藤編搖椅與小桌。

左半邊則是環牆的大型衣櫃，空地小桌，以及——左邊最角落那張柔軟的大床！床頭貼著房間最左的牆面，床尾則對著梳妝台，他先是輕撫床面，直接將自己摔上床……哎，真是舒服啊，買獨立筒真是買對了，躺起來就是不一樣。

謝茂一滿足的左翻右躺，抓起床頭櫃旁的遙控器朝角落的電扇按下，天氣涼爽，電風扇開啟就能讓空氣流動，通風就好。

望著天花板的吊燈，微微一笑，努力了這麼久，總算要有自己的房子了，雖然仰仗岳家不少錢，但至少……至少……

鼾聲響起。

連日搬家的疲累與上班的操勞，讓謝茂一不敵睡意，無聲的電風扇轉著，室溫舒適宜人，正好入眠。

擱在客廳的手機音量很低，在桌上響了又響，也只有換來如雷的鼾聲。

牆上的時鐘，指向凌晨一點三十分……啪！

在這一瞬間，燈光全暗，電風扇也斷電，只剩下旋轉的葉片用殘餘的力道轉著。

整棟樓全數暗去，接著是手電筒的光線在各家窗戶晃來晃去，有人打開窗戶往外望，確定是全數停電，而不是自家跳電。

謝茂一毫無所感，依然呼呼大睡。

床的右側接連大片落地窗，連結著外面那可供夏日休憩的陽台，這是小夫妻倆都喜歡的地方，搬進來後，他們要坐在陽台搖椅上，度過只屬於彼此的浪漫時光。

然後，一個瘦如枯骨的影子驀地扭曲的映在床上。

陽台上彷彿倏地站了個人，就這麼看著他。

床尾旁的落地窗縫裡，緩緩伸進了一隻枯槁手掌，將落地窗往旁推開，一雙只有皮膚裹著骨頭的手啪噠啪噠的爬了進來。

『誰……』

『這是我們的家啊……』

第一章

羅詠捷滑步衝向廚房，打開冰箱把保鮮盒取出，放進保冰袋中，拎起來往玄關衝沒兩步又轉身回廚房，她又把水果忘了！

她得趕上八點五分那班捷運，否則一定會遲到！

都是昨晚的大停電害的，她房間超悶的，一停電就變得悶熱異常，害她輾轉難眠，用扇子也不是，不蓋被也不是，總之睡眠品質差到不行，好不容易等到快天亮較涼爽後，她就一路睡到快遲到了。

離開屋子，焦急的等著電梯，偏偏上班時間的電梯絕對難等，更別說他們這裡一層四戶分享兩台電梯，根本就是一種等到瘋的前奏。

終於等待燈亮起，電梯門一開，裡面是十七樓的黃太太，黃太太的女兒欣欣，還有個陌生的男人。

「早安，小捷！」黃太太熱情打招呼，輕輕推了跟前的女兒。「打招呼啊，欣欣。」

「阿姨早！」女孩稚氣的說，讓羅詠捷忍不住彎腰。

「叫姊姊喔！」她語帶警告。

女孩瞇起眼，堆滿笑容，「阿、姨！」

黃太太沒好氣的輕拍了女兒，欣欣本來就是個鬼靈精怪的小鬼，羅詠捷早習慣了。

「妳好像今天比較晚？」黃太太一般很少在這個時間見到她。

「就昨晚大停電啊！我房間超熱的，睡眠不足！」羅詠捷忍不住抱怨，「結果是我們大樓跳電，還是電力公司的問題？」

「不知道，不過整棟都停了，到七點多電才來。」黃太太搖了搖頭，「我也是睡得滿身是汗！」

一旁的男子始終保持微笑的看著她們，不過眉頭卻略略蹙起，彷彿對她們的對話感到有點狐疑與不解。

「嗨，早！」羅詠捷主動打招呼了，「好像沒看過你耶！」

「啊！您們好！」謝茂一趕緊出聲，一邊拿出提袋裡的簡單邀請函，「我是十二樓即將搬來的新住戶，我姓謝。」

「十二樓？」羅詠捷直覺看向電梯燈，「12—2，我正樓上耶！」

「呃？可是我在十五樓遇見這位先生的。」黃太太覺得很妙。

「噢，因為我後天要入厝，所以我想請大家一起熱鬧熱鬧！」謝茂一禮貌的指著傳單，「我上樓去，打算把邀請函塞到大家門縫裡，以後大家都是鄰居，也能趁此認識。」

「後天嗎？剛好星期六！」羅詠捷看著簡易版的邀請函，「十點鐘啊……」

「人來就好，不必備禮喔！我們會準備點心！」謝茂一語帶興奮，「我跟我太太都很期待能搬進來！」

「哎呀，結婚了啊！有小孩嗎？」黃太太趕緊問，要是年齡相仿，說不定還可以跟她家欣欣做朋友。

謝茂一尷尬的搔搔頭，面露靦腆，「還沒，我跟老婆剛結婚不久……」

「哦～新婚新居！」電梯即將抵達一樓，羅詠捷很想聊，但是沒太多時間，「先恭喜，有時間我一定到！」

「歡迎歡迎……那個……」他看看著明快的羅詠捷，總不能跟著亂叫小捷吧？

「我姓羅。」第一次見面不必介紹太詳細。「這是黃太太，她的可愛女兒欣欣！」

「您們好，我叫謝茂一。」謝茂一恭和有禮的說著。

「所以你要一間間放傳單嗎？」羅詠捷覺得有點好笑，「你這樣要放很～久～耶！」

「哈哈！」謝茂一傻笑起來，「我剛想過了，與其一間間放，不如直接投信箱比較實際，所以投完樓上沒兩層後，就決定下來啦！」

「難怪……」羅詠捷挑了眉，因為這位男士沒有一層層停啊！而是打算跟著他們往一樓呢！

一樓抵達，羅詠捷準備加快腳步。

「剛剛你們說停電很熱這件事……昨天有停電喔？」電梯門緩緩開啟時，謝茂一好奇問了。

黃太太一怔，「是……是啊，不過這應該只是偶發事故，可能是跳電，不是常態你放心！」

「啊，不是……」謝茂一有點遲疑，「我一定是累壞了，竟完全不覺得熱……」

咦？正準備起跑的羅詠捷不得不緩下腳步，連黃太太都突然止步，看向自右手邊自言自語擦過她身邊的謝茂一，非常驚訝。

「欸，你昨晚在這裡嗎？」羅詠捷主動拍了他。

「喔對啊，我昨天真的太累了，我本來是把一些東西搬過來就要回去，但最近忙搬家的事真的很累，一躺上床就睡了。」他看上去倒是精神飽滿，「我完全不知道停電，而且覺得屋內很涼爽，一點都沒感到悶熱……」

「哇！」黃太太皺起眉心，面露驚異的神色，她打量了謝茂一一會兒，幾度欲言又止，但最後話還是吞了進去。「你怎麼……沒人跟你說嗎？」

謝茂一終於感覺到哪裡不對勁，「說什麼？」

「照理說，正式入厝前，是不可以睡在新居裡的！」黃太太面有難色，「更別說晚上也不宜搬家……當然只是習俗，也不是每個人都在意的！」

「我是……好吧，我說真的，我是不怎麼在意。」謝茂一眉宇之間有些不耐，「但我老婆那邊挺信的！啊為什麼不能住？」

「如果你不在意就好……」黃太太四兩撥千斤，的確怎麼想都應該是不在意的人才會這麼做吧！

「因為還沒入厝啊，儀式還沒結束，那個家就還不是你的，你怎麼可以想睡就睡？」羅詠捷立刻義正詞嚴，「搬家禁忌超多的，你留意一下吧，有時不小心觸犯到真的有事的那條，要處理就麻煩了！」

謝茂一愣愣的看著她，「處理？」

「厚，有些事很難解釋的啦！你就小心一點啊，而且還大忌耶！」羅詠捷煞有其事的打量他，「未入厝不能入住、你入住還睡床……我覺得你去找個廟還是誰問問喔！」

「是啊，就多份尊重，你也還沒通知原屋主啊！」黃太太跟著語重心長。

「原屋主？」謝茂一倒是嚇了一跳，「房子已經過戶給我們了，跟原屋主有什麼關係？」

「哎唷，就原、屋、主、嘛！」羅詠捷擠眉弄眼的，「哇，你是真的聽不懂喔？」

「難道我買到雙屋主的屋子？」他面露怒色，「不行，我得打給仲介……」

「厚！」羅詠捷不耐煩的仰天抱怨，黃太太拍拍她，提醒她時間！「哎呀！下次再跟你說，你先去找廟問一下，我上班快遲到了！」

羅詠捷邊跑邊喊，跟跑百米似的。

黃太太輕笑搖頭，跟前的女兒抬首頓了頓，「羅阿姨要遲到了！」

「哎！」黃太太點點頭，能穿著高跟鞋這麼跑也是厲害啊！「我們也該走了喔！不然會遲到的！」

「跟羅阿姨一樣！」欣欣笑著說。

黃太太無奈，抬頭朝謝茂一頷首，「我要先送孩子去上學了，總之，歡迎入住啊！」

謝茂一用力點了頭，「謝謝！」

黃太太僵硬的笑著，拉著孩子走到外頭，這裡位子好，學區近，步行五分鐘就能到學校了。

只是……她不安的回頭看向謝茂一，這位謝先生感覺沒什麼忌諱吧？連入厝最基本的事都不知道，家裡的人也不在意嗎？

這樣子該不會連家裡的風水都亂七八糟吧，要是撞煞可就不好了。

「媽媽，那個叔叔是新來的喔？」欣欣搖搖黃太太的手。

「是啊，他們是剛搬來十二樓的新鄰居。」黃太太溫和地回應，「後天就要搬進來了，以後如果看見了要打招呼喔！」

「噢！」小女孩轉著眼珠子，「那十二樓原本住的人怎麼辦？」

「十二樓有四間房子啊，叔叔住的那間是沒有人住的喔！」黃太太解釋著，「妳記得小捷住的地方吧？就是一模一樣的位子，在小捷姊姊的正樓上！」

欣欣輕噢了聲，大幅度擺盪著與母親緊握的手。

她知道是那一間啊……可是，那間明明都是有人住的嘛！

※　※　※

連薰予若無其事的站在打卡機前，手裡拿著「羅詠捷」的卡片等待，今天她紮起了包包頭，維持一貫的清麗溫婉，是光站在那兒，就能改變辦公室氣氛的仙氣美人。

公司男同事們紛紛偷偷往她那兒瞄，大家不是沒試著想跟她多親近些，連薰予平時總是笑容可掬，待人接物溫和有禮，與每個人都很好，不曾與誰有過糾葛，說起話來更是輕聲細語……但、是，她就是與每個人之間都隔出了一道牆。

正因為對每個人都一樣，所以距離也是一樣的寬，除了私交較好的羅詠捷與蔣逸文外，其他同事相當公平的一律平等——尤其是男士們。

想追她得從聊天或是吃飯開始，問題是除了工作上的 LINE 她一概不回，身為總機也不會有什麼急事，只有主管的 LINE 她會看，其餘同事全部開無視；約吃飯的話，除非是部門聚餐，想單獨約她出去，目前還沒有人成功過。

跟誰都很好，也跟誰都不好，是連薰予最佳的寫照。

「她還沒來？」蔣逸文一進公司，看見連薰予站在打卡機邊就愣住了。

連薰予無奈的搖搖頭，「LINE 倒是已經發了，要我 stand by。」

他們是廣告公司，蔣逸文是企劃二組，在公司裡每天跟美編羅詠捷抬槓，感情很好，自然也成為連薰予的摯交之一……相對的，他就是全男性公敵！

到底為什麼連薰予會跟他這麼要好啊？

蔣逸文放下東西，匆匆來到她身邊，「我來吧，妳看到她來就跟我說。」

「是有差這幾秒嗎？」有人忍不住發噓，「遲到就遲了……」

「打卡機在最裡面，她衝進來鐵定來不及的啦！」蔣逸文還在幫她拜託大家，「她不是常常這樣，大家睜一隻眼閉一隻眼啦！」

連薰予只是淺笑，她知道同事們不會計較這種小事的，因為她可不是只有幫羅詠捷一個人打卡！

重點是……連薰予從容步出玻璃門外，身為總機，她的位子自然是面對電梯的櫃檯，看著三座電梯的數字上升。

重點是，要在經理進來之前做這些事，幸好新任主管不是太準時的人，大家才有機會能幫忙打卡。

不由得想到上一個主管，她眼前的電梯在數個月前發生了事情，不是意外事故，是有人無意間觸犯到電梯的禁忌，喚醒了許久以前因電梯事故身亡的亡者，另一個世界的亡靈透過禁忌進入了他們的世界，不是拖人墜樓，就是把某些人關在他們的世界當中。

有人受到刺激精神不正常，也有人再也沒有出現……禁忌是一種很奇妙的東西，常令人覺得荒唐可笑，伴隨的多半都是警告與迷信，但哪怕有那麼一項、只要有一項真的會觸發到什麼，一切就會變得為時已晚。

姊常說，這些流傳的禁忌有以訛傳訛、有荒誕不經的、也有商人為斂財編造出的恐嚇，但卻有真正的禁忌隱藏在其中，說不定微小到令人忽視，但一旦觸犯禁忌，便會難以挽回。

去醫院探病時不該吵鬧、不該在運勢低時去，大家會知道，多半不是因為觸犯禁忌，而是因為醫院多是病人，保持安靜才不會影響到他們；運勢的關係在於醫院屬陰，畢竟是生死交界，若是運勢不好或八字較輕的人，能避就避比較好。

但是人們不知道的是，醫院的吵鬧會吵醒那些飄遊的亡者們，有人在醫院病逝、有人則是驟逝，許多人根本連自己已經離世都不清楚，依然以病人的姿態在醫院裡徘徊。

吵雜音會喚醒他們，讓某些靈體意識到自己的死亡，而意識到之後是否能接受、會產生什麼異變，就無人得知了。

至少上一次……連薰予輕嘆一口氣，她的大學同學們便是在醫院裡過度招搖，嚴重觸犯醫院禁忌！醫院什麼地方？生死關就是橫跨陰陽兩界啊，犯忌者哪有這麼容易脫身？

LINE 傳來聲響，羅詠捷說她到了！連薰予立即傳 LINE 進去，打卡機邊的蔣逸文準確喀嚓一聲，打卡成功！

鬆了一口氣，連薰予悠哉的坐下，把剛剛羅詠捷託買的早餐拿出來，擱在眼前較高的櫃檯桌子上，好讓她拎了就能進去；瞄了一下時間，八點半，真的等她上來打卡就來不及了。

「小薰～」電梯門一開，羅詠捷氣喘吁吁的衝進來。

「打了！」連薰予指指高處的桌子，「妳的早餐。」

「厚！」羅詠捷整個人啪在桌子上，「真是趕死我了……」

「妳很少這麼晚啊！怎麼回事？」平常羅詠捷都是悠哉悠哉，因為她喜歡每日挑不同早餐，因此都滿早到公司的。

「因為停電！昨天我們大樓停電……或是附近啦，這種天氣停電叫我怎麼睡？妳也知道我房間超不通風，害我一直翻來覆去！」仗著已打卡加主管還沒到，羅詠捷一點兒都不急著進公司，「好不容易睡著就睡過頭啦，我三個鬧鐘都沒聽見！」

「天氣熱，可能用電量過大吧！」連薰予聳了聳肩，「妳不是有買那種裝電池的輕便電扇嗎？」

「在公司啊！」她咕噥著，先把果汁從袋內拿出，「今天再停電喔，我就要先沖冷水澡再睡了！」

連薰予輕笑著，羅詠捷的房子她當然去過，基本上固定每個月都會去一次，偶爾是一起看電影、偶爾是一起喝酒唱歌玩通宵，通常都是星期五晚上。

「我們是不是明天晚上要聚？」她遲疑起來，「欸，要是又沒電會熱死人耶！」

「呸！哪有可能每天停啦！」羅詠捷喝了一大口飲料，眼珠子突然一轉，「欸，我問妳喔，我們入厝前是不是不能躺床？不能住進去？」

連薰予狐疑的點點頭，怎麼突然問這個？羅詠捷那間房子買好幾年了啊！「我姊當年不是列了幾張誇張的教戰守則？照做會麻煩到死的那份？」

羅詠捷點頭如搗蒜，「有有有，一聽說我要搬家，陸姐給我超詳細的，還分別用不同色的螢光筆列出輕重緩急的重點，非做不可！」

「她根本整份都是螢光的吧？」說起她的迷信姊，連薰予只有搖頭的份。

身為堂堂律師，在法庭裡銳不可當，但私底下卻是個迷信到令人吐血的迂腐傢伙；羅詠捷當年一說買房子，姊就自告奮勇帶人去看風水，接著還列出入厝須知——整整五張A4，都可以上台報告了！

別說羅詠捷了，連她的父母家人看了都傻掉，這每條都照做的話……現在去哪裡找爐火啊！為什麼入厝那天要過爐火？連薰予直叫羅詠捷千萬斟酌，她們又去搜集資料，找到了重點要避的禁忌，千辛萬苦才完成入厝。

「我樓上搬來新住戶了，不是租的，是買房喔！」連薰予說得神秘兮兮，「我剛上班時遇到他耶！」

連薰予挑高了眉，實在不知道該怎麼回應？「呃……嗯哼？」所以咧？

「他剛從他家出來，還跟我們聊說不知道昨晚有停電，大概他睡得太、熟、了！」關鍵字加強語氣，換來連薰予大驚失色！

「什麼？他昨晚睡在他家？」連薰予倒抽一口氣，禁忌有很多，未入厝前睡在屋裡是大忌啊，姊當初是用紅色螢光筆的！「沒人告訴他嗎？」

「我跟黃太太……就十七樓那個，都嚇到了，這好像基本的啊！」羅詠捷搖著頭，「還不只這個，他還說是昨晚搬東西過來後太累就睡了！」

「夜晚搬家……綠色螢光筆，危險等級四，還好。」連薰予喃喃唸著，「還是他沒什麼忌諱？」

「應該是吧！他完全沒在意啊，我和黃太太告訴他時，他還一副錯愕的樣子！」羅詠捷聳聳肩，「如果不在意應該是沒差對吧？」

「應該……像外籍人就沒這種忌諱是不是？他們也是住得好好的。」連薰予搖了搖頭，「要不然這件算大事，很少有人會輕忽的。」

左手邊傳來有人按管制玻璃門鈕的聲音，噠的一聲蔣逸文開門探頭，「喂，都幾點了，叫人幫妳打卡還不低調一點？在外面聊天咧？」

「好啦！」羅詠捷趕緊把飲料放回袋裡，「我先進去了。」

連薰予趕緊幫她將飲料放好，否則羅詠捷等等一定拎得亂七——一片血紅在她眼前漫開，尖銳的雪白陶瓷刀尖缺了一角，一雙赤裸的腳踩在血泊中，地上還趴著一個後背有個窟窿的女人！

提袋離開她的指尖，連薰予回神看著羅詠捷匆匆忙忙往公司裡去，她呆然的看著她進入的背影、闔上的玻璃門，冷汗已經微滲。

她是一個直覺強大的人，一般感應到的都不是什麼好事，因為這種第六感，總是能讓她預先感受到許多意外或是危險……望著自己剛整理袋子的右手，事情跟羅詠捷有關嗎？

在腦海中一閃而過的畫面太少，連地點在哪兒她都無法確定，地上那趴著的女人根本見不到臉……緊閉起雙眼，隻手扶額，這些畫面資訊都在幾秒內湧入，她根本記不清！

叮，又有電梯抵達二十四樓，連薰予依然站在櫃檯裡尚未穩定心緒，中間的電梯門打開，裡面是一對笑語盈盈的男女。

男人的手環繞著女孩的腰際，正親暱的吻著臉頰，女孩緋紅著臉離情依依，還捨不得放開的握著男人的手。

「好了，妳快遲到了。」蘇皓靖輕柔的將她的手拉開，雙手還溫柔的包握。

「再傳訊給你喔！」女孩甜笑著，滿臉洋溢著幸福，對站在電梯口的男人揮手，直到電梯門緩緩關上。

連薰予望著那偉岸的背影，模特兒等級的男人，沒去當模特兒真是太可惜了！或許那種五光十色、爾虞我詐之處，更不適合直覺比她更強大的他吧！

「我說，」蘇皓靖連回頭都沒有，直接揚聲，「妳別一早就擺那種臉行嗎？」

連薰予一怔，看著他旋過腳跟，剛剛面對那電梯裡正妹的笑容蕩然無存，而是冰冷的眼神外加一副不耐煩的神色……雖然臉再臭顏值依然高，但那種表情最好還把得到妹。

「我擺什麼臉？你現在才回頭好嗎？」她沒好氣的坐下，開始擺放桌上的辦公物品。

「妳鐵定感應到什麼了，十樓時我就感覺到了……」蘇皓靖走近櫃檯，他看著留在高桌上的水漬，那是羅詠捷的飲料留下的水痕。「噢，羅詠捷嗎？」

連薰予抿著唇，蘇皓靖的第六感真的驚人地可怕，幾乎已經到了預知的地步了。

只見他伸手抹了下水漬，往他們公司的玻璃門瞥去，視線重新落回連薰予身上。「為什麼你們身上會這麼多事啊？之前明明好好的，為什麼突然事件層出不窮？」

「什麼層出不窮？又沒什麼大事！」連薰予不想瞧他地別開眼神，「不過就是羅詠捷在說她鄰居的八卦而已！」

「都滿地鮮血了還叫小事喔？」

咦？連薰予瞬間正首，不可思議的抬頭看向他，「為什麼你——我們沒接觸啊！」

「你當我通靈嗎？什麼張開手掌，互相碰觸來讀妳的心？」蘇皓靖冷哼一聲，「妳比我清楚這種第六感，我只是感應妳剛剛感應到的，血、刀子，還有……尖叫。」

她忍不住站起身，「我沒聽到尖叫聲，畫面很快，我什麼都來不及記。」

「何必記？妳還沒學乖吧，該發生的事就會發生，不要這麼喜歡蹚渾水——欸，我知道，妳超愛蹚渾水的，我已經被妳拖下水兩次了！」蘇皓靖不爽的比了個二，「兩次啊，連小姐，一次是我身後這座電梯，上一次探個病都能出事……噢，我還沒提妳那個活動神主牌的同學！」

「他叫阿瑋！」連薰予還是笑了出來，「什麼爛綽號啦！」

「他能活著真是奇蹟……」蘇皓靖突然側首頓住，再轉頭看著左邊正在上升的電梯，妳主管來了，我要進我公司了——妳什麼都不要跟我說，我思考過後覺得這樣的日子不好受，我還是想重歸平靜。」

「咦？什麼？上次不是這樣說的啊！」連薰予緊張起來。

語畢蘇皓靖立刻轉身往雜誌社走去，二十四樓有兩間公司，走出電梯的右手邊是連薰予的天馬廣告公司，櫃檯旁就是玻璃管制門，左手邊則是另一間雜誌社，出電梯的角度是看不見門口的，因為還有條甬道，盡頭才是玻璃管制門，雜誌社的櫃檯在公司裡。

兩間公司毫無關聯，蘇皓靖是雜誌社的業務，連薰予是廣告公司的櫃檯兼總機。

連薰予看著他往短廊裡去的背影，一陣焦心，「不要說得好像我們有什麼關係似的——而且，我們就在同一層樓，你是能怎麼脫離啊！說好要認真的思考……」

嗶，雜誌社的管制門解鎖，蘇皓靖帥氣的拉開玻璃門，還沒忘回眸。

「我今天來遞辭呈的。」

他上次說過，考慮後不打算換工作，逃避不是辦法的——結果現在他回到初始，他要遠離她，避開所有可能讓第六感增強的因素！

吳家喬將一大鍋水往瓦斯爐上放，打開開關，一旁的紅白小湯圓跟紅豆已經備妥，就等著水滾後全倒下去煮鍋甜湯。

「家喬，妳朋友來了喔！」謝茂一放下對講機，高聲喊著。

「喔！好！」她趕緊把火關小，步出廚房。

他們將屋子設計成客廳、餐廳與廚房相連的半開放式空間：大門前方偏左一點是張直列的長方形餐桌，餐桌與廚房間有道薄木板牆，牆上開了扇窗，可以從廚房裡頭遞菜出來，而右手邊自然就是客廳區塊，三大座沙發為ㄈ字型，對著底端的六十五吋大電視，電視、餐桌、廚房都是一直線，所以在廚房裡也能瞧見電視畫面。

沙發中間擱張茶几，底下鋪著地毯，ㄈ型沙發相當大，背對餐桌是三人座，隔茶几相對的則是四人座，他們兩個的朋友也都愛熱鬧，所以客廳相當重要。今天的餐桌與茶几上都擺滿零食與飲料，等等賓客們愛吃什麼，儘管自己動手。

「我們等等就把門都打開好了，頂多關個木門，省得開開關關的麻煩。」吳家喬今天特意穿上紅色洋裝，入厝日當然得喜氣。「鄰居們會不會來啊？」

「我昨天有遇到我們同層的，就隔壁陸先生，全都打招呼了！」謝茂一拍拍老婆的肩，「放心好了，再不然我們的好友一鬧，妳還怕不熱鬧？」

吳家喬泛起幸福的笑，輕靠在老公胸前，「好棒，終於有自己的家了！」

謝茂一緊緊摟著老婆，吻上她的秀髮。

是啊，終於有自己的家了，從今天起，他們的新人生就從這裡開始。

門鈴是清脆的鳥叫聲，吳家喬喜歡鳥類，以前也養過金絲雀，外頭來訪的肯定是她的大學同窗、閨密至交，她開心的前去應門。

「來了——」一拉開門，外頭卻空無一人。

嗯？吳家喬有點錯愕，她狐疑的左顧右盼，這是在開什麼玩笑啊？哦，眼尾瞄向左邊鐵門的後方，他家鐵門下方是實心，只有上頭有欄杆與紗網，這票人該不會今天還要惡作劇吧？

「喂，搞什麼……」她刻意跳到門板後方，卻空無一人。

謝茂一站到門口，對於過分的安靜感到奇怪，「怎麼了？」

「我剛明明聽見電鈴聲的啊！」吳家喬不解的從門後走出來，「親愛的，你也聽見的對不對？」

「對啊，不是彭佳茵他們嗎？」謝茂一往十二樓外頭的公共區域看了一圈，的確沒有人。

他們是一層四戶的建築，兩座電梯的位置都在他們家的右斜前方，約莫是一點鐘的方向；所以不管哪座電梯走出來後，中間偏左有兩戶，右邊就是他們家、還有與他們家直角的陸先生家。

吳家喬就站在陸先生家大門前、他們家的鐵門後，兩間房子開門的間距足夠，不至於兩家人同時出門時，鐵門會撞在一起。

「好討厭喔！」吳家喬咕噥著，「是電鈴接觸不良嗎？」

「這有可能喔，不是網路買的超便宜貨嗎？」他還自己裝的咧！「今天結束後我再來看看是不是潮濕了！」

電梯叮聲響起，吳家喬喜出望外的回頭往電梯瞧。

「恭喜——」電梯門都還沒全開咧，熱鬧的聲音就傳出來了，「居然這麼快就有殼啦！」

吳家喬的大學同學整票抵達，一共七個人，重要的閨密摯友則是兩女一男，七個人同時打開話匣子，那可是吱吱喳喳個沒完，人人都帶著伴手禮，一個個輪流擁抱。

「快點快點，讓我看看你們怎麼佈置的，好讓我參考參考。」男性至交洪承宏催促著，大家夥兒進了屋，「哎！謝同學！」

「歡迎！」謝茂一自然跟這群知交要好，開什麼玩笑，要攻陷女友前，先要收買她的閨密們啊！

彭佳茵走進客廳，雙眼都亮了起來，「哇，好大喔！」

「這幾坪啊，客廳跟廚房是開放式的耶！」朱禹琳也驚奇的喊著。

「坐坐！」吳家喬忙招呼著，同時對講機又再度響起了。

謝茂一忙到對講機旁應對，這次來的是他的大學同學們，大家果然都很夠意思，在入厝日來幫他們熱鬧。

「就說不要買太貴的！」坐在沙發上的吳家喬跟前堆了一堆禮物。

「沒多貴啊，我們合買的！」最活潑的彭佳茵向來是主事者。「除了整套餐具之外，還有兩個鑄鐵鍋，應該過兩天到貨。」

擅料理的朱禹琳好奇的看著開放式客廳與廚房，自動倒飲料，「欸，這邊有好多飲料喔！」

「儘管倒！」吳家喬隨手一指，「有買你們愛喝的啦！」

「這才夠意思！」洪承宏站起，繞過沙發就往後方的餐桌去。

屋子真的挺大的，尤其開放式的客廳與廚房會讓視野整個變寬敞，站在餐桌邊挑飲料時，向左看著謝茂一在門口等待下一批客人，門邊牆上的對講機卻突然一亮，扭曲的雪花畫面閃爍著。

嗯?洪承宏好奇的走過去，是有誰按了電鈴但沒聲音嗎?

幾許波紋曲線掠過螢幕，有個人站在鏡頭前，低垂著頭，離鏡頭實在太近了，根本看不到臉啊！

「那……」他準備提醒謝茂一，好像又有人來了！

啪，螢幕陡然一暗，什麼都沒了。

咦?洪承宏主動往前，拿起對講機查看，螢幕恢復正常沒有任何波動扭紋，但鏡頭前也沒有任何人站在那兒了。

「幹嘛?」喝著飲料的朱禹琳，注意到他有異狀。

「哎，沒啦，他們對講機接觸怪怪的。」洪承宏放低了音量，「就有人按別人家的門鈴，他們螢幕會亮那種，但其實是找別戶的!我住的地方就會這樣。」

「不是新的嗎?」朱禹琳皺眉。

「他們新買的，屋子不一定啊!」洪承宏拉著她回身，「這個今天不要講，改天我們自己跟家喬說。」

朱禹琳點點頭，這麼喜慶的日子的確不該說些負面的話語。

「恭喜啊，小謝!」

又一陣喧譁自外頭傳來，謝茂一真的很慶幸自己先跟鄰居打招呼了，否則鎮日履舄交錯，真的會吵死人！尤其他跟家喬的朋友們以外向者居多，還有幾個根本人來瘋咧！

賓客絡繹不絕，同事、朋友都陸續抵達，最後連同層的隔壁鄰居也都過來打招呼了，同層樓的鄰居最為重要，謝茂一再三道歉，今天一整天只怕都是這樣的喧鬧。

大門大開，謝宅熱鬧非凡，後來也有不同樓的鄰居過來致意，由於人來瘋的同學多，所以也不怕生，大家很快就熟絡起來，還有人開始要唱歌了。

「哇……」連薰予仰著頭，感受著正上方的紛沓，「好熱鬧！」

「怎麼大家腳步都這麼重啊！」羅詠捷正在試穿衣服。「到底是我們樓板薄還是他們太吵？」

「都有……」連薰予才在說，歌聲立刻傳來，「聽。」

「白天管不著啦，而且唱個歌也沒什麼……喔喔，說不定改天我也可以去他們家唱歌！」羅詠捷轉了過來，「小薰，哪件？」

就見羅詠捷拿著一件藍綠洋裝，一件深藍洋裝，連薰予有點無力，「我們只是要去看電影跟吃飯而已啊！」

「我要穿新衣啦！快點！」羅詠捷左右手比來比去，連薰予最後指了床上粉紅色那件。

出發前羅詠捷要去樓上新鄰居家熱鬧，所以喜氣一點總是好。

她昨晚就住在羅詠捷家了，兩個人喝點小酒，吃宵夜看電影看到兩點，小周末就是要這樣耍廢才舒暢……只是，她內心總有塊疙瘩，讓她不太舒服。

蘇皓靖竟是認真的！他真的要因為她而離職！

她任職的廣告公司與蘇皓靖的雜誌社都在二十四樓，她在這裡工作也已經兩年了，早就知道彼此的存在，蘇皓靖那個花花公子超會把妹，女朋友換過一輪又一輪，炮友更是不可勝數，這棟辦公大樓只要有新妹，幾乎都難逃他手掌心。

當然他也有自己的原則分寸，願意貼上來的他不會放手，純情派的他就是要耍曖昧，倒不會欺騙感情；不過他就是有名的花花公子，誰不知道這號人物？

而蘇皓靖會知道她，純粹因為他們在同一層樓，而她公司把總機跟櫃檯設在電梯的公共場地裡，電梯一開誰都瞧見她，這兩間公司無人不認識她。

過去總是相安無事，直到電梯出事開始……從有人觸犯了電梯的禁忌那天起，她才發現原來第六感強烈的不只她一個人，那個總是喜歡把妹的蘇皓靖不但有，還比她強大太多了！

最離奇的是，一旦他們有所接觸，力量就會加乘！所謂接觸……舉凡牽手、觸碰、擁抱，而且接觸得越深入，力量越強大！她不僅能強烈預知危險，甚至在遇到厲鬼時，他們的接觸能誕生某種保護層……她搞不清楚那是什麼，但至少可以保命！

強烈的第六感對她而言是個困擾，因為她會不知道該不該去改變人的命運，而若是看到不幸的事情發生，不阻止卻又令她難受……最後，她讓自己內斂，與人拉開距離。

蘇皓靖比她更嚴重，或許因為他的感應力更強大，能領悟更多的無能為力，所以他總是說：不要去干預別人的人生。

直覺來襲時是很難控制的，畫面一幕幕竄入腦海，彷彿腦子裡有影片播放著即將發生的事，或許片段、或許不清楚，有時甚至聽得見聲音，那不是不想看就能不看的。

要像蘇皓靖做到心如止水……不，他是選擇漠視，不理會第六感的告知他的一切。

不知道是否因為他們接觸了，接連遇上很麻煩的事，多管閒事也是原因之一；第一次是這棟樓的電梯，他們都要上班搭乘誰也閃不掉；上一次是她的大學同學到醫院探病觸犯禁忌，她就是無法坐視不管，最後又扯了蘇皓靖下水。

所以……他非常不滿，因為她打亂了他平靜的生活，所以他不想再接觸到她了。

他說，他要恢復以往的日子，好好過生活，因此辭職離開是最佳方式，徹底斷掉共同聯繫。

「唉！」忍不住輕嘆，說不上的悶，有種在世上好不容易找到一個同類，卻又要失去的感覺。

房間裡聲響乒乓，羅詠捷好不容易裝扮妥當，拎著小包包出來。

「好囉！我跟蔣逸文約兩點，時間綽綽有餘，還能在鄰居家吃點東西！」羅詠捷套著綁帶跟鞋，今天果然格外可愛。

「那妳好的時候跟我說吧。」連薰予嘆口氣，打算來看部影片。

「說什麼啊，妳要跟我走啊！」羅詠捷理所當然的吆喝，「快點啦，穿鞋走了！」

連薰予錯愕，「我幹嘛去？」

「去就對了，散散心也好啊！」羅詠捷趕緊到沙發邊拉起她，「妳心情不是正不好？要做一堆事分心！」

「我、我哪有心情不好！」連薰予心虛的抿著唇，「我只是……」

「好啦！他離職就算了嘛，反正你們又還沒開始，趁傷口淺快速治療一下啊！」羅詠捷把她往鞋櫃邊推，「說不定樓上剛好會出現有緣人呢！」

「說什麼啦，還傷口淺咧！我跟他不是你們想的那種關係！」她推開羅詠捷，「我要拿包包，突然說要一起去……」

「好好，不是不是！」羅詠捷呵呵的笑著，「可是你們感覺很好啊……真羨慕人吶！」

「誰感覺好了？」連薰予抓著包包回到鞋櫃邊的小椅子上，「他啊，完全不想再看見我了……唉，說的也是，誰叫我一直找他麻煩？」

「怎麼不說甜蜜的負擔呢！」羅詠捷在門口的立鏡前轉身，「我覺得你們兩個有很特殊的磁場耶，怎麼說呢，你們之間……」

他們之間，有的就是強大第六感的共同點，彼此都能感應到事情，發生詭異事端時只有他們最清楚，才會相互扶持，相互依賴著……

那種完全不想要，卻會纏著她一生的能力。

「不說他了，才說要讓我轉換心情。」連薰予揹起皮包，「去找有緣人吧！」

羅詠捷可開心了，不上班比什麼都開心，她沒忘從門邊拎過早掛好的袋子，愉快的出門去。

「妳還準備伴手禮啊？」她以為只是去坐坐、打個招呼。

「陸姐不是說了，入厝日不能兩手空空進人家門，否則會讓主人家財空空？」羅詠捷按下電梯。

連薰予拉著她轉身往最右邊的安全梯走，才一樓是坐什麼電梯？等電梯上到十一樓要等到何時？

「我們都有帶包包，不算吧？我知道妳只是想好看些啦！」連薰予偷瞄紙袋，小巧的袋子看起來不重，「送什麼？」

「陸姐很久之前送我什麼某間廟過年的吉祥物。」羅詠捷晃晃袋子，「她還去排隊耶！」

「厚！拜託，那種東西我家多到數不清了！」連薰予忍不住翻白眼，她姊那個迷信鬼，休閒娛樂就是宮廟拜拜跟算命啦！「不必給我看，我完全沒興趣！」

走到十二樓，羅詠捷率先拉開略沉重的安全梯大門，吵鬧聲立即傳來，看來今天的入厝果然熱鬧非凡哩！

謝家的大門敞開，鞋子都已經堆到門外了，走音的歌聲伴隨說話聲，羅詠捷還真有點佩服同層鄰居……不過想想，也就忍耐這麼一天，喜事嘛！

「好驚人……」連薰予聽著那份嘈雜，她真不適合這種環境！

「好像很好玩！走！」羅詠捷倒是開心的往前，「恭喜啊，謝先生——」

羅詠捷嗓門大，聲音壓過了裡面的嘈雜，謝茂一聽見呼喚即刻回身，看見在門口揮手的好鄰居！

「……羅、羅小姐！」虧得他還記得！「家喬！來，這是我們正樓下的羅小姐！」

「哈囉！」羅詠捷跨過了小門檻，一點兒都沒注意身後的連薰予沒跟上。

這是……什麼？

連薰予還站在安全梯的門前，謝家敞開的大門後，有一隻灰色的小手扳著門緣，偷偷躲在門後，探出一隻眼偷瞄著，看上去有點驚惶。

而站在門口……對，現在就站在羅詠捷正右方的女人，面無表情的佇立著，長及膝的長髮凌亂糾結，赤著的雙腳瘦骨嶙峋，她頭顱輕靠著門軸處，幽幽的看向她。

轉頭！

連薰予立即別開眼神，絕對不能讓「他們」發現她看得見！

「咦？小薰？」謝天謝地，羅詠捷終於發現她不見了，「妳怎麼還站在這裡？來啊！」

羅詠捷趕緊奔出，拽著連薰予又往裡去，她逼自己開無視，卻無法忽略那緊盯著她進門的女人。

她瘦到眼珠暴凸，像是瞪著她一般。

「我同事，小周末會到我家玩，順道帶她來熱鬧熱鬧。」羅詠捷熱情的介紹，「她姓連，這個是謝先生、謝太太。」

「您好……」連薰予突然一頓，眼神倏地往十一點鐘方向望去。

咦？這讓謝茂一夫妻有點錯愕，他的手還懸在半空中，這位連小姐的眼神怎麼突然移開了？

「小薰？」羅詠捷搖了搖她，怎麼了嗎？

「廚房有在煮東西嗎？」連薰予瞇起眼，依然凝視著十一點鐘方向不動。

「廚……啊！」吳家喬突然失聲驚叫，火速衝進廚房。

她的甜湯！

這聲驚叫讓客廳靜了下來，謝茂一也緊張的尾隨進入廚房，熟悉的彭佳茵與朱禹琳趕緊起身，發生什麼事了嗎？

擠得滿滿的沙發上，有另一個小男孩抱著雙膝也縮在沙發上，他的頸子有條血痕，轉頭望著廚房，露出一種惋惜的眼神。

下一秒，倏地看向了連薰予。

沒看見。她緊張的嚥了口口水，很快地別開眼神，但老實說她不知道該往哪邊看。因為她下意識看向餐桌，餐桌邊的另一個長髮及腰的女人正在喝水，但水都從她的喉嚨，一路流出了肋骨……

她沒有內臟也沒有皮膚。

這個家是怎麼樣？才踏進來就有四個亡靈在這兒了！

「怎麼了嗎？」羅詠捷主動趨前，連薰予緊跟在旁。

吳家喬冷汗浹背的關上瓦斯爐，聽見聲音立刻抬頭，含著淚就直接往連薰予衝了過來，「謝謝妳！」

咦咦？連薰予嚇得退後，不要亂碰她，拜託不要——

『呀——啊啊啊——』淒厲的尖叫聲伴隨著一室鮮血，這間廚房裡鮮血處處，那把還完好的陶瓷刀舉起再刺下，一刀一刀的戳刺，隨之湧出大量的鮮血。

外頭開放式客廳餐桌邊，站著微笑的女人……一頭長髮的——

「啊！」連薰予痛苦閉上雙眼，強硬的推開了吳家喬！

「咦？」吳家喬反而被嚇愣了，她踉蹌往後跌，不懂為什麼會突然被粗暴推離。

羅詠捷趕緊擋在她們中間，「她身體不舒服，而且不慣被人碰啊！對不起喔！」

媽呀，小薰一定感覺到什麼了！

「啊？是我唐突了！對不起！」吳家喬被老公扶住，連忙道歉，「我只是太激動了，我忘記爐上在煮水，只差一點點就要燒乾了！」

謝茂一回身拿隔熱手套將鍋子拿到水龍頭下，水一澆，過熱的白蒸汽立刻四起！

「哇……」所有人都在餐桌邊從半開放的窗口往裡頭探，「幸好！幸好！」

「對不起！對不起！」謝茂一搶先道歉，「我們太開心了！原本是想先煮水，然後煮湯圓，誰知道看見大家一來就樂翻了，完全忘記這件事了！」

現場是一陣無聲的啞然，洪承宏趕緊打破尷尬的沉默，「沒事沒事！終究是發現了啊，沒事就好了！」

「喔耶！對啊，即時發現了！」彭佳茵也讚聲，「而且這麼多人，爐上又只有水，總是來得及的！」

「羅小姐，您真的是及時雨啊！」謝茂一感動萬分，「要不是您朋友發現的話……您是怎麼發現的？」

直覺啊！連薰予只是一踏進門，就覺得那邊有股滾燙的熱度襲來。

「聞得到啊……」她輕聲敷衍，「水燒乾的味道還滿明顯的！」

嗯？是嗎？每個人開始嗅嗅鼻子，連羅詠捷也那邊嗅啊嗅的，一整間屋子的人跟小狗一樣，鼻尖努呀努的，其實很是可愛！

連薰予忍不住低笑起來，眼尾悄悄往客廳瞄去時，那些「人」已經不在了。

「對啊，應該聞得到的，火燒乾鍋該有氣味……而且……」謝茂一看著洗手槽裡見黑的鍋底，「煙霧偵測器怎麼沒反應？」

瞧廚房裡還一屋子的煙，剛剛竟也沒飄到客廳？完全無聲無息？吳家喬不安的環顧四周，總覺得這該是能發現的狀況，怎麼完全都沒人注意到呢？

「沒事沒事！立刻再煮就好了！」彭佳茵嚷嚷，「該唱歌的唱歌，聊天的聊天——吳家喬，我廚藝不行，就不幫妳囉！」

「拜託別來！千萬不要！」吳家喬笑了起來，「我可不想等等廚房著火咧！」

一屋子笑了起來，彭佳茵的廚藝是有目共睹的糟啊！

「我來幫忙吧！」羅詠捷義氣萬千的挽起袖子。

連薰予嚇了一跳，「別別，妳別鬧吧。」

「哈哈，我們來就可以了！」謝茂一將兩位小姐送出廚房門口，朝客廳輕推，「一個甜湯而已，沒道理讓客人動手！」

「小捷！」

門口傳來熟悉的聲音，黃太太帶著欣欣也蒞臨了！

「咦？黃太太！」羅詠捷立刻上前迎去，謝茂一不安的倒退回廚房看顧，吳家喬擺擺手，表示這裡她行。

這一次，她不離開爐子邊就好了。

黃太太帶了水果前來道賀，與謝茂一先閒聊，反倒是欣欣一進門先謹慎的左顧右盼，然後才往零食區衝；謝茂一帶著大家到客廳相互介紹認識，連薰予不喜歡人多的地方，就怕感應力會更強，所以……

她站在廚房門口，右手邊斜後方是大門與鞋櫃、斜前方就是餐桌，勉強是塊淨土；看著裡頭在忙碌的吳家喬，矛盾的心情，剛剛的第六感只有幾幕，卻不夠強烈到看清楚……舉刀的人是誰？

「羅小姐，這裡有可樂！」男主人要殷勤招呼啊！

「我喜歡酸的，這個莓果茶不錯啦！」羅詠捷另外倒了茶几上的飲料。

「我沒事的。」吳家喬留意到她在外頭。「我現在就站在這裡，等水滾了放湯圓下去！」

「我只是不習慣太擁擠的地方，這裡剛好。」連薰予微笑著往右邊看去，「可以看見大家熱鬧，也能有自己的空間。」

「啊啊，我知道了，妳是所謂的高敏感族群嘛！」吳家喬才剛買那本書呢！「有些人就是不習慣……真對不起，我剛剛一激動就抱了妳。」

連薰予笑著搖頭，「是我失態了，我就是……哎。」

「我知道，我書快看完了呢！」吳家喬打量她，「有沒有人說妳很有靈氣啊？」

「啊？」連薰予乾笑，這是她最不想要有的啊！

「覺得鄰居人都好好，我們真是搬來一個好地方！」吳家喬一臉眉飛色舞，「羅小姐說妳小周末會來，有空也可以到我們家玩，我們家可以唱歌，可以打電動……」

「謝謝。」

連薰予聽著水滾的聲音，卻突然一陣寒顫，看著那沸騰的水，滾濺出來的都是鮮紅色的……

「我說謝茂一！你居然買房了啊！」

咦！連薰予完全愣住，倏地轉過了身子——蘇皓靖？

謝茂一看向門口，忍不住露出燦笑，張開雙臂立刻迎上前去，門口的男子也帶著笑容與之互擁，好兄弟般的互擊。

「好哇，我還真沒算到你會來耶！」謝茂一使勁拍著他的背，「你這傢伙應該光約會就來不及了！」

「別開玩笑了，好兄弟買新居入厝哪有不來的道理？」蘇皓靖左顧右盼著，「我說嫂子呢！」

他朝左邊看來，視線落在了就站在那兒瞪圓雙眼的連薰予。

「家喬！」謝茂一開心的喚著，一邊推著蘇皓靖往廚房去，「她在煮湯圓，一時怕離不開廚房！」

連薰予趕緊後退，讓出一條路好讓他們接近，吳家喬剛放下湯圓，將火轉小，探出頭來打招呼。

「嗨！哇，為什麼你變得更迷人了？」吳家喬好惋惜的皺起眉，「可惜你當年沒追我！要不我一定變心！」

「喂喂喂！」謝茂一嘖嘖抱怨，「妳老公我還在這裡呢！」

「朋友妻不可戲有沒有，而且你們好成那樣，我哪有介入的機會？」蘇皓靖略彎了頸子，「而且，妳當年超討厭我的，別以為我忘了！」

吳家喬勾起嘴角，旋身回到爐子前，「我就怕你帶壞我家阿一，跟著你風花雪月就不好了。」

「我忠心得很喔！」謝茂一舉起手來立誓，「蘇皓靖那套真要學還學不來！」

羅詠捷已經從沙發區那兒吃驚的往廚房眺，不時的比手劃腳朝連薰予使眼色，看到沒有？居然這樣也會遇到？她遠遠的比了個愛心，嘴型說著：「有緣人耶！」

連薰予忍不住翻白眼，用力的回應：這叫冤家路窄好嗎！

「來來，我跟你說，阿聖他們都來了，先去打招呼。」謝茂一趕緊再帶著他往外走，「噢，這是我鄰居的朋友，叫……」

「我們認識。」蘇皓靖輕笑著，笑容裡帶著的絕對是不耐。

「咦？」謝茂一一愣，顯得緊張，「該不會是……」

「不是！」連薰予飛快搖頭，「不是您想的那樣！我們公司剛好在同一層樓！」

羅詠捷咻的滑過來，姿勢幾霸昏，「哈囉，蘇先生！」

「原來妳住這兒啊？」蘇皓靖朝羅詠捷笑笑，「看，世界其實不大咧。」

謝茂一原本錯愕，但旋即想到剛剛羅詠捷介紹連薰予時，的確是稱同事！「真的耶……羅小姐就住我正樓下，這麼巧！」

「靠！那誰——」沙發區有人忍不住高喊了，「果然一來先找妹子聊！真是不改本色！」

謝茂一的大學同學們吆喝著，男士們趕緊趨前，彭佳茵她們回頭瞥了眼，見到蘇皓靖也開始交頭接耳，有帥哥！

「這也太有緣了吧？」羅詠捷不知道在竊喜什麼。

「他會很不爽的。」連薰予嘆了口氣，羅詠捷就是不會看眼色。

「走啊！」她拽著連薰予就要一起去湊熱鬧，連薰予連忙拒絕，蘇皓靖閃她都來不及了，做人要有自知之明啊。

她推著羅詠捷前去，她喜歡在這個獨立的小空間裡……看著吳家喬倒入紅豆泥，輕輕攪拌著湯圓。

看著隱約的視線，從各個角落襲來，每當她循著感覺張望時，對方總是迅速閃躲。

「啊，方便的話……您可以幫我把餐具拿出去嗎？」吳家喬突然抬頭求救了。

「好哇，沒問題！」連薰予趕緊往廚房裡走來，中島上已經放妥一疊碗了。

她分成兩趟將碗放到外頭的餐桌上，還稍微將餐桌上整理出個空間，等等好放那鍋甜湯。

回到廚房時，吳家喬正一個個拉開系統櫥櫃的抽屜，像是在尋找什麼，而每個抽屜都有一個紅包袋，想必裡面應該放著零錢吧？姊的「入厝守則」裡也有這條，幸好當時羅詠捷的櫃子沒這麼多。

「謝茂一，湯匙呢？」吳家喬瞪著一個空著的抽屜嚷嚷，「不是早搬進來了嗎？」

「咦？湯匙？」聊得正開心的謝茂一起身往廚房喊，「有啊，餐具我第一天就搬進來了啊……」

他繞過坐滿的茶几，朝電視旁的走廊走去，看來他們還沒拆箱完畢；吳家喬朝連薰予低聲抱怨著，居然還沒放好喔？不知道現在疊到哪邊去了。

「我前兩天就交代了，他說他會記得擺的。」吳家喬戴起隔熱手套，準備端起那大鍋。「看唄。」

連薰予輕笑著，看著即將端起鍋子的吳家喬，沒來由的湧起不安，彷彿看見了翻倒的湯鍋，跌倒的女人落在了滾燙的湯裡，地面的櫥櫃裡伸出了一隻……天哪！

「我——」她趨前。

「湯鍋我來幫忙吧。」身後突然傳來熟悉的聲音，蘇皓靖逕自掠過她身邊，「這麼重的鍋子，還是我來就好。」

「啊？」吳家喬愣愣的看著走來的蘇皓靖，他俐落的自指尖抽起她戴妥的手套，「蘇皓靖，你是怎麼了？我死會了喔！」

他只是笑著搖頭，穩當的端起湯鍋，連薰予迅速的退開，好讓他暢行無阻的出去；悄悄朝地上的櫥櫃瞄去，水槽下那對開門彷彿開了一小縫，隱約的瞧見了指尖。

「我們出去吧。」連薰予趕緊也拉著吳家喬離開，這裡多待一刻，她都會窒息。

湯鍋放上墊子的那刻，謝茂一也搬了箱東西自走廊走出，「我找到了！被壓在最下面，這第一天搬進來的，所以一直被其他東西往上壓。」

「早說要分類的啊，你又不在外箱寫清楚！」吳家喬雙手扠腰抱怨著。

「小心，箱子太重了！」蘇皓靖突然高喊，但說時遲那時快，箱子立刻「落底」，裡面的東西「嘩啦」一聲的全掉出來了。

驚人的鏗鏘聲響造成極大的驚嚇，許多人忍不住掩耳，因為那見方的箱子裡，放的是滿滿的鐵器及銀器，除了筷子湯匙叉子，還有烤模及許多金屬物，聲響之刺耳，令在場每個人都不舒服的閉起雙眼。

「哇……」朱禹琳放下雙手，「這聲音也太嚇人了吧！」

「都是金屬器具啊！」彭佳茵趕緊繞出到門邊沙發後的走道上，「這麼重的東西你用這種箱子裝？還沒防護？」

謝茂一抱著空空如也的箱子，尷尬的往腳邊看。

「厚，大家幫忙撿啦！」洪承宏吆喝，「等一下，裡面還有刀子？沒砸中你的腳算幸運了！」

可不是嗎？在謝茂一的腳邊除了一堆餐具與大小烤模外，居然真的有幾把包妥的菜刀跟水果刀；大家都來幫忙拾撿，吳家喬在旁邊不高興的唸叨著。

「我不知道你把刀子跟餐具放在一起！」她先把刀子拾起，「我不是另外用一個盒子裝的，還包好了嗎？」

「我想說放在一起方便啊。」謝茂一還一臉無辜。

蘇皓靖擰著眉蹲下身子，主動的先抽起幾把刀子，叫大家不要貿然的胡亂抓餐具，這種散落法，誰知道什麼模具下就藏著一把銳利的刀。

「這箱是第一天搬進來的嗎？」蘇皓靖握著菜刀，略微嚴肅的望著謝茂一。

「對啊，我那時想先搬民生用品，也想先苦後甘，都先搬重的過來。」謝茂一小心的用筷子撥動金屬山，「結果最後忘了這箱是什麼。」

搬家時，尖銳物品不能最先進家門，否則容易引起血光之災。

一旁的羅詠捷有些緊張，這是粉紅色螢光筆，陸姐標明次等重要的禁忌，而且看著大家手上拿著的刀具，他們家的刀也太多了吧？

連薰予沒有動彈，她站在原地不靠近，那兒已經夠多人幫忙了。

她只是專注的看著，有沒有……那柄陶瓷刀。

「你們……沒忌諱什麼嗎？」蘇皓靖終於問了。

連薰予屏住呼吸，她該知道，如果她能感受到這個家不對勁，蘇皓靖也能啊！他怎麼可以這樣笑著跟同學說恭喜入厝呢！

「什麼？」謝茂一漫不經心的問著。

蘇皓靖頓了兩秒，帶著輕笑沒說下文的繼續幫忙拾撿一地的餐具。

「哎呀！搬家時不能讓尖銳物先入家裡啊，這樣是……」性子急的羅詠捷直接說明，但不敢說血光之災，「不吉！」

先是入厝前睡住在這裡、再來一開始就不只尖銳物，還根本整組刀具都搬進來，一般說來不忌諱也沒什麼，外國人也沒信這個啊，問題是──連薰予感受著扎人的視線，這個家……不只他們兩個人啊！

第三章

「我是不是說過要注意？媽千交代萬交代，搬家的禁忌不能忽略！」

吳家喬拉著謝茂一回到房間，不爽的質問著，刀具她明明額外收妥，第一箱的烤具裡完全無尖銳物，都是圓滑的湯匙，可偏偏阿一就偷懶，想著箱子有空間，把刀具跟叉子全包在一起了。

基本要注意的禁忌她寧可信其有，爸媽都再三交代，結果他搞這種事。

「唉，家喬！」謝茂一倒是無辜，「妳知道我不信這個的……」

「我信啊！謝茂一，我信、我爸媽都信，這種流傳幾千年的東西，我們多一份尊重不行嗎？」

「我沒有不尊重啊！我只……」謝茂一覺得百口莫辯，因為他什麼都不知道啊！

「我媽都有講，你就是左耳進右耳出！」吳家喬撫著胸口，有些喘不過氣，「你居然還睡在這裡？你到底是哪根筋不對了！」

謝茂一看著氣急敗壞的吳家喬，忍耐許久的無名火跟著爆發。

「我為什麼不能睡在這裡？我那天累慘了，我連跑三天業務，好不容易回來，妳就要我做這個做那個，什麼入厝要準備多少東西，我有抱怨過嗎？」他低吼著，「我就是累慘了才會不小心在這裡睡著，床是新買的，什麼都是我們的，到底為什麼不能睡？」

吳家喬圓睜雙眼，「你現在是在跟我算帳嗎？你累我不累嗎？東西都是在我在張羅，細項是我在想的，你只是幫忙搬個東西……再說了，你累你可以說啊，我有逼你嗎？」

「對！妳沒有！一切都是我自願的！我活該倒楣不該抱怨行了吧！」

哎呀！黃太太憂心忡忡的站在門外，看著那走廊右邊第一間的主臥室裡爭執不斷，在外頭絞著雙手來回踱步，外面早就沒人唱歌了，大家默默的吃著湯圓，低語著不知道該怎麼處理這尷尬的氣氛。

「不能吵……他們怎麼一個接一個的犯啊！」黃太太上前拉住羅詠捷，「妳去敲門，跟他們說入厝當天也很忌諱吵架的！」

「我？」羅詠捷尷尬的指著自己，「黃太太妳去啦！」

她是憑什麼去啦！

「我來！」彭佳茵立即起身，即刻扯開嗓門，「把我們晾在外面，自己在裡面吵架，太不夠意思了吧！」

聽見彭佳茵的聲音，裡頭的夫妻不免一怔，是啊，他們怎麼把客人扔在外面了。

「好了！就只是東西掉出來，那些都是……」無稽之談四個字，謝茂一及時嚥下，

「我們今天結束後去拜拜，好不好？」

「我也不是迷信，但是……很多事就是寧可信其有，為什麼明知道犯忌還要去挑戰呢？」吳家喬不停拍著胸口，臉色漲紅，「天哪，我心跳好快！」

「沒事！」謝茂一趕緊溫柔的摟著妻子，「對不起，一切都是我的錯，我會去問問廟裡，我該準備什麼，來跟這裡的地基主還是誰道歉？好不好？」

吳家喬揚睫瞥了老公一眼，謝茂一什麼都好，就是固執了點，而且又粗線條，雖說叫他做事都肯做，但使命從沒必達過，總是落東落西。

房門終於打開，走出的是恩愛的小兩口。

「喂，你們也和好得太快吧？」彭佳茵打趣的說。

「那不然我們繼續好了！」吳家喬嬌嗔，「真不好意思，讓大家笑話了！」

眾人當然是你一言我一語的不會啦，也有人說只是小事不要太在意，羅詠捷覺得如果連薰予的姊姊在的話，現在可能已經起壇了……這樁樁件件，全都是紅色調的螢光筆啊！

氣氛恢復活絡，但連薰予始終愁眉不展，甚至在他們吵架後，全身上下每個細胞都令她感到不對勁，這個家的磁場，使人極度不快。

「妳冷靜點。」蘇皓靖拿著餅乾走到她身邊，「怎麼這麼點小情況妳都能這麼介意？」

連薰予詫異的看向他，「小情況？」

「是小情況啊？妳什麼都要照單全收的話，要怎麼過日子？」蘇皓靖才不明白的瞅著她，「妳要置身事外！不能把這些東西全攬在自己身上，那不是妳的情緒，也不是妳的磁場。」

「可是那是——」她不安的往客廳裡的夫妻看，換成氣音，「你朋友啊！」

蘇皓靖往謝茂一一瞥，「嗯哼，所以？」

「所以你不做些什麼？」她簡直不敢相信。

「不做，我說過，我不是英雄，就算是英雄，也救不了全世界。」他淡然的看著謝茂一喜悅的神色，「每個人有每個人的命數，我們有第六感是我們的，他們該遭遇什麼是他們的命運，做決定的人、走在人生道路的人，是他們自己，不是我們。」

「我看見血了，你懂嗎？我還聽見慘叫聲……這裡不對勁啊！」連薰予忍不住轉過去，略微激動的抓著他的右臂，「如果是你同學怎麼辦？你能眼睜睜的看著他們出事嗎？」

「不是我害的。」蘇皓靖冷靜的回答她，「不要想當神，連薰予。」

咦？她不可思議的凝視著那張平靜的臉，為什麼他可以這麼從容？他該知道她並不想當神，她只是……想到明明有人會出事，無法說服自己坐視不管而已！

她知道人各有命，也知道第六感的能力不該用在改變他人命運，也不可能！但如果只是舉手之勞呢？就像當初她阻止羅詠捷去唱歌一樣，就是因為她看見了火警，順口一句建議他們不要去 KTV 而已啊！

更何況，謝茂一是他朋友啊！

就在氣氛恢復熱鬧融洽之際，門口悄悄的走進一個打扮時髦的女人，雖然沒有暴露，但那好身材一覽無遺。

「喂！」謝茂一的其他同學眼神往門口瞟去，帶著一種吃驚。

「什麼……」另一個人轉頭嚇了一跳，「靠！她為什麼會來？」

蘇皓靖深呼吸一口氣，悄悄往門口瞥一眼，倒是失聲而笑，「真厲害！」

「誰？」連薰予看著那女人，不是那種美麗的類型，但是卻有股魅力……尤其屁股好翹喔。

因著這騷動，陸續的有人也往門口看，彭佳茵第一個跳起來，「有沒有搞錯啊！為什麼妳在這裡？」

毫不遮掩的厭惡，彭佳茵直接質問門口的女人。

吳家喬正從冰箱拿出冰塊，因為大家都說甜湯太燙了，聽見彭佳茵大罵，她抓著冰盒趕緊走到餐桌邊小窗往門口瞧……瞬間，臉色丕變。

「我來恭賀喬遷之喜啊！」女人一副你們幹嘛大驚小怪的臉，「喂，謝茂一！」

「妳不是在上海嗎？」謝茂一接過了她遞上的禮物，「說沒時間參加的。」

「你難得買房，我哪能不來？」女人切了聲，「其實是剛好要出差啦，多挪了幾天假過來！」

「吳家喬有邀妳嗎？不需要妳特別挪吧？」洪承宏才覺得頭疼，「欸，劉玟筠，妳不覺得妳誇張了點嗎？這種場合妳也來？」

「我為什麼不能來？」劉玟筠才覺得他們奇怪，「我最好的朋友入厝，他也邀請我了，所以？」

走出廚房的吳家喬緊掐著冰塊，臉色煞是難看，她瞪著老公，剛剛聽見劉玟筠說了什麼？阿一邀她來？

「你真的邀請她？」她咬著牙問，朱禹琳趕緊上前拿過她緊握的冰塊，一邊朝謝茂一使眼色。

謝茂一有些尷尬的站在門邊，「那個，那個我跟妳提過啊，妳不是說沒關係？各自負責各自的朋友？」

「朋友？她是你朋友？」吳家喬氣得揚高了分貝。

「為什麼不是？我應該是他最要好的朋友了吧？」劉玟筠才覺得莫名其妙，乾脆的踏進屋裡，「你不要因為我們交往過就在那邊機機車車好嗎？就說才交往不到一個月，根本不適合就分了啊，分手也能是朋友啊，更別說我跟謝茂一從小一起長大耶！」

喔喔，前女友加青梅竹馬，遠遠的與連薰予對上眼神的羅詠捷吐了吐舌，還做出一個刎頸的動作：死局！

「喂，既然知道是萬惡的前女友，妳還跑來也太不識相了吧！」彭佳茵即刻出馬，擋住劉玟筠，「走開啦，這裡不歡迎妳！」

「彭佳茵！」換謝茂一不太高興了，「是我請她來的。」這是誰家啊？

「你……謝茂一！」彭佳茵翻白眼翻得徹底，「你腦子有問題嗎？你都結婚了還叫前女友……」

「說什麼啊，她是我前前前……都不知道幾任了！而且我跟玟筠是一起長大的，這感情不一樣！」謝茂一皺著眉看向吳家喬，「家喬，妳明知道的，我跟她已經不是情人了，況且她也有男友啊！」

「我不知道、我不想知道！」吳家喬終於鬆手，朱禹琳抓著製冰盒因反作用力踉蹌好幾步，「沒有什麼分手還能做朋友這種鬼話，更何況你們還青梅竹馬？我怎麼能忍受她的存在？你還邀她來？」

「喂，你這個老婆被害妄想症很嚴重喔！」劉玟筠嗤之以鼻的笑著，「都說是麻吉了，硬要 Focus 在前女友？而且我跟他一起長大是事實，妳不爽也沒用啊！」

謝茂一回頭朝她使眼色，這當口就別再煽風點火了！

劉玟筠看得出來不是省油的燈，緊紮的馬尾，看上去凌厲冷傲，挑高眉雙手抱胸，正不客氣的睨著吳家喬……對，她就是這樣睥睨著，別人待她不禮貌，她也沒在忍讓，只是這樣怕會更加挑起戰火。

連薰予不安的感覺加劇，她總覺得這種劍拔弩張，正在增加某種黑暗的力量。

「出去！這個家不歡迎妳！」吳家喬大步向前，直指劉玟筠下了逐客令。「滾！」

「家喬！」謝茂一上前擋住她，「妳一定要這樣嗎？這是我最要好的朋友耶！」

唉，羅詠捷扶額，這位謝先生完全不會看臉色啊！

「還好朋友，是好炮友吧！」吳家喬氣急敗壞的扯過他手上拎著的禮物，「你一直還跟她保持聯絡？是隨時準備舊情復燃嗎？還收……誰要妳送東西了！放手！」

謝茂一覺得面子掛不住，也不想鬆手，劉玟筠的確是亙在他們之間的事之一，他一直覺得家喬太在意，雖說曾交往過，嚴格說起來才二十一天，因為他們很快就發現——當兄弟比當情人適合啊！

而且劉玟筠至少是五任之前了，吳家喬誰都不在意，偏偏在意她——就因為他們青梅竹馬加上是最要好的知己！

可是，人生中難道除了另一半外，其他一切都必須捨棄嗎？這樣子的愛情才叫愛情嗎？

結婚時劉玟筠也有來，家喬也沒說什麼，感覺很正常，為什麼今天會暴走？

「妳不要口無遮攔！為什麼一定要逼我捨棄友情！」謝茂一也怒了，「快三十年的感情啊！」

「三……你現在是在說你們感情比較深嗎？」吳家喬尖叫起來，扯破紙袋，裡面的禮盒跳了出來！「那你幹嘛不娶她？為什麼要招惹我！」

「妳在胡鬧什麼！」謝茂一也氣急了，動手阻止吳家喬要撲過來的架式。

「瘋狗。」劉玟筠嫌惡的皺眉，看看那發狂的模樣，真像條瘋狗。

蘇皓靖嘆口氣，小心的往門口移動，劉玟筠一下就注意到他了，眼睛瞪得圓大，一副你為什麼會在這裡的臉。

走啊！蘇皓靖用嘴型明示，往門外表示。

為什麼？劉玟筠抬高了頭，用嘴型回著，她又沒錯，是這些人陳腐的觀念莫名其妙！

「是啊，這位小姐，妳還是先離開吧！」黃太太也上前幫腔，「現在真的不是意氣用事的時候！」

「我——」劉玟筠還想說些什麼，蘇皓靖直接上前，拉著她往外走。

「妳就知道來了會出事還來？」

「我兄弟叫謝茂一又不是吳家喬。」她挑了眉，「我從不委曲求全的。」

「知道知道，你們就改天再約吧！」蘇皓靖只能無奈的請她走，「又不是不知道人家老婆介意妳？」

劉玟筠挑了眉，她根本不在乎吳家喬、或是她那群還在門口叫囂的死黨們，對她而言，她是為謝茂一道喜來的。

「不許走！劉玟筠！」吳家喬拾起地上的禮盒，狠狠的往門邊砸，「帶著妳的東西滾——」

「喂！吳家喬！」謝茂一看著盒子從身邊被拋出，更為光火，怎麼能丟別人的心意！好多朋友紛紛上去勸架，謝茂一的男性朋友們叫他低調點，都這時候了還護著劉玟筠，只是讓老婆更生氣而已；吳家喬的姊妹淘們直接趁著風勢上位，替吳家喬出氣至無限上綱，罵個狗血淋頭，才平和十分鐘的氣氛一轉眼變得比剛剛更加激烈。

因為這會兒是分成兩派的廝殺，黃太太揪著心口搖頭，拉著羅詠捷說入厝吵成這樣還得了？直說這個家以後會不順，匆匆離去前還交代羅詠捷沒事也別來了。

『嘻。』

連薰予倏地往鞋櫃瞥去，為什麼她好像聽見有人在笑？

擰著眉看著那百葉窗樣式的鞋櫃，她如果蹲下來……會從縫裡瞧見什麼嗎？

「我們走吧！」羅詠捷趁亂跑來，「這種閒事我們管不了，直接去吃飯，我叫蔣逸文出來……蘇帥哥呢？」

嗯？對啊，蘇皓靖呢？連薰予嚇了一跳，匆匆跑到門外去，外面哪有什麼人影啊？蘇皓靖直接跟著那位劉玟筠離開了！

戰場就在餐桌邊，羅詠捷小心翼翼的到一邊的椅子上拿過連薰予的包，她們這種局外人還是先閃為妙！

「我警告你，以後不許你再跟那個女……」吳家喬嘶吼到一半，突然一口氣上不來……「我……」

下一秒，整個人就昏厥了過去。

「咦？家喬！」謝茂一火氣全消，嚇得趕緊抱過老婆！「妳怎麼了！家喬！」

「讓開，大家不要圍在一起，太悶了！」洪承宏喊著，把圍觀的人群趕開。

連薰予有點緊張的看著兵荒馬亂的局面，羅詠捷朝她搖搖頭，這邊人手多，她們還是不要介入別人的戰爭好！兩個女孩躡手躡腳的要離開，卻發現劉玟筠送的禮物剛被扔出門外，就在門口。

連薰予趕緊拾起，回身要把盒子往門邊的鞋櫃上擺去——咦？

劉玟筠沒有包裝，她是直接提著百貨公司的禮袋來的，那盒子外面清楚印著她送的賀禮。

那柄螢光橘刀柄的陶瓷刀。

※　※　※

暈過去的吳家喬臉色慘白，直接送了急診，謝茂一在外面心神不寧，好友們留下幾個代表陪伴，其餘的道別後先行離去，入厝鬧得不可開交，整棟樓也都知道了這場鬧劇。

「喂，謝茂一，真的是你叫劉玟筠來的？」

吳家喬一被推進急診，彭佳茵就忍不住發難了，朱禹琳跟洪承宏也都忿忿不平的模樣，謝茂一覺得自己活像殺人犯。

「對。」謝茂一倒是泰然，「她是我最要好的朋友。」

「前女友、萬惡的前女友。」彭佳茵再三強調，「不要再那邊扯什麼好朋友，誰分手後還做朋友的啊？」

「我啊，為什麼不行？分手就得跟陌生人一樣是誰規定的？」謝茂一不耐的起身，「不說我跟劉玟筠一起長大，如果一般人和平分手、情感昇華，為什麼不能當朋友？」

朱禹琳張大了嘴，「我的天哪！你還這麼振振有詞？家喬都急診了！前女友就是前女友，家喬如果今天找她的前男友來，跟你說那是她最要好的朋友，你能接受嗎？」

謝茂一一愣，「為什麼不行？」

女孩子們錯愕了，「你怎麼會認……那是前男友耶！」

「所以？家喬現在的老公是我，她選擇了我，前男友就是過去式了，他們是朋友也OK啊！」謝茂一蹙眉望著吳家喬的姊妹淘，「她並沒有跟前男友交往不是嗎？也沒私下在一起、或是去開房間什麼的，就只是朋友啊！每個人除了家庭與另一半外，本來就該有自己的社交圈吧？」

「哇塞，你心也太寬了吧！」身為男人，洪承宏由衷佩服，「你就不會想說他們藕斷絲連，畢竟交往過太熟悉，很容易擦槍走火……」

「我相信家喬不會！」謝茂一理所當然，「她也應該相信我不會，更別說劉玟筠至少是前五任了！」

唉，謝茂一的摯交阿祥忍不住按住他的肩，「阿一啊，你要知道每個人的心胸是不同的啊……」

「你們也認為結了婚就得把朋友丟棄嗎？」謝茂一嚴肅的問著身後的朋友們，「如果家喬叫我跟你們斷交，你們也接受？還是未來你們結婚，兄弟就不必做了？」

阿祥一怔，旁邊的阿健也遲疑起來。

「不一樣啊，劉玟筠是女的！」彭佳茵義正詞嚴。

「朋友就是朋友，分什麼男女？你們的想法中男女之間就沒有純友誼嗎？」謝茂一顯得相當不滿，「是不是你們一天到晚在跟家喬洗腦啊，說我跟劉玟筠一定有什麼？」

彭佳茵瞪圓雙眼，怒不可遏，「喂喂，現在是怪我們囉？都我們的錯？你他媽的說什麼純友情，妳跟劉玟筠交往過耶！」

「交往時才叫情人，交往前後是朋友。」謝茂一相當堅持，「我不管你們說什麼，我也會盡力說服家喬，劉玟筠是朋友也是兄弟，我們從有記憶以來就在一起，我不相信我的老婆會希望我成為那種沒血沒淚，與朋友斷交的人。」

阿康萬分無奈，「阿一，你會發現女人都希望。你除了她跟她認識的人外，都要無情無義的。」

「是啊，對她跟她的親朋好友好是理所當然還不能怠慢，但是你的兄弟就叫狐群狗黨、你的女性朋友都叫婊子。」另一個好友阿吉更是語出中肯。

這話激怒在場女性，朱禹琳忍不住投以瞪視，但是還真說不出反駁的話！

「吳家喬的家屬？」白衣天使出來喊著。

「這邊！我我！」謝茂一立舉手湊過去，「請問我老婆怎麼了？」

「她沒事，就是太累了，懷孕初期還不穩定，太操勞了些。」護士給他單據，「她會先到病房去，等等醫生會跟您說明！」

懷……謝茂一以為自己聽錯了，護理師一轉身他又急切的抓住對方，「對……對不起！你剛說我老婆怎麼了？」

護理師嚇了一跳，盯著自己被抓住的右手臂，謝茂一這才趕緊鬆手。

「懷孕了，你不知道嗎？」她笑了起來，「難怪會讓她這麼累，等等醫生會跟你解釋，現在她沒事，正在熟睡中！」

懷孕了？謝茂一愣愣的轉過來，看著一票朋友們，戰火頓時消失，每人都欣喜若狂的望著他，跳起來大聲歡呼：「恭喜——」

「YES！家喬有了！」彭佳茵興奮的吼著，「天哪！真是喜上加喜！」

「醫院保持安靜喔！」一個路過的護理師提醒著，一票人趕緊噤聲。

他們相互望著，謝茂一衝向阿祥，兄弟們就是興奮的擁抱，左一聲恭喜、右一聲喜上加喜！

「可以講嗎？」洪承宏好想立刻發群組。

「不行吧，不是說懷孕前三個月不能說？」朱禹琳立即搖頭。

「我沒在信那個……」謝茂一突然又頓了住，「不行，家喬會信，但問題是你們都知道了有差嗎……等她醒再問她好了！但至少我要先告訴她爸媽！」

「對厚，你們的父母都還沒來？」阿健覺得奇怪，「我以為入厝他們會來耶！」

「說好下午再來，他們路途遙遠，一早起來到這兒也下午了。」謝茂一開心的抓著手機往外跑，「我去打電話啊！」

這也是避免爸媽們到家撲空，畢竟他們人都在醫院啊！

「說不定家喬自己都還不知道呢！她不是昏倒了嗎？」彭佳茵難掩喜悅，「她要是聽到一定高興死了！」

「對啊，她之前就一直說想要小孩！」朱禹琳感同深受，「我的天哪，今天一整天發生的事情起伏太大了！」

「可不是，開開心心入厝、接著水燒乾差點出事、然後他們吵架、接著劉玟筠來……」洪承宏鬆口氣，「心臟不夠強的還受不了！」

男方朋友倒是相對的沉默，在他們心裡想的是：明明很多沒什麼的事，還不都是吳家喬鬧大的？

水燒乾是可怕了點，問題是這麼多人，又不是油類起火，一下就能滅了啊！頂多報銷一個鍋子，入厝開心就好，沒必要為這種事吵架；尖銳物品不可以先搬進家裡這件事也沒那麼嚴重吧，他們反而覺得箱子沒封好掉一地，等等要重新洗到死比較累一點。

劉玟筠的事……嗯，老實說，阿一的個性大家都知道，他有他的堅持，他跟劉玟筠三歲開始就在一起了，別的不說，一起長大的朋友，叫人家斷交真的是有點過分。

而且，那個一直以來溫柔甜美的吳家喬，剛剛抓狂扔禮物的模樣，看上去還真猙獰咧。

大家同時想起劉玟筠說的「瘋狗」，還真有七八分像。

「你們幾個也勸勸謝茂一吧，叫他不要再提劉玟筠的事，家喬都懷孕了，是想氣死她嗎？」彭佳茵噘起嘴半撒嬌的說，「孕婦情緒最不穩了。」

「噢，用騙的嗎？」阿祥冷哼一聲。

「什麼用騙的，直接勸他不要來往了！」朱禹琳倒是語重心長，「謝茂一希望未來陪他走一生的是家喬？還是劉玟筠？」

阿康朝洪承宏使了眼色，「喂，男人兼姊妹淘，你的意思呢？」

「哎，我？」洪承宏一愣，「我是女兒心耶！」

朱禹琳笑了起來，勾過洪承宏的手，「我們是一掛的！哼！」

嗯，好熱鬧的急診室。

在他們兩公尺處後方的椅子上有個還在流血的男生，他只是摔車需要縫幾針，不過依照驗傷分類他暫時死不了，所以可以先等等。

不過他聽著這群喧鬧的朋友說話，怎麼覺得有些怪怪的地方？

那個什麼交朋友的無所謂，是說——孕婦不是不宜搬家嗎？

第四章

吳家喬懷孕七週，成為天大的喜事，加上入厝，讓雙方父母高興極了，這真的是喜上加喜的好事。

夜晚雙方父母都來慶祝，而且吳家喬什麼都不必動，婆婆媽媽叫她好好待著，還說動了胎氣要好好養著，順道數落了謝茂一一頓，怎麼老婆懷孕都不知道，還讓她處理搬家這麼沉重的工作。

謝茂一才委屈，他們有請搬家公司啊，而且重的東西也沒讓家喬搬，至於沒發現壞孕，因為她本來經期就不是很準確嘛。

吳家喬一轉眼變成女王，備受寵愛與疼愛，謝茂一想到早上鬧成那樣才心有餘悸，所幸沒有發生什麼大事，要是肚子裡的寶寶因此受傷，他會自責死的！

捧了杯熱騰騰的洋甘菊茶，呈給半躺在沙發上的老婆大人。

「謝謝。」吳家喬幸福的接過，「爸媽他們都安頓好了嗎？」

「放心，我親自陪他們到飯店房間才回來的。」雙方父母一開始就沒打算住在他們這兒，因為剛搬來家裡還很亂，不宜添亂，所以他們住在附近的旅館。

吳家喬喝著熱騰騰的茶，望著井然有序的客廳跟餐廳，不禁嘆了口氣。

「兩個媽真的好厲害，她們用一個晚上就把今天的混亂收拾好了。」

早上是什麼光景，零食飲料一大堆，堆得亂七八糟，餐桌更是擺滿雜物，那箱掉落的餐具現在已經妥切的放在專屬抽屜裡，用過的餐具洗淨，垃圾剛剛謝茂一送父母去旅館時順便丟了。

現在掃地機器人正努力的於家中徘徊，認真的清掃。

「對啊，幸好媽他們來，不然厚……呵呵。」謝茂一自己搔搔頭，「我可能一星期都整理不完吧哈哈！」

吳家喬睨了他一眼，「你還知道喔，你就是厚……笨手笨腳又神經大條！今天的帳我還沒跟你算！」

提到早上的事，謝茂一立即噤聲，心虛的別過頭。

吳家喬噘起嘴用手戳他，這事情可不是他不說就沒事的喔！她早上真的是氣瘋了，她萬萬沒想到劉玟筠會出現，那個前女友加青梅竹馬雙重身分的威脅，竟然特地請假從上海飛回來！

謝茂一明明說沒再跟她聯繫……好，是少聯繫。

「妳別想太多了，醫生說現在不穩定，妳情緒不能激動的喔！」謝茂一只能安撫，

「早上暈倒真的嚇得我心臟都要停了！」

「說，你不是說跟劉玟筠斷交了嗎？」她坐直身子，不爽的質問。

「欸欸，妳別激動喔！」謝茂一趕緊攙著她坐穩，「我沒說跟她斷交喔，妳那時問我時，我是說好一陣子沒跟她聯絡，她去上海了啊。」

「為什麼我們入厝你邀她來？」吳家喬緊掐著馬克杯，火氣又上來，「你明知道我很在意她，為什麼就是不願意斷絕來往？她對你就這麼重要嗎？舊情難捨的話，為什麼要跟我結婚？」

唉，謝茂一實在對這個話題厭煩透了，剛交往時就提過劉玟筠這個人，一開始吳家喬也不覺得怎樣，但後來阿康大嘴巴，說出他們曾交往的事，吳家喬就怒不可遏，說他只說他們一起長大，居然沒提也是前女友，這叫居心叵測。

他不提只是怕家喬介意，而且他跟玟筠那能算有交往嘛……唉，反正弄巧成拙，她一直吵著要他不再跟劉玟筠來往……唉，他們是鄰居，真的是穿同條褲子長大的交情，怎麼可能說斷就斷？玟筠個性也嗆，她不喜歡家喬的態度，但為了他勉強接受，至少婚禮後大家低調、他也少提，要聊天、要喇低賽就私下來就好。

相約回老家時，媽還不是煮一桌下酒菜讓他們兩個聊到天亮？爸媽也不覺得玟筠是個妨礙啊！

唉，但為了讓吳家喬安心，他的確不再在她面前提起劉玟筠，之前她調到上海工作一陣子沒聯繫，那時家喬問起，他也照實說，但從未提過斷交這兩個字啊！

「我跟玟筠就不是妳想的那種關係！厚，家喬，為什麼妳這麼不相信我呢？」謝茂一緊緊包握住妻子的手，「妳是我老婆，我選擇的是妳，玟筠是朋友、像親人一樣的朋友而已，為什麼非要我選擇？」

「什麼親人一樣的朋友？你們交往過了！你們有過一段情！」吳家喬氣急敗壞的抽回手，「我不能接受她的存在，尤其是她，一起長大又是前女友，這威脅太大了，她在你心中的份量根本——」

吳家喬一激動跟著一陣暈眩，整個人往沙發上倒去。

「啊啊！家喬家喬！」謝茂一嚇死了，趕緊及時撐住她的頭，把她好好的放上軟墊，「妳別嚇我啊，妳還好嗎？」

呼……呼……吳家喬喘著氣，手沒力的握不住馬克杯，謝茂一連忙接過後，拚命的幫她順氣。

「為什麼……」她望著他，淚水就這麼從眼角滑落，「劉玟筠就真的這麼重要嗎？」

「……家喬！」這叫他怎麼回答？一起長大的不重要嗎？

「比我重要嗎？」她抿著唇，「你寧可要她也不要我？」

這根本不能比啊！妻子跟摯友怎麼放在同一個天平上？他跟劉玟筠只能當親人、只能當兄弟，是當不成情人與夫妻的，他們就是試過才知道啊！不一樣的角色，為什麼非得逼著他做選擇？

謝茂一難受的看著梨花帶淚的妻子，現在家喬有孕在身，情緒不穩孩子也不穩，如果他再堅持不跟劉玟筠斷交，只怕吳家喬會受不了，對她的身體有害。

痛苦的閉上眼，只能瞞了。

先用緩兵之計，他不想放棄三十餘年的友情與緣份，這跟叫他與姊妹斷絕關係一樣的痛。

「我怎麼會不要妳，妳是我重要的愛人，我的老婆，孩子的媽媽啊！」謝茂一溫柔的為她拭去淚水，「我不跟劉玟筠聯絡就是了。」

咦？吳家喬直接撐起身子，眼神閃過勝利的光芒，「真的？」

「嗯，如果妳這麼在意的話……」謝茂一回答得言不由衷。

「那你會跟她說吧？」吳家喬抬起下巴，「現在。」

「好，我會傳訊息跟她說。」謝茂一無可奈何，「但怎麼說得由我決定。」

吳家喬遲了幾秒，本來她連怎麼斷交都幫他想好了！都是劉玟筠不識相，明知道阿一結婚了，為什麼還苦苦糾纏？「嗯，好吧——但是傳完要給我看喔！我要檢查，免得你騙我！」

謝茂一微惱，「這麼不信任我？」

「喂，你敢說？」吳家喬倒是得理不饒人，「她今天出現就是你騙我在先吧？」

「好好好，我等等傳完給妳看！」他不想再讓孕婦生氣了，「妳要不要先去洗澡？早點休息？今天太累了！」

吳家喬噘起嘴，嬌嗔的嗯了聲，撒嬌般的瞅著他笑。

謝茂一知道這意思，他把手邊的東西放下，老婆就是公主，得好好呵護才行！輕而易舉的抱起吳家喬，標準公主抱姿勢，自客廳往房間裡去。

他們家的格局是一進門便見客廳與半開放的廚房，右手邊ㄈ字型沙發的客廳區與牆面形成一個走道，剛好與電視櫃旁的走廊連成一直線。

謝茂一抱著嬌妻經過電視牆走進走廊，右手邊第一間就是他們寬敞的主臥室。將愛妻好整以暇的放上床，謝茂一不忘偷香。

「要幫妳放水嗎？」

「不必，我淋浴就好。」她嬌笑著坐起，坐在床緣的她回首，看著背後的落地窗，「真是，我原本想跟你在外面喝杯啤酒的，好不容易才整理好的陽台。」

「不一定要喝酒啊，喝茶也可以，明天再喝？」謝茂一溫聲的說，「我去收拾，妳一個人洗澡沒問題吧？」

「少來！」她紅著臉推他一下，存的什麼心吶！

謝茂一又吻了她幾下，這才依依不捨的離開房間，吳家喬沒忘記提醒簡訊的事，他苦笑著點頭，便步出了房間。

得先跟劉玟筠說明，等等不管發什麼訊息給她都是先安撫吳家喬用的，他們這陣子真的先不要聯繫，等吳家喬情緒穩定再說。

幸好他還有另一個帳號，可以好好跟劉玟筠解釋解釋……唉，下次見面鐵定要被她酸見色忘友了！

房裡的吳家喬確定謝茂一離開後，開心的躺回床上，雙手握拳的輕喊了聲 YES！

「終於贏了！哼！」她堆滿笑容，「我就不信會輸給妳！什麼一起長大、什麼前女友，哼，我才是謝茂一的老婆！」

特地從上海回來？她就是看劉玟筠不順眼，她跟謝茂一太好了，加上曾經交往，無論如何她都不可能相信她老公、也不相信那女人！

擦槍走火這種事誰說得準，永遠不相見才是最保險的方法！

「哎，今天真好！」她重新坐起身，面對著眼前的衣櫃，滿足的摸摸肚子，「小寶寶，是你在保佑媽媽對吧？終於解決掉那個惹人厭的婊子了！」

唰——一道黑影驀地閃過，吳家喬驚訝的回頭，看著落地窗外，是什麼東西？

他們的陽台開著燈，所以只要陽台上有人，影子會映入房裡……剛剛那不是錯覺，真的有什麼跑過去……貓？

「會是有人養的貓嗎？」這裡是十二樓，說不定隔壁鄰居養貓，貓咪順著陽台外的裝飾橫樑跑來跑去。

不安的往落地窗看去，她起身走到床尾，推開落地窗，熱氣頓時襲來，換上室外拖漫步在木棧道上，這兒她請專人設計的，木棧板地、白色鵝卵石，還有小松柏，自成天地。

站在陽台上左右張望，女兒牆頭很寬，戶與戶之間的確相連，對貓咪而言是輕而易舉。

望著遠處的夜景，這裡真是買對了，雖說樓層不甚高，但眼前幾乎沒有遮蔽物，可以遠眺點點夜燈美景，明天就跟阿一坐在陽台上喝茶，那該有多愜意啊！

好熱！她直起身子，還是先洗澡吧……才回身，就看見有人影從衣櫃旁往門口走去。

「嗯？阿一？」吳家喬拉開玻璃門往裡走來，不忘把門拉緊上鎖，「我要先洗喔！」

她快步走到浴室門前喊著，燈一開，裡面空無一人。

奇怪？她狐疑的回身望向門板後的大型衣櫃，她剛剛明明看見有人從衣櫃這兒朝浴室裡走的啊！雖說衣櫃這邊的燈沒開，她不至於這麼眼花吧？

「一定太累了！」她揉揉眼睛，還是快點洗澡休息好了。

抓過浴巾跟換洗衣物，吳家喬直接進入乾濕分離的浴室沖澡，外頭的謝茂一聽見水聲後，立刻打電話給劉玟筠。

「抱歉啦，她現在情緒不穩！」他在餐桌邊壓低著聲音說著，「妳能諒解吧！」

『廢話，不諒解能怎麼辦？你做人很失敗耶，老婆這麼不相信你！』劉玟筠在電話那頭抱怨，『好啦，有事用另一個帳號聯繫，最近就不吵你……老娘很忙的！』

「是是是！抱歉，讓妳看到那種場面！」謝茂一情緒陷入低潮，「我連最重要的朋友都保護不了！還讓妳遭受不平對待。」

『好了啦，大男人嫌什麼！我不在意。』劉玟筠笑了起來，『恭喜啊，準爸爸！』

「嘿……」提起孩子謝茂一可得意了，「謝啦謝啦！」

『你快點處理，小時候就約好我要當小孩乾媽的！』劉玟筠抱怨著，『承諾不許忘啊！』

「啊？哎唷……」提起這個謝茂一頭就更痛了，「不能打個商……」

『不行！承諾就是承諾！』劉玟筠嘖了一聲，『都幾點了，你家還這麼熱鬧，是不必休息喔！』

什麼？謝茂一一怔，握著手機呆坐在餐桌的邊角，他緩緩往客廳看去，整個客廳就他一個人啊？

這麼熱鬧是什麼意思？

「喂，妳說……」還沒問清楚，劉玟筠一聲拜拜電話就掛了。

媽呀！他起了雞皮疙瘩，這傢伙什麼時候也學會整人了？居然想嚇他？哼！謝茂一放下手機，傳了打好的斷交簡訊出去，再悻悻然的走到廚房，把碗槽裡剩餘的杯子洗好。

下次再整回去就好！將杯子洗好掛妥，一轉身面對空蕩蕩的客廳，謝茂一赫見電視裡映著一個人——

「靠！」

定神一瞧，是他自己！

「厚……厚！天哪，人嚇人會嚇死人！」撫著心跳加快的胸口，「劉玟筠！下次再跟妳算！可惡！說那種話讓人發毛！」

趕緊轉身把流理台擦乾淨，快點進去陪家喬好了！

※　※　※

吳家喬在方型的密閉空間裡洗澡，熱氣氤氳的遮去了玻璃的視線，熱水可以洗去一身的疲憊，真的一點兒都沒錯。

關上水龍頭，她徒手擰乾濕髮，推開門就要抓過吊桿上的毛巾。

青灰色的手緩緩抽走浴巾。這時，吳家喬的手摸了過來。

她笑了起來，「謝茂一！別鬧喔！」

浴室只有她的回音，沒有另一個人的回應。

嗯？吳家喬狐疑的推開門，看著一整間浴室熱氣氤氳，但沒有別人的身影……她幾秒錯愕，往門上的銀桿看去，她的浴巾呢？

吳家喬濕漉漉的站在門外，找不到她的浴巾，她確定是放在吊桿上的，謝茂一也太閒了吧！

「謝茂一！」她扯開嗓子，「會冷耶！」

剛巧走進房裡的謝茂一聽見浴室裡的叫聲，連忙打開門，「什麼事？」

吳家喬嘟著嘴回身斜瞪她，「欸，浴巾拿來啦！」

「浴巾？妳沒拿進來？」他圓了眼，「我去拿。」

「少裝蒜，我剛掛在這裡，你進來抽走的厚！」她縮著身子往裡躲。

「什麼……啊，這樣妳會著涼！等我！」

謝茂一趕緊到門後拿過自己的藍色浴巾，回到浴室裡為嬌妻裹上，再按下空調，好讓浴室裡溫度提高。

看著身上裹著的藍色浴巾，吳家喬不由得皺眉。

「這是你的耶，我的浴巾呢？」她擦著濕髮問。

「我不知道啊，門後就只有我的浴巾啊！」謝茂一聳了聳肩，「浴巾妳負責的喔！」

吳家喬不信邪的走出浴室朝門後瞧，她的浴巾果然不在……她剛剛的確掛在吊桿上的啊……狐疑的進入浴室，謝茂一已經在刷牙了。

「不是你藏的？」她質疑著。

「我藏什麼？」謝茂一愣愣的回應，「我剛一進房就聽見妳的召喚啦！」

「可是我剛剛有摸到你的手啊！」她上前靠近流理台，抓起他的手就摸……「咦？」不一樣。

阿一手很肥，關節也很粗大，剛剛她摸到的感覺相當纖細枯瘦，而且阿一的手整年都是滾燙的熱，她剛剛摸到的是冰冷的……天！她突然打了個寒顫，她到底摸到什麼了？

專注刷牙的謝茂一沒注意到她的情況，也不懂老婆在發什麼神經。

吳家喬有些不安的抱著雙臂，視線突然越過謝茂一，看向另一側的浴缸……她剛剛進來時，才把浴簾綁好的。

但現在浴簾卻放下來了。

「你放的嗎？」她不安的指向浴簾。

「嗄？」謝茂一邊刷牙邊向左看，「浴簾怎麼放下來了？」

「不要裝蒜喔，謝茂一！」吳家喬的聲音有點顫抖了，「我剛進來時才塞好的，不是你放的會是……」

她顫抖著一頓，不安的全身發抖。

「什麼？我沒……家喬，妳怎麼了！」胡亂的把泡沫漱掉，謝茂一趕緊上前抱住老婆，「妳怎麼在發抖？」

「我真的把浴簾塞好了……如果不是你放的，難道是……是──」她開始哽咽，不會的，她不該胡思亂想，她……

「噓噓！妳在說什麼！簾子就只是往旁邊塞而已啊，說不定妳沒塞好啊！」謝茂一安撫老婆，「別亂想！我弄給妳看！」

他立刻回身，腦子裡該死的傳來劉玟筠剛剛說的，『都這麼晚了你們家怎麼還這麼熱鬧！』

伸出的手顫動定格，可惡！他居然被一句話制約了！劉玟筠！

深吸一口氣，他不該會信這種怪力亂神，而且家裡好好的，他們也沒為非作歹，怎麼會怕那種東西！

牙一咬，他刷的拉開簾子——「哇！」

「呀——」被他的大叫嚇到，吳家喬跟著尖叫，往身後的淋浴間就是一撞！

「沒事沒事！」謝茂一趕緊回身，「我只是被妳浴巾嚇到啦！」

臉色慘白的吳家喬緊裹著藍色浴巾，一臉驚愕，「我的？」

「妳自己看！妳是不是為了把簾子塞好，所以先把浴巾放在邊上？」謝茂一走來拉過，「別怕，我只是突然嚇到！」

吳家喬被拽著往浴缸逼近，果然看見自己的黃色浴巾落在浴缸裡……是散著的，她喉頭緊窒，她一向什麼都是折得整整齊齊，就算放在桿上也不可能張開散亂。

而且……阿一沒覺得那浴巾像是蓋著……一個人嗎？

「那下面……有東西！」她掙開謝茂一拉著的手，哽咽退後。

「下面？」謝茂一不疑有他，彎身就直接把浴巾揭起來——哇！

吳家喬緊張的握緊雙拳失聲尖叫，反倒把謝茂一嚇了一跳，他揪著浴巾一角愣愣的望著她。

「妳別嚇我啊，下面什麼都沒有，就一條浴巾？」謝茂一蹙著眉，有點擔心吳家喬的狀況，「妳怎麼回事？在害怕什麼嗎？」

沒有？吳家喬心驚膽戰的往前一步，再一步，謝茂一笑著接抓著她手肘往前拖，讓她看清楚空無一物的浴缸。

「放心了嗎？妳太累了！」謝茂一溫柔的搓著她的雙臂，「醫生問妳要不要多住一晚，妳就偏要回來！」

吳家喬搖著頭，她自己都搞不清楚了。

謝茂一把浴巾塞回她手裡，轉身去把散下的浴簾塞好，後退的吳家喬滿腦子亂七八糟，不！她的浴巾不可能散成這樣……而且就算她沒塞好浴簾，也該是垂下一小段，但剛剛是整段拉起啊。

這根本無法解釋！她顫抖著身子，突然想起……剛剛在陽台上掠過的影子，甚至是那個從衣櫃裡進入這兒的身影？

如果這個屋子有什麼……的話……

吳家喬陡然僵硬身子，因為她發現自己站在洗手台前，換句話說，她站在鏡子前。

收緊下巴不敢抬頭，但偏偏她的眼尾餘光，就是看見鏡子裡的一角……雙手抱胸的手肘，還有另一雙大腿……一雙灰色、乾瘦的大腿。

就站在她的斜前方。

不敢妄動，她瞄向自己的左前方，旁邊沒有人，謝茂一仍在塞浴簾，但是眼神再往右瞥向鏡子，那雙腿仍然存在。

錯覺……她這麼告訴自己，或許是什麼東西的錯位。

才搬到新家第一天，她不能這樣疑神疑鬼……吳家喬深吸了一口氣，她猛然抬頭，直接看向鏡子——那身影迅速的閃離，吳家喬得用力眨眼確定自己有無看錯的朝浴室門口看去，她真的看見有人跑掉！

「怎麼……」她緊張的重新看向鏡裡，鏡裡只有她，還有……她緊皺眉心，大膽的貼近鏡子，在略帶霧氣的鏡面上，好像有著什麼痕跡？

「家喬？」搞定浴簾的謝茂一一回身，就看見妻子怪裡怪氣的動作。

「哈……」她張嘴，朝著鏡子呵氣，認真的哈滿整面鏡子，好讓鏡上能罩滿霧氣。

這樣才能看見鏡上寫的字：

『滾！』

第五章

鏡上的字是誰寫的？謝茂一矢口否認，自然也不是吳家喬自己，她惶恐的說出看見影子的事、陽台與房裡的影子、莫名其妙放下的浴簾、消失的浴巾，這都讓她不安極了。

「屋子裡還有別人！」她緊抓著謝茂一吼著，她不想待在家裡，她想離開！

謝茂一覺得她情緒崩潰了，怎麼在說莫名其妙的話，這是他們的新家，今天才入厝，然後她竟然說想去旅館找媽媽？想著她是孕期的荷爾蒙問題，所以他好聲好氣的安撫著，答應寸步不離她身邊，緊摟著她在床上睡，她才勉強答應留下。

但臂彎裡的身體仍在發抖，他不是沒感覺到，家喬真的在發抖。

他認識的吳家喬雖不如劉玟筠般的強悍，但也從來不是嬌弱的類型，膽子也不小，幾乎沒看過她這麼示弱的一面。

屋子裡還能有誰？除了他們兩個外，不可能有別人啊！

別說那些怪力亂神的，他不信有那種東西啊，前兩天他不是也睡在這兒，安穩的一覺到天明嗎？

只是一些外人的話總是植入心底，言語的力量真的不能小覷，黃太太叫他去廟裡一趟他還沒去，今天連蘇皓靖那傢伙都一副他先搬刀具犯了什麼大忌似的……唉，謝茂一蹙眉略往左邊翻身，看著雪白的天花板。

蘇皓靖什麼時候開始也信那套了？以前沒聽他提過啊……唉，好累，明天再想好了。

謝茂一沉重的眼皮緩緩闔上，懷中的吳家喬也因為疲憊不堪，終於睡去；房間內只剩下循環扇的風聲，咻咻……咻咻……

緊掩的米褐色房門像被誰輕輕推了一下，古銅的圓頭門把跟著微顫，然後緩緩的……轉動了……喀。

門被轉開，那鎖彈了出來，門板像被誰推開一樣，慢慢的開啟。

咿……

門板後的穿衣立鏡裡映出了爬行的身影，那皮包著骨頭的乾瘦身體，披散著一頭紊亂長髮，往床的地方爬去。

喀……喀喀……轉動的循環扇突然卡住，喀喀喀。

骨感的手趴在木質地上，一步步的朝床邊爬行，爬向蜷縮在丈夫懷中，背對著門口的吳家喬。

啪噠，枯手攀上了床。

吳家喬抖了一下身子，惺忪的略睜眼，但旋即又沉重的闔上。

一隻乾瘦的手直接擱在他們夫妻的中間，壓著吳家喬散落的頭髮，女人趴在床上，彎頸貼近了吳家喬的耳畔。

『這是我們的家，滾出去——』

※　※　※

羅詠捷睜開眼睛時，覺得虛脫得全身無力，她扯下耳塞，抓過手機一瞧，十一點。

「這真的太過分了！」她癱軟的躺在床上，昨天樓上吵到三更半夜，跺步聲不絕於耳，害她得搬出耳塞。

幸好今天不是星期一，不然她鐵定遲到了。

跳下床梳洗，她要立刻去找謝先生溝通，才剛搬來就這樣擾鄰，以後她還要不要睡啊！

隨便穿件家居服，抓過錢包、手機、鑰匙，夾腳拖一穿就啪噠啪噠的從安全梯走上去。

「我不想待在家裡！」

才拉開門，就聽見了謝太太的聲音在門外爭執，羅詠捷愣愣的看著在門口拉扯的夫妻倆，她已經被謝茂一看見了，現在退回去也不太妥。

「啊……羅小姐。」謝茂一趕緊鬆手，朝老婆示意有人。

吳家喬回首是眼睛紅腫的淚水汪汪，讓羅詠捷嚇了一跳……吵架啊？

「您好。」吳家喬勉強笑著，深鎖眉頭的抹著淚。

「抱歉，我好像來得不是時候？」羅詠捷回身就想推開門，「我可以改天再來……」

「不，沒關係，我剛好要走。」吳家喬吸了吸鼻子，電梯抵達，「媽他們來了，我直接出去跟他們會合，你想想再跟我說。」

她敷衍的朝羅詠捷頷首，匆匆進入電梯裡，看得出來謝茂一欲言又止，想拉回妻子，但似乎礙於羅詠捷在場，只能送她到電梯。

「SORRY，我來得真的不是時候。」電梯門一關，羅詠捷只能兩手一攤，「我不知道啊！」

謝茂一勉強苦笑著，「不是妳的錯啦！只是……羅小姐特地上來找我們？」

「對啊，我有事想溝通一下。」她用下巴指向十一點鐘的門，「進去說行嗎？在這裡全世界都聽得見！」

更別說他們夫妻剛剛在這裡應該吵翻了，各家各戶都聽著咧。

謝茂一也知道她的意思，趕緊請她入屋，屋裡的整齊倒是令羅詠捷嚇了一跳，昨天那樣的混亂，居然一晚就窗明几淨了？

木門半掩，羅詠捷開門見山。

「我不是淺眠的人，但你們昨晚真的太誇張了！」

「昨晚？」謝茂一倒是狐疑，「我們昨天晚上怎麼了嗎？」

「拜託，謝先生，到半夜三點還在開趴就太扯了！一堆人在樓上乒乒乓乓，我整個天花板都在震動好嗎？」羅詠捷有點不敢相信，謝先生怎麼一副無辜的樣子，「我得戴耳塞才能睡，我不知道你們隔壁的陸先生或是……不管誰是怎麼過的！但我就不是會跟你客氣的人，我……」

「等等等等，羅小姐，這其中是不是有什麼誤會？」謝茂一忙打斷她，「我們昨晚沒有開趴啊，昨天晚上是我父母及岳父母來，他們十點前就離開了，後來只有我跟我老婆在家而已。」

咦？羅詠捷一怔，只有兩個人在家？但是昨天晚上她聽見的是一堆人的沉重走路聲加跺步，她才會覺得像是在跳舞，或是走路太大聲……但絕對不只兩個人。

她不由得皺起眉，真討厭，這讓她想到很不好的事情。

探頭越過謝茂一往裡頭望，乾淨明亮的屋子，採光良好，整個客廳通亮極了。

「好，打擾了。」羅詠捷莫名其妙行個禮，轉身就要離開。

「欸——等一下！」謝茂一連忙追出去，「羅小姐，妳真的聽見……很多人在走路嗎？」

「這樣可能是管線吧？」羅詠捷胡謅一通，「我聽錯了，說不定是我神經質，嗯，沒事，掰。」

這根本就是有事啊！謝茂一哪是傻子，追出去再度擋住她的去向，「羅小姐，有話妳直說吧？不瞞妳說，昨天晚上我被家喬鬧得……唉。」

羅詠捷挑了挑眉，「鬧？」

「她說……」到嘴邊的話又吞進去，謝茂一不安的左顧右盼，意指在這兒說不方便。

所以兩個人再度回到謝家。

這一次，羅詠捷坐上沙發，謝茂一還泡了杯花草茶，期間她不時張望，發誓絕對不是自己神經過敏。

「昨晚我們爸媽走了之後，家喬就變得疑神疑鬼，一會兒說陽台有人、一會兒又說我拿走她的浴巾，但最後浴巾在浴缸裡找到。」謝茂一顯得很苦惱，「她又說浴簾她收妥的不可能落下，浴巾折好掛在吊桿也不可能掉在浴缸，我覺得是她身體不舒服……啊，昨天她送醫後，才知道是因為懷孕的緣故，醫生說……」

「懷孕？」羅詠捷拔高了音，截斷謝茂一碎唸的長篇話語。

謝茂一被打斷的有點錯愕，「是？」

「你們都不知道她懷孕嗎？所以她懷孕還搬家喔？」羅詠捷小嘴合不攏，心中不停哇塞哇塞的叫，「孕婦不宜搬家，那是棕色螢光筆。」

「啊？」謝茂一有聽沒有懂。

「搬家的禁忌啊，謝先生，你是不是完～全沒在信啊？」羅詠捷認真舉起右手，「我認真說，你們觸犯超多的。」

聽見這類說法，謝茂一就顯得不耐，「我也說真的，我是沒在信。」

「唉，我是不懂，但很多事寧可信其有吧？」羅詠捷握拳的手開始迸出食指，「第一，孕婦不宜搬家；第二、尖銳物不能首先搬進家裡，會有血光之災；第三、入厝日不要吵架，否則未來永無寧日；第四，入厝前三天要開著燈二十四小時，結果你遇到停電好像不太妙；第五——最最重要的，入厝前不能在這兒過夜，你還直接躺床睡一夜！」

看著她跳出的五根指頭，謝茂一倒是不以為然。

「我不懂這種邏輯，不對勁啊！如果我知道家喬懷孕我自然不可能讓她搬，至於尖銳物那些毫無憑據，吵架那是不得已，而且一次吵架就決定未來也太扯。」謝茂一正色，「開燈那個更是莫名其妙，我不懂這樣浪費電的意義在哪？至於妳說的入厝前不能睡我就不更能理解了，這是我的家，家具既已齊全為什麼不可以？」

「因為入厝前屋子還不是你的啊！」羅詠捷完全按照陸虹竹寫的報告，「連開三天燈，是要告訴原屋主，這裡接下來換人住了！」

「原屋主？又原屋主？」謝茂一莫名其妙，「我買的時候這裡是空屋，簽約後我就是屋主了，原屋主是指誰？」

羅詠捷好生訝異，謝先生是連基本概念也完全不信的人耶！

「原屋主就是——」

鏗——巨響聲突然從裡面傳來，嚇得羅詠捷直接跳起來。

謝茂一也立即抬頭，皺眉往屋裡走去。

羅詠捷冷汗直冒，她開始覺得此地不宜久留，一提到原屋主就有聲音的話，她一個人待在客廳也……唉！她硬著頭皮，決定不要落單，厚臉皮的尾隨謝茂一進去。

謝茂一順著聲音來到主臥房，顧盼尋找一下，想確定有什麼東西掉落。

「那好像是鏡子破掉的聲音？」羅詠捷客氣的站在門口提醒。

「鏡子？」謝茂一回身往門後的穿衣鏡看去，突然一怔，倏地左轉朝浴室奔去。

「啊！」

啊？羅詠捷好奇的往主臥房進了兩步，剛好可以斜斜的看向浴室，謝茂一就站在門口，看著一地碎掉的鏡子。

「怎麼會突然迸裂？」謝茂一蹲下身子，也好讓羅詠捷瞧見浴室的災情。

原來是洗臉台上的鏡子碎成一地，謝茂一拾起一片破片，內心不由得煩躁起來。

「我得快點把這修好，不然家喬又要疑神疑鬼了！」扔下破片，謝茂一轉身看向羅詠捷，「羅小姐，妳有認識的人可以即刻幫我更換嗎？」

「噢，有！我去拿手機！」羅詠捷邊說一邊回身轉出主臥室，匆匆回到客廳時，看著一抹灰綠的影子從沙發上、她的包包旁迅速隱匿。

靠！

「昨天家喬就說鏡子上寫了字叫她滾，一直盧我不想住在這裡的，今天又出這種事的話……」從裡面傳出謝茂一碎碎唸的聲音，「我下星期要出差，這可怎麼辦？」

走出客廳的謝茂一愣了一下，誰叫羅詠捷卡在這裡。

「我可能要回家找找喔！我再 LINE 你好了，你有加入社區群組對吧？」羅詠捷疾速衝向沙發，抓過包包，一秒就往門外衝去，「我找到跟你說！」

「咦？羅小姐……羅小姐！」謝茂一措手不及，追出去時羅詠捷已經以跑百米的速度往下衝回家了。

他還丈二金剛摸不頭腦，怎麼突然十萬火急的模樣？

嘖，他得想想怎麼安置家喬才對，他知道懷孕情緒起伏大，但她變得疑神疑鬼很棘手！出差不可免，家裡剩她一個人鐵定會讓她害怕，總不會剛搬進來就要天天睡旅館吧。

謝茂一去陽台拿了掃具回到主臥房的浴室中清掃，當初浴室沒有施工，大概年代久了所以黏膠失效，他一邊掃一邊煩惱，想著該如何讓老婆安心。

啊，找她朋友來陪她好了，屋子這麼大，彭佳茵甚至可以陪她睡。

一片片的碎片掃進畚箕，謝茂一都沒有留意到，每一片破片裡，都映著一雙怨懟的眼神與瘦骨嶙峋的身體。

※　※　※

「那間屋子絕對有問題！」

星期一羅詠捷早早就去上班了。她一衝出電梯直抵櫃檯，瞪著雙眼就揪住連薰予不放。

「……是？」連薰予也才剛到，包包都還沒放下。

「妳一定早就知道對不對？」羅詠捷噘起嘴，「那天陪我去入厝時鐵定發現了！」

「呃，我……」連薰予還沒來得及回話，電梯就陸續抵達，同事們魚貫而出。

「早啊，小薰……哇，羅詠捷今天很早耶！」

「什麼話，我又沒很常遲到！」她咕噥著，看著同事們哈哈大笑的進入管制門。

「太難得了吧，現在才幾點耶！妳平常也沒這麼早啊！」

「煩耶你們！我今天早起不行嗎！快進去啦！」

「今天換妳要幫蔣逸文打卡嗎？哈哈！」

在她抬槓的同時，下一台電梯又抵達，走出了不少雜誌社的人，他們也都認得連薰予，微笑頷首就代表打招呼了。

不意外的，還有遞出辭呈卻仍未走人的蘇皓靖。

「喂喂喂，蘇帥哥你等等——等一下！」羅詠捷一見到他混在人群中，立刻衝上前拉住他，「這麼急幹嘛！早安啊！」

「誰要跟妳——」蘇皓靖才想甩開手，卻突然一頓。

他看著羅詠捷，表情很複雜。

羅詠捷知道那個表情代表的意義，連薰予更明白，她緊張的起身，繃著神經望著他。

蘇皓靖感覺到什麼了！透過羅詠捷，他一定感覺到謝先生一家的問題。

「還懷孕？」蘇皓靖衝口而出，「他們可真是能犯的都全包了！」

「就知道！我就知道！」羅詠捷不客氣的直接把蘇皓靖拽到櫃檯邊，「你們兩個那天就感覺到什麼了吧！」

連薰予為難的蹙起眉，眼神往蘇皓靖看去，「我只覺得不對勁，但他……」

「我說過人各有命，我不干涉。」蘇皓靖轉身就想走，羅詠捷立刻張開雙臂擋下。

「謝先生不是你同學嗎？」

「妳們兩個真是好朋友耶，一樣的論調！朋友又如何，他有他的命運。」蘇皓靖很是無奈，「搬個家就犯大忌，這也是他的選擇……跟命數，對啊，命數。」

「事情已經開始了，謝太太一直感覺到家裡有什麼，別說他了，連我都看見了！」羅詠捷可緊張了，「別問我長怎樣，咻一下過去而已，我根本不敢看，抓了東西就跑！」

「妳……後來還跑去他們家啊？」連薰予倒是很訝異，怎麼感情這麼好？

「還不是他們吵到半夜，一堆人在走路，腳步聲重得要命，砰砰砰了一晚，我以為他們半夜開趴才去找謝先生溝通的！」羅詠捷揉揉太陽穴，「天曉得他說前一晚只有他跟老婆在而已，還說謝太太也疑神疑鬼……厚，只有謝先生一點都沒在懷疑的，他好鐵齒喔！」

「看得出來，一堆入厝的禁忌完全沒在管的！」連薰予深表同意，這要是讓她姊看到，一定請一打的人去做法起壇！

「他一直是這樣，個性溫純善良，但完全不信這個，可以說少一根筋，也可以說他不在意這些。」蘇皓靖倒是沒有直接走進公司，「不過呢，很多人不信也不會有事，他們的關鍵應該在於……那邊本身就有問題，禁忌是以防萬一，他們就觸碰到那個萬一。」

「喂喂喂，」羅詠捷沒好氣的唸著，「我住在那邊耶，什麼有問題！」

「沒發生過不代表沒事啊，某些事物只是沉潛著，就等一個觸發點。」蘇皓靖一個響亮擊掌，「砰！」

「砰個頭啦！」羅詠捷依然扯扯他的袖子，「你同學耶，去幫他指點迷津啦！」

「就說人各有命了！」蘇皓靖輕扯衣袖，「我要進去上班了，羅小姐！」

蔣逸文才剛出電梯就看到這場面，驚訝的看著拉扯中的男女，相當訝異。

「早。」連薰予無奈的道早。

「早……現在這是什麼狀況？」他走了過來，「不說妳這麼早來，怎麼回事？」

「我家樓上的屋子怪怪的，屋主是他同學，我請他去看看，他死不要。」羅詠捷回頭抱怨著。

蘇皓靖挑了眉，冷不防的抓起羅詠捷的手就往蔣逸文扔去，疾速的往甬道中跑，順著前頭的同事一道溜進公司裡。

「我能做的就是建議妳最近住旅館！」這也算仁至義盡了？蘇皓靖帶著迷人的笑容任玻璃管制門關上，還向另一邊的連薰予等人揮手道別。

連薰予嘆口氣，轉向在櫃檯前被蔣逸文抱住的羅詠捷，蘇皓靖說得沒錯啊，羅詠捷住在那邊那麼久，似乎也沒有什麼動靜……至少她每次去度周末時，都沒有感受到什麼不祥啊。

觸發點嗎……

「我陪妳吧。」連薰予突然語出驚人，「我可能沒蘇皓靖這麼強的感應，但至少我能看看哪邊有問題。」

「噢噢！就今晚吧！」羅詠捷一秒開心的趴上櫃檯，「我可以去接妳！」

「今晚有點突然啊，我得跟我姊說。」連薰予瞟向蔣逸文，「喂，要跟著一起去嗎？」

蔣逸文聞言略微錯愕，「不會是……妳家樓上那個吧？」

「就是啊！」羅詠捷不客氣的在他胸口一擊，「怎樣，過來幫忙？」

「我很想，但是……」蔣逸文非常嚴肅的看著羅詠捷，「妳為什麼會認為我們今天能準時下班？」

羅詠捷先是頓了一秒、兩秒，連連薰予都忍不住「啊」了一聲——公司接了一個超大的廣告案，從這星期開始要進入緊鑼密鼓的會議流程、腦力激盪外加爆肝人生啊！

「我有備用鑰匙……」羅詠捷立刻想新招。

「妳要我一個人先去嗎？」連薰予立即皺眉，駁回！

「這個再說好了！不過你們要儘早來幫我喔！你也是！」轉身朝蔣逸文咕噥著，「朋友啊！義氣啊！」

蔣逸文只是無奈的搖頭，一邊推著她往公司裡去，「知道！但問題是我什麼都不會啊！」

「壯膽啊！」

「事情又不是發生在妳家。」壯什麼膽啊？

「我怕他們會散步過來！才差一層樓耶！」這才是心底話，自從知道夜半的跺步聲不屬於人類後，她每次躺在床上……

都好怕有一隻腳或一張臉從天花板掉下來啊！

外頭總算安靜，連薰予坐回位子上，先把要用的物品擺正之後，立即在上班前調出自己的雲端硬碟，沒記錯的話，姊當初的「入厝教戰守則」應該還在……找到了！

她直接重印一份出來，然後謝家沒做到的項目一一打勾……觸發點。

換句話說，那間屋子本來有什麼嗎？筆尖在頰上點呀點的，她沒辦法感應到這麼遠的事情，她只知道謝家的屋子裡不只他們夫妻，還有別的東西存在，但那些亡者不一定是在那裡身故的，否則就該是凶宅了吧？

有時空屋久了，路過的靈也會找地方住，一種流浪漢找窩的概念，所以入厝儀式才會有些繁複，多半都是要通知「舊屋主」，這裡即將有人入住，請速速離開。

所以，如果舊屋主沒有感覺到這件事呢？那就變成謝先生一家：鳩佔鵲巢了啊！真是糟糕的結論，變成強盜似的強佔別人家嗎？

入厝前過夜、尖銳物血光之災、爭吵……怎麼淨挑嚴重的禁忌犯啊？連薰予擰著眉翻閱，如果他們有記得入厝前三天都開著燈，還有在每個抽屜放紅包或許還有效！

至少這都是一種吉祥鎮煞，以及通知舊屋主的行為。

「不要插手。」

「哇！」連薰予被冷不防傳來的聲音嚇到，忍不住低叫著向右後回頭！

蘇皓靖不知什麼時候走出來，就站在那兩公尺的甬道上，在靠近她的牆面邊淺笑。

「膽子這麼小，還要去幫人？妳什麼時候這麼熱心助人了？」他笑語中帶著嘲諷。

「大概因為你的冷漠吧！」被蘇皓靖嚇到，讓連薰予有些不太高興，「旁人就算了，有交情的你也這樣？」

「正因為有交情的才更要避免！妳想阻止什麼？妳又能做些什麼？」蘇皓靖走向她，「妳感受到的、看見的都是必然會發生的事，妳就算阻止了，也會從其他地方再發生……」

「我們在電梯裡不是結束禁忌的循環嗎？」她不懂，「在醫院裡時，我們也終止了那些亡者的——」

「妳真的覺得終止了嗎？還是有人在這之中消失了啊！」蘇皓靖嚴肅的低語，「也或許，是因為我們根本沒有觸犯禁忌？」

連薰予深吸了一口氣，仰頭看著就在身邊的他。他又換古龍水了，依然中性好聞，她潛意識的縮了右肩往左移靠，距離過近，她心跳會有點快。

「我總想試試，既然第六感能讓我們預知危險的話……我還是希望能幫就幫……以前的我的確做不到，也不敢。」連薰予輕搖著頭，「我不是在證明自己多偉大，我只是……因為羅詠捷就住在那裡，我希望至少幫她。」

「那就只幫她吧，不要介入別人家的事。」蘇皓靖突然眼神放遠，「我總覺得……比我們想像的更加棘手。」

「咦？」連薰予緊張的上前，「你到底感應到什麼？」

「……不清楚那種感覺。」蘇皓靖闔上雙眼，試圖去回憶，「謝茂一家的情緒太複雜了，寒冷、飢餓……」

話說到一半，他梗住了，緩緩睜開眼，表情變得有些凝重。

「還有？」

「他們有八個。」

第六章

喀啦，鑰匙轉開門鎖，卻遲遲未敢打開門，吳家喬沒想過有一日，踏進自己夢想的新居竟會如此沉重。

緩緩推開門時，看見的是採光良好的通亮客廳，一如往常的嶄新舒適，北歐風的沙發與家具，全是她跟謝茂一精挑細選，花了好多時間，跑遍大小工廠才找到的組合……這間用他們心血打造的新家，現在帶給她的卻是不安與恐懼。

「對……對不起。」她哽咽地對著客廳說，「我不知道是不是冒犯到什麼，但是我們都不是故意的。」

回應她的只有寂靜，她也覺得這樣很瘋狂……但她不想相信這一切是幻覺！新家真的有古怪！她沉重的步入，阿一什麼都沒感覺也太奇怪了，明明住在同一個屋簷下啊，怎麼可能只有她看見異狀？難道是針對她嗎？

這種時候他竟然還出差……吳家喬摀住肚皮，她不能緊張，醫生說了，心情必須保持平穩。

不要想太多，等等佳茵她們就來了，有人陪著應該沒問題。

她向左邊走去，將過夜包擱在餐桌上，繞進廚房裡想先沖杯花草茶平靜心情，剛送了爸媽跟公婆回去，媽媽擔心她的身體，本來要留下來照顧她，但她說了佳茵她們會來陪她，媽媽才勉強回去。

她沒跟媽媽說，她在新家裡看見了什麼。

其實說真的，沒有看見仔細的形體，她只是覺得怪，放下的浴簾、不見的浴巾，還有陽台上的影子……她只是懷孕，不是精神分裂，自己有沒有做過什麼事不可能不知道！

若不是謝茂一鬧她，就只有……一個可能可以解釋了！難道屋子裡還能藏著第三個……

打開抽屜的吳家喬頓了幾秒，狐疑的看著打開的保鮮盒。

小心的取出，她扳著未蓋妥的盒蓋，她跟阿一說過很多次，他也早就改進，不管是柴米油鹽醬醋茶或是茶包之類的盒子，使用完一定要蓋妥的，他很久沒犯這種錯了。

看著裡面的茶包，她不解的是……怕酸的阿一為什麼會喝這個檸檬茶？這是她特別挑的極酸茶包，他以前只喝一口臉都會皺得跟包子似的，根本不可能會拿來喝啊！

這兩天家裡有客人來嗎？她下意識回首看著沙發，下一秒轉身往垃圾桶裡找尋茶包，不過垃圾袋已經清空，家裡乾淨得沒有多餘的垃圾，想是阿一上班時帶走了。

說不上來的不對勁啊……她再打開放著茶杯的抽屜，果然看見有一處杯子擺放的位置不對，這是阿一擺的才會這樣……她小心的將圖案轉向正面，耳朵向右，穩穩的擺妥。

那也不是阿一常用的杯子，所以她去住旅館的這兩天中，有其他客人來過？會是誰……阿一都沒跟她提，只說了要出差，希望她寬心，而且拜託佳茵她們三個過來陪她。

家裡有多的床墊，客廳、書房跟臥室都能再睡人，只是要委屈同學們而已。

或許是小事吧，畢竟他們入厝，有人當日不能來，隔天再來道賀也有可能，不過阿一都沒講，還是讓她有點在意。

因為，那盒檸檬茶不是給一般客人喝的，那是她自己的私藏品啊！阿一這麼大方，拿去給誰喝？拿走還沒蓋好——該不會是客人自己拿的吧？有這麼大方的人嗎？

眼角瞥到刀架，上面出現陌生的刀具，螢光橘的握柄顯眼異常，來自日本的陶瓷刀，那女人送……劉玟筠？

「不會吧！」她心頭一緊，難道是劉玟筠來了？

這不無可能啊！劉玟筠是什麼人？她若是不在家，劉玟筠不就可以光明正大的進來了！她就是那種會直接進廚房泡茶的人，因為阿一根本什麼都無所謂，說什麼劉玟筠是他兄弟他的姊妹、他的摯友知己……狗屁！

好哇，難道阿一真的讓她進來了！他前晚才答應她不再跟那女人聯絡的，她也看了簡訊啊！

匆匆忙忙跑回餐桌，拿出手機打算質問，但才按沒幾個字就收手……要是她誤會的話，阿一會說她無理取鬧……不行，他們之間不能一直被那個女人影響。

做了幾個深呼吸，她趕緊回到廚房裡沖泡她的檸檬茶，聞著茶香，好不容易才靜下心；只是這一靜，腦子裡又開始想些有的沒的了。

不安的往右看去，寬敞的客廳，六十五吋的大電視……黑色的螢幕裡，映著站在廚房流理台邊的她，還有身旁那個長髮女人——咦？

吳家喬嚇得向左回身，在那瓦斯爐與流理台轉角處根本什麼人都沒有，她驚恐的再往電視裡看，模模糊糊的只映著她的影子……不，是光線錯影，距離又這麼遠！

「天哪，吳家喬，妳不要再這樣大驚小怪了！」她自言自語的往外疾步往客廳跑去，抓起遙控器就打開電視。

隨便轉了新聞頻道，這是個二十四小時都有人在說話的頻道，聲音調大，這樣她就會覺得有人在陪她，對……不要怕！

揪著心口，她不希望自己是迷信的那個人，但是入厝那天有很多狀況，媽媽說一定要找人來看，不然就要去廟裡問，但阿一的出差是早排定的，還是她自己先去？

而且阿一根本不信這些吧？隨手先將馬克杯擱在客廳的茶几上，吳家喬緩步往房間走去，她的步伐相當沉重，一邊告訴自己現在是白天不要怕，一邊告訴自己一切都是錯覺。

直走入走廊，推開右手邊主臥室的門。

「勇敢點，吳家喬。」她這麼鼓勵著自己，步入主臥室。

下意識自然往浴室瞥去，那是一種明明害怕或還是硬要看的概念，這一瞥，反而讓她止步。

「什麼啊？」她注意到全新的洗臉台鏡子，匆匆進入浴室，看著比之前大兩倍的鏡子錯愕，「為什麼……這什麼時候換的？」

新的鏡子乾淨明亮，而且還有內層可以擺放東西，兩天前她離開這裡時，還不是這個啊！

無緣無故為什麼要換鏡子？這件事阿一也沒提？吳家喬立即發訊息，先問鏡子的事。

為什麼她才不在兩天，就覺得家裡氣氛不對……連浴室都有人來過嗎？她有些不悅的緊握粉拳，轉身走出浴室，開始緊張的觀察她的臥房，簡單繞一圈是看不出什麼，但床榻很亂，阿一向來不是個整潔的人。

她打開梳妝台的每個抽屜，以確定物品的擺放位子及有無短少，開到最後一個時，卻突然一怔……因為在地板縫中，露出了一抹亮。

吳家喬伸手探入，把那遺落的髮束拿出來，那是個櫻花鑽飾的髮束，但不是她的！望著髮束，她有種血液打不上來的暈眩感，不可能不可能！家裡怎麼會有別的女人的東西——謝茂一！

忿而起身，直往床鋪上去，她認真的在床上搜尋，自己都不知道為什麼會這樣猜想，但她就是想找到一點蛛絲馬跡，證實在她不在的時候，有別的女人進入了她的房間——一絲李子色頭髮，就在枕下。

吳家喬忍不住發抖，她顫抖著手捏起了那根頭髮，對著落地窗的陽台照去，是李子紅……

李子紅，闔上的雙眼想起入厝當日站在門口的劉玟筠，她不就一頭李子紅的髮色嗎！

「劉玟筠！劉玟筠！天哪！」她簡直不敢相信，「什麼青梅竹馬！」

她尖叫著，氣到全身都在發抖，骯髒、說謊、為什麼阿一要這樣對她！

手指緊捏著頭髮，她慌亂的回到梳妝台找東西封好，這種證據怎麼能丟，她要看阿一要怎麼辯解，她要拿這綹頭髮去做DNA檢定！

咿——拖曳聲突的從外面傳來，讓吳家喬嚇了一跳。

剛剛那什麼聲音？她狐疑的皺眉，難道是阿一回來了嗎？懷著忐忑的心情往外走，抓緊手機，她刻意放輕腳步，總不會是小偷吧？

確定走廊上沒人，她左右探頭後步出，仔細聽著外面是否有什麼聲音……翻箱倒篋，或是步伐聲，但她得到的只有靜寂，一種鴉雀無聲的安靜。

只是，她剛不是打開新聞台了？音量調得那麼大，為什麼現在會鴉雀無聲！

電視壞了？還是誰，關掉了電視……

砰！重物落地聲陡然從她後方的走廊傳來，她驚恐之餘還記得掩嘴驚叫，倉皇回頭看向主臥房斜對面的儲物間，聲音是從裡面傳來的，聽起來是有箱子掉下來了。

但讓人在意的是，門是半掩的。

他們家的門軸是氣壓式，無論如何都會自動關，更別說剛剛她進主臥房時，並沒有看見對面的儲物間門是開著的。

她腦子裡想到更可怕的事……小偷。

默默將手機聲音調到無聲，甚至先輸入了 110，她躡手躡腳的逼近儲物間，仔細聽，還可以聽見裡面真的有聲音。

噠、噠、噠、噠。

『小皮球、香蕉油、滿地開花二十一，二五六、二五七，二八二九三十一……』

小孩子？吳家喬嚇了一跳，為什麼他們家會有孩子！

她屏住呼吸，貼著牆往門縫看過去，看見一個小小的男孩正在拍球，吳家喬往前探了身子，只看見小孩的背部、手肘以下，看得到他在拍球……如果是闖進她家的話，這未免太明目張膽了！

難道不知道她回來了嗎？

『我也要玩！』女孩的聲音傳來，吳家喬才倒抽一口氣，不只一個？悄悄的再推開門一點，果然在男孩對面還有一個更小的女孩子！

好瘦……吳家喬注意到他們的身體，瘦到簡直是走動的骷髏，只有一層皮裹在外頭，小女孩未綁起的頭髮披散在臉上，也可以看出那臉蛋有多瘦削！

突然間，小女孩的眼神對了過來——喝！

吳家喬措手不及，而男孩立即停止拍球，僵著身子不動。

吳家喬嚇得轉身就想跑，但才一秒就後悔……這是她家啊，她跑什麼呢？鼓起勇氣重新回身，氣勢得做出來

「你們是誰！怎麼……」吳家喬打開了電燈開關。

她終於看清那兩個孩子了。

男孩是回過了頭，嚴格說起來他只有轉過那被砍斷的頸子而已，頸骨突出於切口，切口邊是凹凸不平的刀痕，而他手裡抱著的球，正是忿忿瞪著她的頭顱！

小女孩的臉就是個骷髏頭骨，只是擁有灰色的皮膚而已，凸出的眼球看著她，舉起的小手上是被斬斷的五根手指。

『這是我們的家！』男孩突然回身，直接朝吳家喬衝了過來『滾出去——』

「哇——」吳家喬失聲尖叫，她嚇得轉身就衝出去，身後傳來巨大的甩門聲！

「男孩」沒有追出來，他只是氣忿的把門甩上而已！

但吳家喬哪管這麼多，她狂亂的奔到客廳，瞬間意識到電視機是關著的，眼神瞄向該在茶几上的遙控器……不在！她全身劇烈發抖看著應該也要在桌上的馬克杯，不在。

她的馬克杯竟放在餐桌上，位在她的包包邊。

動不了，她發抖的雙腳動不了，她搞不清楚這是怎麼回事了！

「哇啊——哇啊啊！」她抱著頭尖叫，「你們是誰！你們到底想做什麼！」

咿——熟悉的拖曳聲響起，跟她在房間裡聽見的一樣，她倉皇失措的淚眼一睜開，看著餐桌邊角的椅子就這麼拉開，一路拖到了門邊！

「呀——」

吳家喬歇斯底里的尖叫，回身不顧一切的往房裡衝去，她衝進房間，鎖上房門、反鎖上浴室的門，直接衝上床，把自己埋進被子裡。

「假的假的！」她泣不成聲的哭著，「走開！我跟你們無冤無仇的，拜託你們走開！走開——」

蜷縮在被裡的身影，不知道一窗之隔的外頭，有個女人正雙手緊貼著玻璃窗，冷冷的看著她。

啪！她拍打著落地窗，那聲音讓被裡的吳家喬一顫。

『出去、出去、滾出去——』

不不！為什麼要她滾出去，這是她的家！她的家！

「哇——」

砰砰砰砰！臥房門被劇烈敲打著。

「走開——這是我的家！」

「家喬？吳家喬！」彭佳茵的聲音出現在外面，「妳在裡面嗎？為什麼把門鎖起來了？」

喀嚓喀嚓，彭佳茵緊張的扭著門把，被子裡的吳家喬驚愕的睜大雙眼：佳茵！

啊對！她給了她備用鑰匙！

吳家喬掀開被子，踉蹌的朝房外奔去，發抖的手讓解鎖多花了點時間，但總算是開了門！一開門，直接就往閨密身上撲。

「佳茵！佳茵——」

「怎麼了？」連朱禹琳都慌亂的跑來，「妳為什麼把自己關起來！」

「他們叫我滾出去！他們——」吳家喬發抖著手指向儲物間，「屋子裡有東西！」

彭佳茵皺起眉，朝著另一邊的洪承宏使眼色。

他頷首後直接轉身走到儲物間，亮燈開門，裡面什麼都沒有，只有一個掉下來的箱子。

「只是箱子掉落而已，可能沒放好。」洪承宏邊說，把箱子擺回柱子邊的雜物堆。

「不，那邊有……沒有頭的男孩！」吳家喬泣不成聲，緊抓著彭佳茵不放，雙腳癱軟無力。

「喂……欸，好重！朱禹琳！」彭佳茵撐不住她，朱禹琳趕快到另一邊幫忙。

兩個女生合力攙扶吳家喬，她幾乎無法用腳行走，只能半拖半走的往客廳去。

『今天下午發生一起死亡車禍，肇事駕駛因為疲勞過度……』

咦？吳家喬聽見了新聞播報音，圓睜了淚眼，抬起頭看著電視螢幕，螢幕裡的記者正凝重的播報車禍新聞；她立刻看向茶几，剛剛不在這裡的遙控器回來了，她被攙到沙發上坐好，臉色慘白。

「這是妳喝的嗎？」朱禹琳順手拿又回到茶几上的馬克杯，「我再去加點熱水喔！」

什麼……吳家喬看著朱禹琳的身影往右邊的廚房走去，眼神跟著她，看見完好的餐桌椅子。

「你們剛進來時……」她支吾的說著，「門邊沒有被椅子擋住嗎？」

「沒，沒有啊！」彭佳茵趕緊坐到她身邊，先把電視關掉，「妳是怎麼了？為什麼把自己反鎖在裡面？」

洪承宏也相當憂心，「我們本來故意按電鈴要讓妳開門，結果妳都沒應，彭佳茵才用鑰匙的，一進來怎麼喊都不見妳，只有電視開著。」

「電視……」吳家喬喃喃，「開著……」

「是啊，超大聲的，妳都沒聽見我們喊妳嗎？」彭佳茵抽過面紙，為吳家喬拭去滿臉的淚水，「妳怎麼哭成這樣，發生什麼事了？」

捧著茶的朱禹琳走了過來，彭佳茵接過馬克杯，趕緊讓吳家喬喝，但她下意識的拒絕，剛剛那杯子明明被拿到餐桌上去的……究竟被什麼拿走？誰知道又會在裡面放了什麼！

她不要！

「拿走！拿走——」她是尖叫著的！

大家都嚇著了，朱禹琳先接過馬克杯，與朋友交換眼神——謝茂一有說家喬的精神狀況不好，好像有幻覺，但沒提到這麼嚴重啊！

「家喬，妳這樣讓我們很害怕耶！」朱禹琳溫聲的問，「妳到底看見什麼了？」

吳家喬哽咽的說出剛剛看見的情況，儲物間的孩子、關掉的電視、被移走的茶杯，和自動滑動的椅子與門。

但這只是讓所有人錯愕而已。

「我們……」洪承宏沉穩的說，「家喬，我們不會騙妳的，進屋後電視是開著的，茶杯也在原位，我一進來就喊妳，彭佳茵敲房門才發現妳反鎖。剛剛儲物間是我進去的，裡面沒有孩子，只有箱子掉下來。」

「我看見了！我沒有說謊！我沒有——」吳家喬激動的哭喊著，「這屋子裡有別的東西在！真的有！」

朱禹琳打了個寒顫。「別嚇我啊，家喬！」

「那個，不是多少都有嗎……我不是在嚇你們，就跟住旅館一樣，可能『他們』很早之前就在這裡了？可能是磁場的關係我們……」彭佳茵拍拍吳家喬，「不要理他們就好。」

「是啊，妳之前沒看到過啊，可能最近太累吧？」洪承宏也只能這樣說服她，因為事實上，他們什麼都沒看見啊！

「不理他們……」吳家喬虛弱的闔上雙眼，「但是他們……要我滾出去。」

「滾出去？」連彭佳茵都覺得有點毛骨悚然了。

「這是他們的家，」吳家喬抬頭看著這嶄新的家，恐懼的流下淚水。「要我滾出去。」

※　※　※

「不行。」

樓中樓的樓梯下，一名看起來精明幹練的女人擋住去路，挑高了眉看著拎著行李的連薰予。

「姊，我是去羅詠捷家耶！」連薰予怕姊姊沒聽清楚，「羅詠捷喔！」

「都一樣！去哪都不行！」陸虹竹皺著眉打量她，「我是虐待妳了嗎？妳居然要去住別人家，把我一個人扔在這裡？」

「厚！姊！」連薰予往下走了兩階，試圖硬闖，「不要鬧了，我就去住個幾天，幫她壯膽啊！」

羅詠捷就站在客廳裡，完全不知道該怎麼辦，前一秒還和藹可親的陸姐，一轉身就變張臉了。

「那個陸姐……」她試圖開口。

「閉嘴！」陸虹竹直接打槍，「妳是需要壯什麼膽啊，莫名其妙為什麼要去住？一定有問題！從實招來！」

連薰予眼神立刻往樓下的羅詠捷瞟，雖然姊在家是個迷信狂，但本質還是很精明的，該怎麼說才能瞞天過海咧？

「少說謊啊，我可是看得出來的！」陸虹竹驕傲的抬起頭，好不容易轉身下樓，至少讓連薰予能跟著下去。

但要離開大門就有困難了。

「就……我家樓上有人搬進來了，但是他們好像有那、個。」羅詠捷很小心的說，「我覺得很可怕啊，所以拜託小薰來陪我！」

「妳叫小薰去，是傻了嗎？平常妳感覺不到的，她一去就全感覺到了！」陸虹竹瞇起眼，「不老實！」

連薰予朝羅詠捷擠眉弄眼，就說不要在姊面前胡謅了，一定會被識破了，她看過的牛鬼蛇神還不夠多嗎？

「我去過了，很不對勁，而且他們入厝儀式搞得亂七八糟，該犯的嚴重禁忌都犯了，我懷疑跟這個有關係。」連薰予坦白從寬，「羅詠捷就睡在樓下，聽著樓上一堆人在走路跺步，她很怕突然會有……什麼衝下來，而且那家人很好，我想……」

「不行。」沒等她說完，陸虹竹即刻反駁，「搬家的禁忌犯了一堆，那家未來一定糟糕的啊！」

「姊，我就是去看看有什麼問題嘛！」連薰予走近陸虹竹，「如果我能幫上忙的話，不是……」

陸虹竹質疑的打量著她，從小到大她都知道這個爸媽領養的妹妹有著強烈第六感，但小薰一直以來是恐懼與排斥的，什麼時候這麼積極了？

「妳最近很奇怪喔！」陸虹竹擰起眉，「以前妳不敢輕易插手的，因為妳說過，妳無法做些什麼。」

「我……我最近覺得，或許我應該試著做些什麼。」她抿抿唇，「有時還是能幫到人的！」

「沒有明知山有虎，偏向虎山行的道理，妳一向都很怕那些啊！」陸虹竹依然駁回，「妳不要去了之後又沾上什麼，厚，這樣我會拖妳去廟裡住喔！」

呃，廟裡……連薰予想到那照三餐喝的符水，不免一陣反胃。

「那個……我們還有幫手啊！」羅詠捷突然搬出蘇皓靖，「蘇帥哥會去，有他在，很多事都沒問題。」

陸虹竹轉頭，「誰？」

「羅詠捷！」連薰予連忙朝他使眼色，她沒跟姊提過蘇皓靖的事啊！

「呃……這個……」接受到訊息的羅詠捷反而不知道該怎麼說了。「就……小薰不讓我講。」

羅詠捷！連薰予倒抽一口氣，擠出僵硬笑看向陸虹竹，「姊……」

「男朋友？」陸虹竹雙眼一亮。

「不是！是個……比我會處理這些的人，很厲害喔！」連薰予四兩撥千斤，「之前我們公司的電梯事件，還有我大學同學在醫院出事，他都有幫忙。」

陸虹竹沉下眼神，良久才「喔」了一聲。

「陸姐，就住幾天啦，我一個人真會怕！萬一有什麼事，小薰可以先警告我啊！」羅詠捷開始撒嬌了。

陸虹竹端起茶邊喝邊盤算，接著突然起身跑到佛室裡，搬出了一大箱東西，裡面分門別類，開始東撿西湊的拿出一大堆護身符、佛珠、還有水晶珠，全塞給了連薰予。

「都帶著！我還有幾疊符，妳等我。」陸虹竹沒打算聽連薰予說話，轉身往房裡去。

羅詠捷上前看著那堆護身符，「這是要全貼在身上嗎？」

「不會吧……」連薰予顫了一下身子。

陸虹竹再度走出來後，手上竟是三包信封袋，還是鼓鼓的信封袋！

「黑色是遇到事情時，燒！」她捏著另一把，「白色的每天和水喝，不舒服就喝，所以喝的不管是水或湯都要加。」

羅詠捷用聽都覺得胃痛。

「黃色這包喔，拿去貼，羅詠捷怕天花板就貼天花板，裡面還有說明書，有很多種圖案妳可以照著貼！」陸虹竹拉出一張紙，「妳看，背後都有雙面膠，很方便的喔！」

連薰予啞然，這麼先進啊，還有雙面膠了！

「符水啊……」羅詠捷嚥了口口水，「湯也……」

「不照做不讓妳們去，啊，還有我這邊有個大的銅刻八卦。」陸虹竹邊說，從冰箱上取下一個如鐘般大的銅刻八卦。

羅詠捷立刻求救般的看向連薰予，她則叫她自己去接，這是她要求的啊！

「謝謝陸姐。」羅詠捷最終恭敬的接過。

「只能住兩夜，第三天就要回來。」陸虹竹開出了條件，「一回來我要先帶妳去廟裡淨身，我還要準備火爐……啊，妳跟公司請假，去誦經好了！」

「姊！」要不要這麼誇張啊！

「我跟妳說，那種犯忌很難說的，我不是跟妳們說過了嗎——」陸虹竹清了清喉嚨，兩個女孩搶在她之前開口：

「所謂的聽說、傳說、禁忌，或許五個裡藏一個真的。十個裡，甚至一百個裡有個真的，妳犯忌就死了！」

「知道就好——啊！」陸虹竹突然恢復成那律師模樣，「妳說屋子有那、個嗎？」

連薰予點了點頭，「聽說，聽說有好幾個。」

她沒把蘇皓靖供出去。

「搬家犯了禁忌是一回事，但因為犯忌而招惹到好兄弟是另外一回事，原屋主嘛！」

陸虹竹向了羅詠捷，「所以說，那些是原屋主囉？」

「嗯啊，陸姐不是說了，那些儀式該做的要做足，是為了通知原屋主嘛！」羅詠捷用力點頭。

「既然如此，那間屋子是凶宅嗎？」

咦？

第七章

蔣逸文一手拿著拍下來的說明書，一手把黃色符紙貼上天花板，他覺得頸子都快斷了，為什麼要義氣相挺到來這邊受苦受難，撫著頸子扭呀扭的，再確認一次，總算是貼完了。

「這是什麼亂七八糟的圖案？」他爬下樓梯，羅詠捷則從冰箱搬出一大鍋冰品趕緊碎步跑來。

「辛苦啦，快來吃綠豆湯！」羅詠捷送上滿滿誠摯笑意，蔣逸文只覺得一陣冷顫。

「別，妳這樣笑我會怕。」蔣逸文把摺疊梯擺到角落，「陸姐很厲害，她怎麼什麼都有？」

「我姊的迷信程度已經是宮廟知識王了。」連薰予幫忙分碗，「等等要叫外送，你們要什麼口味的 Pizza ？」

蔣逸文剛做完苦工，沒回答先抓過一碗就喝——「咦？」

才喝一口的他皺起眉，不知道該吞下去還是吐出來的為難，一臉苦瓜相的看著茶几兩邊的同事們，這是什麼啊！

「噗……」羅詠捷誇張的大笑起來，「哈哈哈，符水綠豆湯啦！」

「妳真的加了啊？」連薰予很無奈，「我本來就想加自己的就好了！」

蔣逸文終於嚥下，吐了吐舌頭抗議，「為什麼加符水啦！超怪的，難怪都是燒焦的味道！」

「陸姐交代的啊！我想說這麼不平靜，喝一下保平安好了。」羅詠捷端起來喝了一口，也忍不住皺眉，「小薰，我真服了妳，妳平常都喝這個喔？」

「呵、呵呵……」連薰予一陣冷笑，「我喝的比這個多的去了……」

能想到、能喝的她都喝過了，羅詠捷還沒過什麼火爐啦、柳枝葉沾水……噢噢，對，姊說要帶她到廟裡誦經淨身嘛，相信到時他們就能體會她過的日子了。

選好 *Pizza* 後由蔣逸文負責訂，羅詠捷把綠豆湯喝掉後，一雙眼朝她轉著。

「幹嘛？我習慣這味道了，不必期許我會有什麼不舒服。」連薰予一派泰然，末了還自豪的挑了眉……自豪什麼啊！

「哎呀，我是問……妳有感覺到什麼嗎？」

感覺到……咦？連薰予坐在地毯上認真思考，對啊，剛上來時還感覺到不適與慘叫，但是為什麼現在都沒了？

闔上雙眼希望專心，仰頭看著那貼滿符紙的天花板，這樣望著樓上，或許能感覺到什……什麼，都沒有。

「目前沒有。」她誠實以告，「感覺風平浪靜。」

「沒事了嗎？」羅詠捷很是訝異，「黃太太跟我說，他們早上請了人來看！」

「咦？請師父嗎？」連薰予倒是很吃驚，「會請師父就是真的有問題了！」

「謝太太什麼都沒說，只跟警衛說入厝時有些沒做好，再請師父來加強！」羅詠捷一臉八卦樣，「我看就是因為謝先生入厝前先過夜的事？」

唉，提起這點連薰予就是扁嘴，「這事很嚴重，是該請人來！喔喔，所以是高人嗎？我沒有那種危機感了。」

「什麼危機感？」訂完 Pizza 抓到話尾就問的蔣逸文湊過來。

「就……危機感？」連薰予暫不提那聲聲尖叫與血腥，還有那柄橘色的陶瓷刀。剛剛似乎還聽見了一種發狂的怒吼，但不是很清楚，總之……她感受到的就是忿怒。對，有人在生氣，怒氣值不停地飆漲，今天比上星期更加驚人了。

「說不定真的沒事了！」羅詠捷也這麼說服自己，「謝太太朋友都來陪她了，至少代表狀況穩定。」

「希望。」連薰予沉下眼色，希望如此。

蔣逸文逕自躺下，看著辛苦貼好的天花板，今天半夜，還會有人在上頭激烈跺步嗎？

只是搬個家，誰想得到有這麼多文章？

※　※　※

「Pizza 好慢喔！」彭佳茵躺在沙發上轉著遙控器抱怨，「我餓了……」

「才多久而已！」朱禹琳忙把茶几收拾乾淨，等等好放 Pizza，「這麼沒耐心！」

吳家喬坐在背對門口的沙發上，笑容依舊僵硬，但神情比昨天好多了。

上午大家都要上班，她沒有心情便請假，聽媽媽的話去找師父來看；師父在屋裡燒了香，說有些靈之前在這兒暫住，但還沒走乾淨，所以他已經做法請走了。

這裡之前有小孩子嗎？暫住的靈……但師父走之後，她也覺得異常清爽，沒有再感覺到有人在看她，或是有東西被移動。

而且，有更嚴重的事情在困擾她！

她手裡捏著透明夾鏈袋，裡面裝著那李子紅的髮絲，她現在想的是床上的頭髮跟梳妝台下的髮束，還有被喝掉的檸檬茶，這件事塞滿她的腦子，她不是不相信老公，而是不信那個劉玟筠！

那女人就仗著一起長大，對老公頤指氣使、予取予求，阿一對她幾乎言聽計從，什麼事都會想到她！

他們是演戲嗎？假裝斷交，只要瞞過她就行了！她跑去旅館找爸媽時是假日，劉玟筠都特地從上海飛回來了，趁她不在大方的進入他們的新家、她的房間、她的浴室甚至——她的床！

想到就覺得噁心！那落在舒妝台下的髮束代表她曾坐在她的梳妝台！她才是這個家的女主人！

「家喬？」朱禹琳留意到她的神情，「妳怎麼了？臉色好難看。」

「我……」吳家喬到口的話嚥回，她不能說，這是多丟臉的事。

那天晚上，她才跟他們炫耀她與青梅竹馬之間的勝利，她終於贏了那個劉玟筠，逼阿一與她斷交了！現在說發現床上有她的頭髮，那不是在打自己的臉嗎？

『說不定……阿一去出差也是假的喔！』沙發後垂下了揪結的長髮，枯瘦的女人輕壓著吳家喬的肩頭。『他們正在外面快活逍遙，背著妳……』

吳家喬用深呼吸壓抑情緒，該不會，出差是假的吧？她抓過手機，立刻打電話給謝茂一。

吳家喬不穩的起身，朱禹琳原本要扶，但她表示不要的逕往房間走去。

「欸，她好像怪怪的耶！」一確定吳家喬進去，洪承宏首先發難，「沒覺得比昨天糟嗎？」

「我聽阿一說她有幻覺，一直說屋子裡有什麼！」彭佳茵用氣音說著，「懷孕會這樣嗎？」

「昨天她嚇成那樣感覺不像假的啊……而且我也怕怕的。」朱禹琳個性本溫吞，「不過上午她不是請師父來過了？說不定屋子裡真的有那、個，她磁場可能比較弱所以看見了。」

「但師父就來過了啊！」洪承宏的重點在這裡，「她感覺比師父來之前更差。」

「一直若有所思，整個人感覺不對勁啊！」彭佳茵沉吟著，「好像在想什麼，眉尖都有皺紋了，整個人活像憂鬱症。」

「可能因為發生太多事了吧？入厝那天不太平靜，劉玟筠又跑來鬧，她氣到暈倒後發現是懷孕，事情接二連三，萬一她就看到那、個……」朱禹琳永遠善良，「我們來陪她就是要讓她放寬心啊！」

三個人同時沉默，洪承宏用力點頭。

「好，我去買酒，晚上 HIGH 一下！」洪承宏立即起身。

彭佳茵翻了個白眼拉住他，「你瘋了喔，家喬懷孕耶！」

「看我們喝啊，重點是氣氛氣氛！」洪承宏抓過鑰匙，直接出了門。

一聽見關門聲，吳家喬掛掉沒接通的電話，匆匆步出，以為是誰來了，「誰？」

「洪承宏去買酒。」彭佳茵喊著，「妳打電話給阿一喔，情話綿綿，這麼黏～」

吳家喬臉色甚是難看，還斂了笑容，「他……沒接。」

「呃……可能在忙吧！不是出差嗎？」朱禹琳忙起身攙過她，「出差都在工作，不然就在餐敘，搞不好喝到天外天去了，網路電話手機聲音超弱，嗯？」

知道朱禹琳是在安慰她，吳家喬也是勉強笑著，同學們都來陪她……她不該這麼意志消沉，但是、但是……

『他們覺得妳有憂鬱症喔！』吳家喬的另一邊，那骨感的手依然沒有離開她的肩頭，附耳輕語，『幻覺、瘋子、神經病。』

沉下眼色的吳家喬，剛剛並沒有進房間，她站在門口的走廊上，客廳的對話其實她都聽見了。

都聽見了。

電鈴突然響起，嚇得大家一跳，彭佳茵跳下沙發衝去接聽對講機，向警衛證實了他們有叫外送 Pizza。

「Pizza 來囉！」朱禹琳對著吳家喬的肚皮煞有其事的說，「小寶寶吃吃看人間美味吧。」

吳家喬終於笑了起來，「他哪吃得出來！」

「別小看我們小喬喔！」這會兒連名字都取好了。

就待外頭門鈴聲響，彭佳茵準備好錢接外送員，大門一開，臉上有紗布的外送員手捧著 Pizza 禮貌的笑著。

「您好，請問是訂一……大海鮮跟總匯嗎？」外送員有點說不出話。

哇靠，這間是怎樣！訂這麼多 Pizza 給好兄弟吃嗎？

開門的除了這個遞錢的女人外……喔喔！前幾天在醫院看過！就說孕婦搬家、要人家斷交那票嘛！怎麼這麼巧？

只是這裡是怎麼了？門旁邊就有兩個小孩，沙發上的男人後面坐著兩個女人，廚房裡也有……喔喔喔，現在走過來的這個甚至額頭有傷，還有——

『把 Pizza 丟到她臉上，丟啊！』

他的左耳邊，傳來森幽的聲音，男孩笑著將 Pizza 遞過，擠出笑容，「請您查收，還有可樂！」

「噢噢，這麼剛好喔！」左後方的電梯走出洪承宏，外送男孩不敢動，因為他現在一轉頭就會看到那個了啊！

「不必找了，五十塊給你當小費！」彭佳茵把錢遞給他。

「喔，謝謝！」外送男孩立刻開心的道謝，向右一步，好讓拎著啤酒的洪承宏進屋。

就差一步，他身後的男人冷不防推了洪承宏一下。

「啊啊——」洪承宏單腳踉蹌的往裡撲去，外送男孩直覺的出手拉住洪承宏，以防他整個人跌落！

『多事！誰要你多事！你應該讓他跌倒，再打爛他的頭！』男人咆哮著，外送員依然假裝聽不見的將洪承宏扶穩。

「還好吧？」

「……呼！謝謝！」洪承宏心有餘悸，朱禹琳趕緊上前接過他手上沈重的袋子。

「不會，那再見喔！」外送員禮貌頷首，轉身進入電梯。

不要跟過來、不要跟過來！他在心中祈禱著，剛剛洪承宏上來的電梯還在，他得幸的趕緊進去；進入後從容的按下一樓，在門關上時偷偷往那戶人家一瞥，剛剛在他身後的男人看上去虎背熊腰，好像是這戶阿飄裡最壯的一個了。

其他人……怎麼像活動骷髏啊？

他急忙的離開這社區，剛剛還覺得幸運，社區裡同時叫了兩份 Pizza，結果他先送到十一樓時，還遇到熟人了！

『連薰予，妳們樓上很奇怪耶！』他先傳訊息，不敢在人家地頭上打電話，打算回店裡再說。

發動機車疾速駛離，他覺得要趕緊跟連薰予說才好……不對啊，連薰予不是第六感強嗎？樓上都開趴開成那樣了，她會不知道嗎？就算不——叭——緊急煞車，他猛按喇叭外加伸手

「欸！欸——喂！蘇皓靖！」扯開嗓子，就怕走在人行道的男人沒注意到他。

蘇皓靖止步，眉間皺出海溝的看著夜色中的 Pizza 外送員，剛剛就覺得不該走這條路，他怎麼不相信自己的直覺呢？

下一秒，他轉身就走。

「喂！蘇皓靖！你幹嘛啦！」阿瑋慢速的騎到他身邊。「我啊，你記得嗎？連薰予的大學同學，我們上次在醫院見過面，就我們探病時觸犯禁忌……」

「我不喜歡跟活動神主牌說話。」蘇皓靖直視前方，正眼都不瞧一眼，「你還活著就是世界奇蹟了。」

「欸不是，你怎麼沒跟連薰予在一起？我剛送 Pizza 給她跟她朋友耶！」阿瑋熱絡地對著冷冰冰的蘇皓靖。

蘇皓靖眼尾斜瞪，立刻拿起手機傳訊息給連薰予：那 Pizza 最好不要吃。

「你說我今天多幸運，樓上樓下同時訂 Pizza，結果我先送十一樓，居然看見連薰予還有她同事！」阿瑋騎車倒挺穩的，直線七十秒都不是問題，「結果我就知道事情沒這麼簡單，我運勢一直都不好……」

「是很差。」蘇皓靖體貼補充。

「我再送去十二樓，那整戶都是飄耶！超誇張的，還想對我進行催眠！」阿瑋誇張的說道，「連薰予住那邊好嗎？那些殺氣騰騰的，一直希望我把 Pizza 往客人臉上丟。」

蘇皓靖終於停了下來，狐疑的向左看向慢速機車，「催眠？」

「對，一種意志影響，催眠啦、洗腦幻覺，最終搞不好會附身的！」阿瑋說得很認真，「我之前就看過了，我對面棟一個女生跳樓時，背上就纏著一個男的，不停的告訴她世界末日……」

「你看到幾個？」蘇皓靖移近了人行道邊緣。

幾個啊，阿瑋扳起手指門口……「六個，我只能站在門口……但那個男的很可怕，比醫院遇到的凶，全都在生氣！」

「不同層應該沒關係吧？」蘇皓靖低聲喃喃，「羅詠捷住在樓下，應該沒事……」

他目前也沒感受到連薰予有什麼危險，她很安全，在一個令人舒適平靜的地方。

同是直覺強烈者，不知道為什麼，他總覺得與連薰予之間有某種連結，尤其當他們觸碰時，感應會增強，第六感增幅就算了，偶爾竟還能生出保護屏障來，曾抵禦過厲鬼的攻擊。

正因為如此，他總是能輕易感應到連薰予的安危與情緒。

「同一棟都麻煩啦，她都不知道樓上的狀況嗎？我看樓上會出事耶！」阿瑋說得煞有其事，「我跟你說，我是超想幫，但你知道我運不好，我就怕越幫越忙……」

「很高興你有這種體悟。」蘇皓靖淺笑，「你該走了吧？是不必回店裡嗎？」

阿瑋一驚，啊啊，對吼，他還在工作中！

「你去看一下啦！救人一命勝造七十級浮屠耶！」邊說，還跟他豎起大拇指，趕緊回店裡。

「七十級咧，這幾年下來還加倍喔！」蘇皓靖目送阿瑋背影離去，連個不認識謝茂的人都希望他出手？

站著說話不腰疼，這些人只會要求別人出手，卻從不考慮出手的他們會遭遇什麼樣的狀況——謝茂一家中那些要是容易，他會不說嗎？

那天光踏入阿一家的門，他就已經感受到極度的寒冷、痛楚跟令人生不如死的絕望了！

有的人絕對救不了，所以他只能選擇可以救的人。

例如，連薰予。

※　※　※

「哈哈哈！」

「就是啊，你記得那時那個學長的臉超難看的！」

「還不都是妳，妳那時超嗆的！」

嘻笑聲自陽台傳出，毫不節制的提高分貝，蔣逸文趴在一樣的位子往上看，還可以看到有人趴在女兒牆頭，手上拿著啤酒晃。

「果然喝開了！」他回身走進屋裡，「就說怎麼這麼誇張！」

「還沒十點啊，大家也不能說什麼！」羅詠捷聳了聳肩，管委會有說希望十點後大家都安靜些。「不過氣氛不錯啊，好像不害怕了？」

「倒是，一群人在上面很開心咧！」蔣逸文看向正在鋪睡袋的連薰予，「小薰有感覺到什麼嗎？」

連薰予停下動作，回頭看著他們，「什麼都沒有……似乎是真的沒事了。」

「咦？不管喔，不可以現在走，至少要過了今夜！」羅詠捷立刻撲上前抱住連薰予，

「妳鋪什麼睡袋啊，妳跟我睡啊，蔣逸文睡地板。」

「我睡什麼地板，我睡隔壁啦！」他有點尷尬，跟兩個女生睡一房？這怎麼睡得著啦！

由於是正樓下，羅詠捷家與謝茂一家格局相當，只是羅詠捷將走廊拆掉，改造成超寬敞的主臥室與書房，書房同等於謝家走廊加上儲物間的空間；KINGSIZE的床要睡個兩個女生自然沒問題，蔣逸文睡隔壁的書房，那兒有張簡單的折疊床。

「我們也來喝好了！我有紅酒！」羅詠捷起身跨過連薰予往外，「我們也到陽台喝！」

「幹嘛尬啊！」蔣逸文無奈的笑。

「沒要尬，難得晚上挺涼的，我們到陽台喝也不錯啊！雖然我家陽台沒他們那麼漂亮！」羅詠捷愉快的往外走去。「搬凳子！」

她的陽台維持原本建好的模樣，就是個長條型的陽台，連張椅子都沒有，所以蔣逸文得去搬椅子，克難的來場夏日乘涼；連薰予獨自坐在睡袋上，這種寧靜讓她全身發寒。

她不認為那種令人打從心底恐懼的氛圍會在瞬間消失，就在進入羅詠捷社區時，她都還感受到一種不該接近的恐嚇感啊！

「最好啦！哈哈哈！」

正樓上的笑語聲實在太清脆，讓她不解為什麼如此寧靜？

「我記得吳家喬那時超多人追的，誰曉得她居然喜歡謝茂一耶！」洪承宏就坐在那搖椅上晃著，回頭看著坐在裡頭的吳家喬。

她坐在地上，因為有孕在身，大家擔心危險，所以讓她坐在裡頭，落地窗開著不影響聊天說笑，而朱禹琳就坐在左邊的搖椅上，兩個搖椅中間的桌子上都是零食，至於前方的女兒牆邊，靠著向來率性的彭佳茵。

「是啊……我也不知道為什麼就喜歡他。」吳家喬笑得很勉強，「因為他老實吧？」老實？老實？但是他卻可以明目張膽的不願意對劉玟筠放手，還可以為她屢屢跟她吵架！

甚至……劈腿了！

「外表老實而已吧？」彭佳茵喝了口啤酒，「後來不是統計過，他的前女友可不少耶！」

欸！朱禹琳立刻正首使眼色，是喝多了口無遮攔了嗎？

彭佳茵驚覺說錯話，但一時又不知道該怎麼遮掩，這硬要凹好像太難了！

「誰沒有前女友啊，我也超多的啊！反正最後能在一起就是緣！」洪承宏趕緊看向吳家喬，「總是會等到那個人啊！」

「我真的是那個人嗎？」吳家喬突然轉向洪承宏，淚水就這樣滑落。

「啊！家喬！」朱禹琳嚇得趕緊把啤酒擱到地上，跨過小門檻滑坐到吳家喬身邊，「妳怎麼突然哭了！妳一整天怎麼都……」

「懷孕荷爾蒙變化會讓心情起伏大！」彭佳茵也趨前，「妳是不是有什麼心事啊？」

吳家喬緊抿著唇，用力搖頭，「我只是覺得好累……壓力好大，不舒服！」

「還是我們早點睡好了！」洪承宏提議著，「好了，別喝了，都妳們說要到陽台來喝酒賞月的，就沒月啊！」

「想說陽台愜意嘛！」提議者彭佳茵嘟囔著，「好好，外面我們收，家喬累的話先睡！」

「別！不要因為我掃興！」吳家喬連忙阻止打算收拾的他們，「我喜歡這樣，我家陽台本來就是設計來喝酒賞夜景的啊，不要浪費！」

「可是妳臉色不好耶！」朱禹琳憂心忡忡。

「我只是……想到劉玟筠，心裡不太舒服。」吳家喬稍微透露了些，悶著太難受了，「欸，我還有些零食，下酒很讚的，我去拿！」

「我去我去！」洪承宏連忙說著，「妳現在可別翻箱倒櫃啊！」

「哪需要啊，我東西都擺放得很整齊！」吳家喬撐起了身，「好啦！你們不要老把我當廢人，我還能動好嗎，也才幾週……禹琳，妳就這樣待著，躺在搖椅上迎晚風！」

她笑著往外走去，洪承宏連忙跟上，彭佳茵看搖椅空下來，也栽進搖椅裡；朱禹琳遲疑的坐了回來，直到洪承宏背影離開。

「欸……家喬也太介意劉玟筠了吧？」朱禹琳很擔心，「都這麼多年了，她怎麼還在較勁？而且謝茂一不是答應她跟劉玟筠斷交了嗎？」

「誰知道，我也覺得家喬有點誇張，雖然是前女友，但我說真的——人家跟謝茂一一起長大耶！那感情很深吧？」彭佳茵歪了嘴，「當然因為感情深她就又……厚！」

「她一整天恍神該不會就是在想劉玟筠的事吧？」

「那我寧可她想這個，也不要再去想什麼……那、個。」彭佳茵打了個呵欠，「我要去上廁所，喝太多了！」

她啤酒一擱，起身往裡頭走去，最近的自然是主臥室的廁所啦。朱禹琳把酒瓶擺好，省得等等大家一茫就踢倒，這可是木板耶，弄溼了還得了。

她起身走到牆邊，趴在牆頭上看著燈海夜景，這裡真美……吳家喬好厲害，可以買下這麼大的房子，真令人羨慕！

不過一入厝就好多事，也令她擔心，關於搬家的禁忌她略知一二，入厝那天的確有點亂，不過幸好上午吳家喬請了師父來看，好歹是解決了。

因為這件事，吳家喬才又開始想劉玟筠嗎？

從不知道吳家喬妒心這麼重，這樣她們得小心一點，別跟謝茂一走得太近……哎！

朱禹琳直覺撫上頭髮，她那天掉了一個櫻花的髮束，回去後找不到，後來才想起來應該是掉在家喬家。

喔喔，等等得先跟家喬說，免得造成他們夫妻倆什麼誤會！

會掉在哪裡呢？朱禹琳回身，有點想要自己私下先找一下……陽台上的兩座搖椅，同時固定角度與頻率的晃動，咿歪——咿歪——

朱禹琳有點錯愕，她看著晃動的搖椅，她跟彭佳茵都起來很久了，怎麼現在活像、活像有誰坐在那裡一樣？

就算是風……她感受著高樓吹來的風，風向也跟搖椅的方向不太一樣啊，雙手緊握粉拳，她意識到現在整間房間只有她一個人，突然感到有點不安，她還是進去好了。

進去得經過搖椅中間，不知道是不是錯覺，她覺得搖椅越搖……越大力了。

不要胡思亂想，就是風，或是那搖椅的設計就是易搖的嘛！對，不要自己嚇自己，不要……朱禹琳僵直背脊，為什麼，她覺得她身後有人。

她剛走到陽台另一頭，對著吳家喬主臥室寬敞的床鋪，所以她的影子映在雪白的床上，可是……床上卻有兩道影子，另一道就在她……她身後？

幽幽回頭，乾瘦的女人就站在她後方，歪著頭凸著雙眼看著她。

『滾、出去——』

「哇啊——」

才出廁所的彭佳茵聽見尖叫聲都傻了，她瞬間酒醒，瞬而往右邊的陽台衝去，「怎麼了禹——」

只跑兩步她就止步了，搖椅上那是什麼東西！

兩個慘綠的人坐在那搖椅上，從頭到尾就是兩具枯骨包裹著皮，兩個都披散著頭髮，一個長髮及腰另一個到地板了吧！翹起的腳踝還殘缺不全！

朱禹琳正被嚇得不顧一切的要衝進屋裡，她看不見搖椅上的人，慌亂的跑到敞開的門這兒，就要自搖椅中間衝進來！

「朱禹琳！」彭佳茵驚恐的大吼，說時遲那時快，搖椅上的兩個女人驀地牽起手，硬生生的擋下了朱禹琳！

「啊！」朱禹琳不知道發生什麼事，她只知道差一步能跨進臥房裡，她卻被什麼擋住，甚至被向後推得踉蹌，背部直接往後撞上女兒牆！

聽見尖叫聲的洪承宏與吳家喬在廚房裡對望一眼，急急忙忙的邊喊邊往臥房衝來，「怎麼了！」

搖椅上的兩人倏地站起，以迅雷不及掩耳之姿，同時「啪」的將落地窗朝中間關閉——朱禹琳掩嘴驚叫，眼睜睜看著落地窗自動關上，然後……然後兩道乾癟的身影，出現在主臥室窗邊的地板上。

啊啊……啊啊啊！

朱禹琳明白是什麼了，她咬著唇，不顧一切的再往前衝，落地窗只是被關上而已，她只要打開的話……

「不可以！」彭佳茵動不了，她腳軟的跪在地，「她們擋在門口啊！」

禹琳看不見嗎？

朱禹琳咬牙衝上前，伸手就要推開落地窗——一股比剛剛更強大的力量自胸口擊來，朱禹琳登時一口氣上不來，感覺到自己被使勁向後推撞，二度撞上女兒牆頭，脊椎的撞擊令她吃疼。

下一秒，她騰空了。

朱禹琳驚愕的向旁望去，餘光看見那女亡靈扛起了她——咦？

「奇怪，上面好像在尖叫？」羅詠捷抬起頭往上看，「為什麼有點……」

「啊！」連薰予打了個寒顫，火速跳起，衝上前猛然把羅詠捷往裡拉。

唰，一道人影活生生的從他們三個面前掠過。

「啊啊啊啊啊——」

砰！

第八章

朱禹琳「失足」墜樓。

現場勘察定調如此，因為吳家喬與洪承宏在廚房、彭佳茵在廁所，落地窗的門甚至是關上的，獨自一人在陽台的朱禹琳除了自行摔落外，真的找不到其他摔下的原因。

彭佳茵幾次想說她看見了什麼，但她總覺得話一旦出口，只怕自己就會被送進精神病院了！

所以當警方問她事發狀況時，她也只能虛弱的說，她一走出廁所就聽見朱禹琳尖叫，然後她整個人就以後空翻之姿，翻過了女兒牆。

女兒牆有一公尺高，朱禹琳才一百六十一公分，警方比較不解的是這點，如果站在陽台地面，到底要怎麼翻過去？所以……是否她坐在牆頭所以不小心滑落？在場的人全部都有喝酒，神智不能算清楚，高樓也沒有監視攝影機，因此只能斷定朱禹琳的跌落是場意外。

吳家喬因為懷孕所以沒跟著進入醫院或是殯儀館，全程在外等候，彭佳茵跟洪承宏向朱禹琳父母解釋情況，他們誰都不知道發生什麼事，那時沒人在陽台啊！

失去孩子會讓父母陷入不理智的瘋狂，朱禹琳的父母對洪承宏又打又責罵，怪吳家喬叫朱禹琳去住她家、怪他們喝酒，怪他們不看著他們的寶貝女兒，其後雖被警方分開，但洪承宏根本難以承受這種究責壓力。

他說他必須一個人靜靜，暫時不能陪吳家喬，就先回去了。

羅詠捷在事發現場也有接受詢問，因為她也算目擊者之一，若不是連薰予及時出手，她可能已經被朱禹琳掉落的身體砸斷頸子；她自是實話實說，先聽見樓上在狂歡，然後他們幾個也學著把酒言歡，接著是朱禹琳奇怪的尖叫聲。

十一樓羅詠捷聽見的比十二樓更清楚，因為朱禹琳尖叫了兩次，而且是驚恐的叫聲。只可惜，十一樓僅能聽見叫聲，看不見樓上的狀況，接著就是一個生命的殞落。

連薰予坐在大樓的一樓大廳，環抱著雙臂，身子緊繃，一旁的羅詠捷與蔣逸文倒是呼呼大睡，早叫他們回家睡就是不聽。

她不睡在羅詠捷家，是因為那裡太安靜了。

安靜到她什麼都感應不到，那個墜樓的女孩一定遇到了什麼事，她不可能毫無感覺，若不是尖叫聲讓她提高警覺，只怕也來不及出手把羅詠捷拉回來。

「啊……幾點了……」羅詠捷轉醒，打著呵欠，「我們要去上班耶！喂，蔣逸文！」

連薰予看著睡眼惺忪的他們，微微一笑，「你們先上去準備吧，我隨時可以出發。」

「喔……謝太太他們還沒回來嗎？」羅詠捷揉著眼睛，「妳還好嗎？一直沒睡喔？」

連薰予搖搖頭輕拍著羅詠捷，讓她上樓。

「所以小薰有什麼感應嗎？」蔣逸文比較好奇這點，昨天連薰予看著中庭那攤血完全僵住，不停地喃喃自語：

為什麼我不知道？為什麼我沒感應到……

「不多，我一個人太弱了。」連薰予挫敗的搖首，「但至少我知道危險、危險，一定得離開這裡。」

一個人太弱，羅詠捷轉了眼球，看來還是要蘇皓靖在比較好啊！

「那我們先上去……」羅詠捷邊說，一邊深呼吸，「真可怕，現在要我回家也……」

「不必怕，現在妳家最安全。」連薰予趕緊打氣，「我姊那一堆東西中，還是有一兩樣可以用的。」

羅詠捷瞬間清醒，「咦？真的假的？」

「真的！有很厲害的東西……雖然不知道是哪樣，但現在妳家是百分之百的安全屋。」連薰予極其肯定，「我想這就是我感覺不到的主因。」

連強烈的預感都被遮去，姊找到的不只是防鬼結界，根本是銅牆鐵壁啊！但她不想拆除那些東西，因為羅詠捷住在那兒，可以保她平安。

「啊！回來了！」蔣逸文直起身子，看著不遠處由外頭走來的人們。

彭佳茵攙著吳家喬疲憊的返回，兩個人均哭腫雙眼，看上去非常憔悴，連薰予緊張的站起，這種精神狀況跟身體，回家去只會更糟吧！會跟阿瑋一樣，運勢低什麼都能招過來！

「謝太太！」連薰予趕緊上前攔下她們，「一切還好嗎？」

吳家喬紅著淚眼看向連薰予，有些陌生，好一會兒才認出來似的，「啊，妳是那個高敏感的鄰居朋友。」

「我姓連，記得嗎？連薰予。」連薰予順帶向彭佳茵打招呼，「我明白妳們現在很悲傷也很累，很想睡覺，但現在真的不是適合回家的時候。」

「什麼？」吳家喬皺眉。「我們問過警察了，主要現場在……在樓下，我們可以回去睡的！我很不舒服……」

看著她們要掠過左側，連薰予終於橫了手臂，攔下兩個女生。

「妳知道不該上去吧？」她說著話時，卻是直視著前方，「依照時間，妳應該有看到什麼。」

咦？彭佳茵顫了一下身子，驚懼顫抖的看向連薰予——為什麼這個女的會、會知道？

連薰予終於也向左望去，與近在咫尺的彭佳茵對上視線。

「那女孩不是失足，我們都很清楚，妳不敢講我知道，因為警方不會採信妳的證詞，」連薰予再瞥向吳家喬，「但不該回去那間屋子，你們家很危險，真的非常……」

「什麼意思？」吳家喬蹙眉，揪住了彭佳茵的衣服，「什麼叫朱禹琳不是失足的？妳如果知道妳剛剛怎麼沒有——」

「我怎麼講？」彭佳茵哭了起來，到現在她都不敢放聲說，「家喬，我看見鬼了啊！」

什麼？吳家喬瞪圓淚眼——鬼？

「有一個站在朱禹琳身後，兩個坐在搖椅上，那不可能是人……瘦到完全沒肌肉，而且身體都殘缺，陽台尾端走來另一個女人，是她把朱禹琳推下去的。」彭佳茵激動但用氣音說著，「這叫我怎麼說，誰會信我！」

媽呀，羅詠捷打了個寒顫，直接往蔣逸文懷裡鑽……她家樓上陽台居然真的有阿飄在那邊走來走去！還推了人下樓！

吳家喬登時腳軟，大家趕緊手忙腳亂的扶著她往大廳邊坐下，連薰予朝警衛示意他們這邊沒問題，她不希望事情鬧大；鬧鬼的傳聞一旦傳遍整棟大樓，只會造成人心恐慌罷了。

吳家喬緊握住彭佳茵的手，用帶著恐懼與不滿的眼神瞪著她，「妳現在說，我家有……它們還殺了禹琳？」

「我看到的就是這樣，家喬，我怎麼可能拿這種事騙人！」彭佳茵自己都嚇得全身發抖了。

羅詠捷趕緊蹲下身，「謝太太，我同事不僅是高敏族群，她有很強的第六感，可以避凶，她一直覺得妳家很可怕，非常凶險，所以真的不建議妳回去。」

吳家喬抬頭看向連薰予，她給予溫柔肯定的頷首。

「師父來過，可是昨天早上我讓師父來過了，他說已經把之前待在裡面的……」

「謝太太，他們如果不在了，妳朋友是如何掉下去的？」羅詠捷搖著吳家喬，「妳看誰家都可以，朋友家、旅館……啊，妳家能讓她住嗎？」

彭佳茵仍舊在驚嚇中，一時無法反應。

蔣逸文留意著其他路人的反應，所幸現在時間尚早，出入的人並不多，但是遠遠的，他看見一個男人風塵僕僕的疾步趕回；男人看上去神色匆匆，一邊朝警衛打招呼，但旋即被叫住，警衛手一比，就指向了他們這邊。

「欸，有人！」蔣逸文拍拍連薰予，「朝我們走過來了！」

連薰予意外回首，居然看見謝茂一！

「家喬！」謝茂一扔下小行李袋，立刻迎向老婆。

吳家喬一開始以為自己聽錯了，倉皇抬首，見到謝茂一時簡直不敢相信。

「阿一！」她伸長手，謝茂一立刻挨到她身邊抱住她，「阿一……」

「沒事了沒事了！我回來了！」謝茂一心疼的抱著老婆，感受到她像風中殘葉般的顫抖著。

彭佳茵見到謝茂一回來鬆了口氣，否則真要她繼續陪伴吳家喬，她都不知道撐不撐得下去——洪承宏不在，禹琳又已經出事了，誰知道下一個是誰？

「虧得你趕回來了。」彭佳茵由衷的說。

「辛苦了，我放心不下，所以迅速將事情辦完就先回來了。」謝茂一真心道謝，「結果我一下機就看到禹琳的事……」

彭佳茵抿緊唇流淚，眼神朝連薰予一瞟，說啊！

呃……連薰予接收到訊息，彎下身子，「謝先生，我們剛剛正對謝太太勸說，請她不要回到樓上。」

「什麼？」謝茂一錯愕的看向連薰予，「為什麼？」

「因為你家有……那個。」連薰予保守的說，球丟還給彭佳茵。

吳家喬嗚呼的哭了起來，彭佳茵附耳在謝茂一耳邊說明，說著昨晚令人措手不及的一切，她真的是看到那些阿飄把朱禹琳丟下去的！

「妳們喝酒了吧？」謝茂一竟噴了一聲，「該不會洪承宏又帶了什麼可以HIGH的——家喬，妳懷孕啊，妳不會也湊一腳吧！」

「說什麼啊！」彭佳茵使勁的推了他，「我們都畢業多久了，現在誰還碰那個！」

喔喔，蔣逸文轉著眼神，羅詠捷挑了挑眉，他們大概知道是什麼，就「興奮用品」嘛；那些東西離生活其實很近，在學校時幾乎唾手可得，一切就在於自己的自制力。

「那為什麼要說那些嚇人的東西？」謝茂一居然毫不採信彭佳茵的說辭，「妳明知家喬已經很脆弱了，她現在不能受刺激。」

「謝茂一！我彭佳茵會拿這種事開玩笑嗎？掉下去的是我閨密耶！」彭佳茵怒從中來，「我有看見就是有看見，家喬之前不是也跟你提過，家裡有——」

連薰予趕緊上前打斷彭佳茵的激動，他們現在這麼顯眼，別讓他人聽見啊！

「寧可信其有，謝先生。」一直沉默的蔣逸文主動開口了，「為了你好也為了老婆，暫避一下風頭比較安全。」

謝茂一摟著吳家喬，將她攙起。

「能避到什麼時候，我本來也不是贊成逃避的人，那是我們的家，我們不能從家裡逃走，就因為一些……錯覺或是誤傳。」謝茂一堅定的看著眼前的每個人，「我尊重每個人的信仰，或許真的有那些，但是我們行得正，我也沒有傷害過誰，他們不該會傷害我們。」

他頷首，往前走向連薰予與羅詠捷，她們倆愣愣的各自讓開一條路，眼睜睜看著謝茂一彎身拎起剛放下的行李袋，朝警衛打個招呼，就這樣帶著吳家喬上樓了。

「哇……這是怎樣？」羅詠捷瞠目結舌，「他不信耶！就連他老婆朋友說的都不信？」

「好鐵齒的人。」蔣逸文也深深佩服，「話說到這地步，他暫時避開不就好了？」

連薰予望著進入電梯的身影，一顆心忍不住糾結，腦子裡響起的居然是蘇皓靖的「人各有命。」

「謝茂一那傢伙以前就這樣！別看他看起來老實，固執得很！」後方的彭佳茵抓起皮包，疲憊不堪，「我好累，我得……」

她頓了一頓，突然跑到連薰予面前，近到差點沒貼上她的鼻尖。

連薰予嚇得連忙後退，她對與人過度接觸感到排斥，沒料到彭佳茵突然這麼直接，羅詠捷跟蔣逸文同時上前拉開彭佳茵，是怎樣這麼沒禮貌啊！

血濺入連薰予眼裡，染紅了她的視線，彭佳茵在地上爬行著，渾身是血的她伸長手，

『逃！快點逃啊——』

骷髏瘦的女人轉過來看著她，無神的眼吊高著，頸子有著腐敗的勒痕。

「有話好好說啊！」羅詠捷撐住往後倒的連薰予，「妳沒事吧，小薰。」

連薰予打了個寒顫，迅速別過頭躲到羅詠捷身後，蔣逸文一看就知道大事不妙。

「我們也該去準備上班了，欸，羅詠捷，妳今天開車好不好！」他催促著，暗示上樓。

「等等，我想問……我會不會有事？」彭佳茵焦急的哽咽，「那些……那些知道我看見了！」

連薰予緊閉起雙眼，直覺強大的她知道彭佳茵會有事，但卻突然猶豫了。

「算了，妳別說好了，我要回家……回家睡一下就沒事了！」彭佳茵撐著頭，「說不定我真的喝多了才會這樣，對……家喬家裡怎麼會有那些！」

「別再來了。」連薰予回身，只扔給彭佳茵這麼一句。

她僵硬著身子，沒有再說些什麼，拖著沉重的步伐往外走去。

警衛一直朝他們這兒狐疑打量，羅詠捷擠著苦笑打招呼，然後拖著蔣逸文快點回家準備，他們要提早去上班，今天早餐要吃得好又吃得飽，一掃這份陰霾。

「這些事不是誰的錯，小薰。」蔣逸文握著連薰予雙肩將她按下位子時，很溫柔的說著，「說到底，其實也不太關我們的事對吧？」

連薰予望著好友們，知道他們在為她打氣，點了點頭。

她當然知道這不是誰的錯，強大的直覺不是拿來阻止事情發生，就像蘇皓靖所言：別把自己當神。

如果她可以單純只專注在簽樂透這種小事那該多好？光看見吳家喬，她的身體就會不自主的發抖，那是種發自內心的恐懼，十二樓絕對沒有一般人想像的那麼單純，也不是觸犯禁忌這麼簡單。

啊，姊說過了對吧，那間屋子曾發生過什麼事嗎？斷不可能是凶宅，凶宅的話誰都會知道，謝茂一也不會購屋，但這狀況比凶宅還扯啊！

好累……她緊緊握著手機，內心的掙扎與疲憊才是最令她難受的，望著中庭那正在清理的血跡，她的確不停的在想……如果昨天晚上她有預感的話，說不定那個看起來很貼心的女孩就不會——

『那是我們的家！』

喝！連薰予突然瞪大眼睛，驚愕的回首，遲疑的起身環顧四周，剛剛那吶喊聲好清晰……聲音很遠，但是帶著忿怒與理所當然，而且是，男人的聲音？

誰的家？

薰衣草的香氣瀰漫了整間浴室，謝茂一坐在浴缸邊，看著泡沫綿細的堆滿浴缸，水聲嘩啦，他伸手入水裡測試水溫，無論如何要吳家喬靜心。

羅小姐怎麼會有那麼迷信的朋友？他們剛搬進來，為什麼全都要扯那些怪力亂神的事？購買房子前他們都查過了這裡沒發生過事情，不是凶宅，前屋主也住得好好的，只是後來又買了新家，才把這兒閒置下來。

唉，他嘆口氣，家喬本來就比較信那些，跟岳母一樣，所以才會被影響吧？

只是想起朱禹琳出事，他就覺得有股無名火，請他們來陪家喬，結果一定又喝得酩酊大醉，認識多久了他會不曉得？以前在學校時，家喬他們就是很瘋狂的一票，每次唱歌或跑趴都會喝得爛醉，所以他永遠都是守在夜店外的那個，隨時搶在別人撿屍前，先撿自己的女朋友回家！

大麻那種違法的東西就不要說了，管道超多又好入手，不會上癮的前提下……家喬他們遇到慶祝好事時都會吸一些助興，他為這件事跟她溝通過，還為此大吵過，她只答應未來不會在他面前吸。

家裡鬧鬼？呿，謝茂一想到就不滿，這是新家新生活，怎麼大家都在觸他們霉頭？

※　※　※

不過吳家喬沒有想像中的歇斯底里或是拒絕回來，她蜷在床上曲著雙腳，雙手緊抱著自己，略微不安的朝兩旁瞄看，她自己都搞不懂是幻覺？錯覺？還是神經過敏，但佳茵的確不可能拿這種事開玩笑，無緣無故為什麼要說陽台有鬼？

顫巍巍的往右邊的落地窗外看去，那木棧道、那她親自挑的鵝卵石，還有……再斜一點，坐在床上的角度看不到的搖椅，好像很可怕啊，但是……

這一切都比不上另一件事糾結著她。

『他不是說要出差三天嗎？為什麼可以一天就把事情處理完了？』

耳邊幽幽的傳來聲音。

『他到底有沒有出差呢？真的是去工作嗎？還是只是藉口？』

是啊，吳家喬沉下眼色，劉玟筠回來了啊！之前遠在上海，好不容易回來了，這是個不可多得的好機會啊！不趁這時候聚要趁什麼時候？

那天劉玟筠不是說了，只是趁出差繞過來，很快就又要飛去哪兒？他們得把握這黃金時光啊。

「家喬，水放好了！」謝茂一擦乾手走出浴室，「來，我們洗個澡，先放鬆一下。」

謝茂一溫柔的走向吳家喬，下意識多看了戶外的搖椅一眼。

「我不想看到外面，我們把窗簾放下好嗎？」吳家喬痛苦地說道。

謝茂一遲疑了幾秒，點點頭，「好。」

雖然他覺得應該要面對恐懼，尤其在被一堆人胡說八道後，更應該要看著自家陽台，瞪大眼睛看清每一角落，讓謠言不攻自破才對！

他走到靠梳妝台那端去，動手拉闔雙簾，簾子分別從床頭旁邊的與梳妝台旁的角落同時往中間聚攏，失去了自然光，房間立刻暗去許多。

而窗簾蓋過落地窗時，陽台上的木板上就站了那沒有趾頭的帶血雙腳。

深藍色的窗簾盡數拉起，謝茂一轉頭看著依然瑟縮的妻子，微微一笑，「家喬，妳看喔！」

嗯？吳家喬無神的抬頭看向床尾貼在落地窗邊的他，只見謝茂一冷不防唰的拉開窗簾——「登愣！」

「哇！」吳家喬被他的動作嚇了一跳，「你幹嘛！」

「看吧！」謝茂一就站在兩張搖椅中間的位子，拍拍落地玻璃窗，「什麼都沒有啊！對吧，就不要自己嚇自己了！禹琳的死只是場意外！」

啪啪，謝茂一再度拍著玻璃窗。

拍在一張忿怒的臉上，女人的臉就貼在落地窗上，忿忿的瞪著謝茂一，一層玻璃之隔，看不到不代表不存在啊！

『他為什麼能笑得這麼開心？他根本不在意朱禹琳的死！』

吳家喬皺起眉，斂起神色，「你為什麼能笑得這麼開心？禹琳死了啊！在我們家的陽台——」

謝茂一愣住了，靠，生氣了嗎？他趕緊滑到床邊，坐到吳家喬面前。

「妳別氣，我不是開心，我只是不想讓妳這麼難過……親愛的，妳現在真的不能承受打擊啊！禹琳出事我很震驚也很難過，但是、但是事情已經發生……」謝茂一捧起吳家喬的臉，「對我來說，妳才是最重要的！」

吳家喬望著老公，心中恐懼與悲涼一湧而出，淚水潰堤，衝上前就抱住了謝茂一，痛哭失聲。

她好想相信這份溫柔是真的啊！

謝茂一只能好生安慰，縱使現在哭得太傷心對孩子不好，但是朱禹琳是她的摯交，她不可能不宣洩情緒，他能做的只是緊緊抱著她，希望家喬哭完後能舒服一點。

大概哭了十餘分鐘，情緒稍緩，謝茂一便溫柔的將愛妻抱到浴室去，再多放點熱水就怕太涼，讓家喬能泡個精油澡，舒緩情緒；等等他再在房內點精油，讓她喝杯洋甘菊，徹夜未眠的她需要的是睡眠。

睡一覺起來後，就沒有什麼太痛苦的事了。

「門不要關，我會怕。」吳家喬怯怯的拉住他。

「好好，我半掩！妳不要擔心，瞧……」坐在浴缸邊緣的謝茂一勾起她胸前的玉佛像，「妳不是有佛保護嗎？我記得這是媽給妳的，妳很小就戴到現在？」

吳家喬低首看著胸前的玉佛像，對啊，她怎麼忘記她打小戴在身上的佛像！緊緊捏著佛像，媽說過長期配戴是會保佑她的，或許……就是那些沒有近身的緣故。

「對……」吳家喬越握越緊，這樣握著就彷彿有股暖流，連心都安定下來。

「我提早回來，我得去跟公司報備，還得聯絡一下公事。」他溫聲安撫，「我就在門外，妳有事喊我一聲我就聽見了，好嗎？」

吳家喬停凝兩秒，點點頭。

謝茂一吻上她的額，帶著手機匆匆的離開浴室，依言將門半掩，雖然他希望能讓家喬完處在一個盈滿薰衣草香氣的氤氳蒸氣中。

小心翼翼的闔上門，看著昏暗的臥室，這不是他們選擇這間屋子的初衷啊！他們喜歡這間屋子的格局，重點便在採光良好，設計這麼一大片落地窗也是為了讓光線充足，現在遮掩起來，豈不是本末倒置？

重新走到靠梳妝台這半邊落地窗前，再次掀起簾子，看著外頭的紊亂的殘跡，朱禹琳掉落的地方的會是個傷痛，但逃避絕對不是療傷的方法，她的後事他也會全程留意陪同，畢竟是家喬的好友。

但是……鬼？禁忌？危險？這哪門子的詞，洪承宏還傳訊給他說，昨天早上吳家喬竟找師父到他們家……天哪，真怕她被騙！去哪兒找的師父？找了會心安沒關係，重點是要找對啊！天曉得她花了多少錢？他只不想再這當口跟她吵而已。

放下簾子，走回床邊想先佈置一下，卻赫然發現剛剛吳家喬坐的地方，竟有一絲長髮……非常非常的長，他伸手捏起……哇塞，這頭髮比他還高啊！

他們認識的人中，沒有人的頭髮這麼長啊！

他好奇的右腳跪上床榻想再找一下，卻不知道踮起的左腳尖……正踩著那頭長及地的揪結長髮……女人正趴在床底下，用枯槁的手抓住自己散亂的長髮，試圖扯回來。

「這邊還有？」在枕下，謝茂一又發現另一條，舉高手端詳，這真的太長了，不正常啊！

不是家喬的，也不是彭佳茵或朱禹琳的啊……他不在的時候，還有別人進來嗎？

狐疑的下床，床下伸出指甲被剝離的手指……走開！女人張開手掌，就要掐握住那腳踝——

「可惡，連我都覺得不對勁了，還是得想個辦法！」謝茂一喃喃唸著，旋過腳跟往房外去。「先跟媽說一聲好了。」

他家離他們家近，媽一直在說要過來照顧家喬，更別說昨夜新聞一出，母親就急得跟熱鍋上的螞蟻一樣了。

床下的女人瞪著謝茂一離去的身影，緩緩退回了床底下，看著謝茂一躡手躡腳的路過浴室，就怕驚動吳家喬，然後帶著手機到了房門外。

「喂，媽……」

浴室裡的吳家喬正緩緩抬首，向門口看去的眼神十分陰鷙，跟公司交代？是跟公司交代還是同事？交代工作還是請他們替他隱瞞？其實他根本沒有出差，而是去了哪裡跟劉玟筠見面了。

剛剛哭著被擁抱時，她切實的聞到謝茂一的頸間有葡萄柚的香氣，阿一是不擦古龍水的，平時用的沐浴用品也都是無味的，出差時的沐浴包也是她準備的，香味從哪裡來？時髦打扮的劉玟筠，香水是什麼味道呢？

他們去了哪裡？阿一說到F市出差，與客戶開會談條件，還要順便去拜訪其他客戶處理業務，出門前的業務量這麼大，卻能在短短一天內結束返家？不是說回來陪她不好，只是……

如果這麼輕易可以提早回來，那為什麼星期天她央求他不要出差時卻說不行？前後詭異的矛盾、頸間的香水味，就算客戶真是女的，香水味怎麼會染上頸子？

到底背著她，幹了什麼好事！趕回來是心虛吧，覺得朱禹琳出事、她一定會慌亂，所以不能再跟劉玟筠逍遙快活！

為什麼！他們好不容易才買下夢想中的房子，從格局到位置都是最佳，為了裝潢彼此費了多少心血，肚子裡又有寶寶了，應該是開心幸福的新生活，為什麼會變這樣子？

為什麼就是喜歡那個劉玟筠！

吳家喬掩面痛哭失聲，現在的她，一點點喜悅都感受不到了……她想知道，為什麼喜歡劉玟筠還要跟她交往、為什麼要跟她結婚？還要買下屬於自己的家？

為……噗嚕嚕，正痛哭的吳家喬頓住了，水……水下有什麼在移動。

她緩緩放下雙手，她泡在浴缸裡，但微開的雙腿間可以感到水流的變化，有什麼東西跟在她同一個浴缸裡！

泡沫開始移動，她僵硬的身子不敢動彈，因為她怕一動就會碰到那水底下的東西……問題是，浴缸裡能有什麼？水是阿一放的，難道他會在裡頭放什麼東西嗎？

深黑色的頭顱終於冒出，吳家喬驚嚇得完全不知所措，她看見濕髮罩面的頭顱浮出，然後是關節分明的肩胛骨，聳起的肩頭以便雙手可以啪住握住浴缸邊緣，那隻手……她可以清楚的看見每一根骨頭！

女人撥開了黏在臉上的頭髮，她的頭髮漫佈在整個水面上，甚至碰到她的身體……

撥開頭髮的女人一如身體般乾瘦，唯有眼球因此凸出，直勾勾的盯著她。

「啊啊——呀——」吳家喬終於回神尖叫，身子一轉就要爬出！

但女人更快地直接攀上她的身體，伸手壓下她的肩頭，把她往浴缸裡壓回，滿缸的泡泡沐浴精讓浴缸極度濕滑，吳家喬連掙扎都沒有就滑回裡頭。

「阿一——」她歇斯底里的尖叫，那女人如枯骨般的手扣住她的身體，下一秒撲上，左手掩住她尖叫的嘴！

不不——阿一呢？謝茂一！他為什麼沒聽見！

女人的鼻尖幾乎抵著她，一雙眼球打量著她，冰冷的手緊摀她的嘴，那觸感如此真實，這不是幻覺！

謝茂一！

『這裡……不是妳的家，是我們的……』女人一字字的說著，這麼近，吳家喬甚至可以看見她額頭上的凹裂。

吳家喬哭著點頭，除了點頭她不知道能說什麼！她聽見了，她知道了！

『滾——出——去——』女人張大嘴咆哮著，那聲音尖銳得令人發寒！

吳家喬緊閉雙眼，突然感受到嘴上的力量消失，她緩緩睜眼，浴缸裡只剩她一個人，沒有那個骨瘦如柴的女人……沒有——噁！

想起剛剛放在嘴上的手，吳家喬就是一陣噁心，她攀著浴袍邊緣往外吐了一地，嗚咽痛苦的哭喊著。

「嗚……嗚……哇！阿一！謝茂一！」她尖吼著，拿水瓢沖掉地上的嘔吐物，全身虛軟的爬離了浴缸！

抓過浴巾，顫抖的連圍都圍不上，她只能隨意裹上身，她現在只想要離開浴室，卻舉步維艱的困難！扶著牆好不容易走到門邊，扣住半掩的門緣，腳軟到幾幾乎走不動。

阿一在哪裡？為什麼沒來救她！

「謝——」

「妳再等等，妳要相信我啊！」

咦？聲音從外面飄進來，吳家喬原本要大開門的動作頓住了，浴室門邊就是房門，謝茂一站在門外的走廊上講電話。

為什麼不在房裡？他明知道她害怕，應該就在浴室外才對，而且就算講電話，會聽不見她的尖叫聲嗎？明明就在門邊啊！講什麼電話要這麼神秘？跟公司報備需要躲躲藏藏嗎？

「我知道妳喜歡這間屋子，妳放心，我會拿到手的。」謝茂一的聲音甚是寵溺，「懷孕又怎麼樣？也才幾週，孩子三個月內最不穩了，我不會讓她生下孩子的。」

吳家喬感到一陣冰冷，彷彿血液被抽光了似的，她就站在浴室與房門的那個角落，還可以看見丈夫的影子，他在靠近儲物間門口的地方講電話……關於想殺死她肚子裡孩子的事情嗎？

「她精神耗弱，我不是跟妳保證過這招行得通嗎？放心，我只愛妳一個人。」謝茂一輕聲笑著，「從小到大，我只愛妳一個人。」

劉玟筠。

適才的懼怕幾乎瞬間消失，取而代之的是滿腔的忿怒，吳家喬雙手緊緊握了拳，就算家裡鬧鬼，她還得感謝那女鬼給了她這個機會，讓她聽清楚自己的丈夫究竟如何跟另一個女人示愛！

「這裡遲早，會成為妳的家的，妳放心好了！」肯定的口吻令人心寒，「我們的家。」用她的錢、她爸媽的錢買下的房子，為的就是這個目的嗎？

吳家喬冷靜的將浴巾圍妥，自己都不知道為什麼會如此大膽的轉身進入浴室，她甚至走回流理台邊，做了好幾個深呼吸，再一次、又一個。

「阿一！」她壓下所有的忿怒顫抖，喊了出聲。咦？謝茂一緊張的回首，「家喬洗好了，我要去顧她了，拜託妳快點！謝了，掰。」匆匆切掉電話，「來了！」再趕緊把通話紀錄刪除，謝茂一轉身進房。

只是才進房間，就看見站在浴室門口的吳家喬，他還用力過猛差點撞到呢。

「洗好了嗎？好快耶！」謝茂一焦急的從門後拿另一條浴巾為吳家喬披上，「水都沒擦乾，妳這樣會感冒！」

吳家喬看著他細心的壓著她的肩膀，將水珠擦乾，忍不住勾起嘴角，「你……好體貼喔。」

「現在才知道。」謝茂一還得意的賣乖。

「你對……每個女人都這樣嗎？」忍住，吳家喬忍著哭泣的衝動，抽搐著唇問。

「什麼每個女人？我的女人就只有妳啊！」謝茂一在她的髮上頰上親吻，最後落在她的唇上。

但吳家喬瞬間別過了頭。

嗯？謝茂一有些錯愕，家喬在生氣嗎？

「我不太舒服……對不起。」她逕自往床邊走去，那張嘴，說不定剛回來前才吻了別的女人！

「我去幫妳泡茶！」謝茂一邊說，突然由後抱起了她。

「呀——謝茂——」吳家喬是真的嚇到了，突如其來的公主抱她沒有感到幸福，更多的是恐懼。

被抱往床邊前，她想到的是朱禹琳的墜落……萬一他就這樣抱著她往樓下丟，也可以說她是失足啊！

直到謝茂一將她放上床，蓋上被子時，她才勉強鬆了一口氣。

「對了，媽等等會過來，她很擔心妳的身體，我想讓她過來陪妳也好，她想幫妳補補身子。」謝茂一蓋上被子時，輕聲的說。

「媽？媽他們不是回去了？」吳家喬驚愕的抬頸。

「媽住得近啊，一看到新聞就放心不下！說什麼都說要等妳穩定。」謝茂一銜著她微笑，「妳知道媽不是會給人壓力的那種人，讓媽睡我書房就可以，沒關係的。」

「可是……」吳家喬想說些什麼，但婆婆要來照顧她，她其實很難拒絕。

而且謝茂一的媽媽對她其實真的很好，人也開明，沒有傳統的婆婆架子……她安穩的躺上枕頭，也好，她也想問問婆婆——為什麼謝茂一要選她！不選那個劉玟筠！

謝茂一去廚房為她沖杯暖洋洋的熱茶，床底下的女人，長長頭髮開始從床底蔓延，往上攀附了雪白的床榻、吳家喬的枕邊。

『她剛剛跟誰講電話？』

『他泡的茶千萬不能喝，說不定有毒，要害妳流產喔！』

『他們想要這個家，把妳趕出去。』

『他不愛妳，他沒愛過妳！』

第九章

十一點，連薰予幾乎望眼欲穿，好不容易終於等到了蘇皓靖出現。

「你怎麼現在才來？」

蘇皓靖都還沒踏出電梯門咧，連薰予就已經從櫃檯裡奔出來了。

「慢——慢！」蘇皓靖連忙伸手，「妳這種熱烈歡迎我會怕，我做到今天，所以今天只是來還證件的。」

「做到……今天？」連薰予相當錯愕，「怎麼會這麼快？」

「當然把特休用掉啊，何必傻傻的上班？」蘇皓靖認真的上下打量她，「妳……你們昨夜還好吧，我沒感受到什麼，不過我知道有人墜樓了。」

這是早上最新的社會新聞，那女孩酒後失足墜樓，有點慘，蘇皓靖只見過她幾次。

蘇皓靖閃過連薰予想往公司去，連薰予連忙上前攔他。

「你該知道實情的！朱禹琳不是自己墜樓的，你同學一早趕回來，再這樣下去會出大事的！」連薰予下意識伸手想拉他，但蘇皓靖不悅的舉起手，閃開了她的觸碰！

原本總是帶著魅力的微笑臉龐變得嚴肅且微慍，蘇皓靖正瞪著他。

「妳明知道我們接觸感應會擴大，故意的嗎？」蘇皓靖口吻相當不客氣，跟著往後退，「擁有強烈第六感這種事已經是悲劇了，擴大感應根本是跟自己過不去，我就是不想再與妳接觸才要離職，妳不能有點自知之明嗎？」

連薰予緊揪著胸口，冰冷的眼神厭惡的口吻，她不知道蘇皓靖這麼討厭她！

「我只是希望能多做一點，謝先生家的狀況已經不只是他們一家的事了，我光看著謝太太都會發毛，除了血之外什麼都看不見……這不是極度嚴重的事嗎？」

就是因為她一個人能力太弱，她才希望蘇皓靖能幫她！

「愛做妳自己去，別再拖人下水，我非常非常討厭接觸妳。」蘇皓靖一字一字冰冷的說著，「我不需要再增強第六感了，謝謝！」

原本好好的日子都被破壞了，這女人還變本加厲？

嗶，越過連薰予，蘇皓靖看見他們公司的玻璃管制門打開，蔣逸文有些急切地走了出來，他一秒勾起嘴角。

「就這樣囉，拜託連小姐放過我吧！」換上一副嘻皮笑臉的模樣，但蘇皓靖的眼神卻帶著警告——不要再煩我！

他抬首，朝蔣逸文舞舞手指打招呼，接著旋身朝自己的公司走去。

「小薰，我確定了，那棟屋子不是凶宅，我查過凶宅網跟仲介了，真的從未出過事。」蔣逸文走向連薰予，「不過我剛跟仲介聊天時，我覺得他的反應很怪，好像瞞著什麼。」

拿出識別證的蘇皓靖放慢了腳步。

瞞著什麼……仲介？前任屋主，謝茂一的屋子是買來的，他說前任屋主在別的地方購買房子了，所以將這間閒置下來的房產售出——不認識的男人帶著簡單的行李，拉著妻小連滾帶爬的衝離家中，開門時還因為手太抖而開不了，豐腴的老婆在一旁尖叫。

沙發上坐著如枯骨般的女人，她們端坐著，手裡還捧著茶具，彷彿那才是她們的家。

衝出的人們，落下的鑰匙……蘇皓靖閉上眼，吁了口氣。

「小薰！」管制門又打開，這次的聲音是羅詠捷，「我們下午請好假了，等等就回去。」

「咦？你們兩個幹嘛請假？」連薰予好訝異。

「出這種事誰放心得下啊，就算有陸姐的什麼符，我還是住樓下啊！況且都死一個人了，謝先生鐵齒成那樣，還是要救一下啦！」羅詠捷推著連薰予往櫃子去，「我跟主管說了，妳也一起請，快點！」

高跟鞋聲音噠噠，連薰予真的被推進櫃檯裡。

「反正妳也放心不下，對吧！」蔣逸文的聲音是帶著點無奈，「羅詠捷更不可能，她勉強算事件關係人吧？我覺得已經出事就很糟糕，妳現在有什麼感覺嗎？」

連薰予心跳得加快，她其實很緊張，始終在為與不為之間掙扎。

但沒想到羅詠捷他們竟比她積極許多，幾個深呼吸平復情緒後，她搖了搖頭。

「我力量不夠，我想直接進去謝家，我就能感受更多……」她一怔止住話語，幽幽的往右方的甬道看去。

蘇皓靖沒有進入公司，他雙手抱胸的斜靠著牆，用一種挺不屑的眼神望著她。

「要聽聽我的直覺嗎？」只挑起的一邊嘴角，依舊玩世不恭。

「你真不幫你同學啊？」羅詠捷擰眉，真難理解。

「我覺得，你們今天最好誰都不要回去，也絕對不要請假，去住旅館或誰家都行。」蘇皓靖甩動著識別證，「只要捱過今天就好了。」

嗶，雜誌社管制門開啟，蘇皓靖沒有再多說的走了進去。

今天……連薰予驚愕的坐下，今天事情就會結束，但也就代表今天會出事！

「為什麼連我都不能回去啊！」羅詠捷不解的趴上櫃檯高桌，「小薰，妳有感應到我什麼嗎？」

連薰予的手指在假單系統上飛快地移動著，她得要先請假，然後進入謝家！

「我要進去謝家才能知道！」她起了身，「蔣逸文，可以麻煩你親自跑一趟找仲介嗎？屋子一定有問題，就算不是凶宅也絕對有事，看能不能聯絡上之前的屋主。」

「我問了，說屋主人不在國內，無法聯繫！」蔣逸文怎麼可能沒追問。

連薰予頓了一秒，抬頭看向蔣逸文。

「不，屋主在國內。」她斬釘截鐵的說，「還跟我們住同一個城市。」

「咦？」蔣逸文亮了雙眼，「妳的……直覺？」

連薰予肯定的點頭，瞟向羅詠捷，「快去處理雜事，十二點一到就走！」

「好好好！」羅詠捷連忙推著蔣逸文往裡頭去，「我們去拿東西！」

如果事情會發生在今天，根本分秒必爭啊！

※　※　※

屋子裡瀰漫著燉補的香氣，婆婆在廚房裡忙碌著，謝茂一請假在家裡陪伴愛妻，該多休息的吳家喬卻完全沒睡，獨自躺在床上翻了一上午，但謝茂一都沒有發現。

只是她的臉色變得相當憔悴，眼窩凹陷又有深黑的眼圈，怎麼才幾天就變成這樣？

「家喬啊，出來客廳吃東西好不好？」婆婆在門外喊著，「我想在陽台上拜一下禹琳。」

「媽，我來！」謝茂一從後面走來，敲敲房門，「家喬，我進去囉。」

推開房門，謝茂一嚇了一跳，他直覺往斜左的床榻看去，結果卻在與門一直線的梳妝台位置看見吳家喬；她隻身坐在鏡前，手裡暗暗捏的是那個櫻花髮飾。

「妳怎麼起來了？有睡嗎？」謝茂一走到她身後，輕柔按摩肩頭。

將髮束藏進掌心，抬頭勉強敷衍的笑了一下。

「妳怎麼臉色看起來更差了？」謝茂一擔心的彎下身子，輕扳過她的下巴，「眼睛都是血絲了。」

「睡不好。」她隨口說著，只要想到他們兩個的事，就很難睡得安穩吧？

「這樣不行，我們吃飽去看醫生好了！」謝茂一當下做了決定，家喬一直不睡身體根本扛不住。「媽燉好補湯，我們出去吃。」

他將老婆攙起，吳家喬緩步的往外走，溫柔的攙扶與手臂上那體貼的溫度，現在感受起來只有滿滿的諷刺。

坐上餐桌，廚房飄來香味四溢的迷人氣味，婆婆將一整鍋雞湯擱在桌上，細心的為她盛了一碗。

「媽，我沒有喔？」謝茂一拉開椅子，食指大動。

「欸，你又不是懷孕的人，要什麼！」婆婆將滿滿的湯碗擱到吳家喬面前，「家喬，多吃點，我們阿一這方面鐵定不行，妳現在身子虛，最需要補一補。」

「謝謝媽。」吳家喬瞥向隔壁的謝茂一，「也讓阿一喝吧！」

「哎，這是為妳燉的呢！」婆婆嘴上這麼說，但早備了兩個碗，轉身跟謝茂一說，「你就多吃這些燉柴的肉，雞湯可得給家喬喝啊！」

「是是是！」謝茂一嘴饞的盯著那碗雞湯，口水都快流下來了。

吳家喬淺笑著，她得等……要等阿一先喝下去，才能確定雞湯裡沒下毒。

他想要毒死她跟她的孩子嗎？還是要用什麼方法殺了她的孩子？會是謝茂一下的手，或是婆婆呢？她沒忘記劉玟筠多受公公婆婆喜歡，畢竟是跟阿一一起長大的好女孩嘛！

盛好雞湯後，婆婆就抱了東西要去祭拜朱禹琳，當然得先得到吳家喬的首肯，出此意外不是大家樂見的，婆婆也認識禹琳，萬萬沒想到喝多了竟就這樣摔下去了。

簡單的祭拜，希望能慰朱禹琳在天之靈。

「啊！」謝茂一先灌了湯，簡直美味，喉間發出讚歎後才留意到她，「妳怎麼沒喝？」

「燙。」她冷冷的笑著，早想好藉口了。

「喔，那我幫妳吹吹。」謝茂一趕緊拿起她碗裡的湯匙，一邊輕輕攪動，一邊吹著。

多麼好的男人。她就是喜歡這樣的謝茂一，雖然有些固執的地方，但待她真的是極好，溫柔又正直，總是無微不至得令人動心。

「你這次去哪裡出差？我忘了……」她懶洋洋的問著，「我記得不是很多家廠商嗎？」

「是F市啊，的確多……但佳茵跟我說妳狀況不好，加上朱禹琳的事，我無法專心就趕回來了。」謝茂一難受的看著她，「幸好我回來了，看看妳變成什麼樣。」

陽台上的婆婆點燃著香，朝天祭拜，願死者安息。

將香插上香爐，木板上擺了一些水果、素菜，還有朱禹琳喜歡吃的零食，等香燒完後，再讓家喬進來，不然這氣味怕對孕婦不好。

「公司怎麼說？」吳家喬一小口一小口的喝著雞湯。

「沒事的。」謝茂一表情有點僵硬，吳家喬一看就知道，他在說謊。「怎麼樣，好喝嗎？」

阿一說謊時眼神會飄移，接著會端出笑容顧左右而言他。

「嗯，好喝。」她自然配合，早知道他說謊，何必戳破。「這次公司安排住哪裡？舒服嗎？我們好像也沒去F市玩過。」

「我們都排商務旅館，還不錯呢！」謝茂一好奇的望向她，「妳想去F市玩喔！」

「嗯，有空就想去。」她嫣然一笑，「哪間呢？」

「哪……我要想一下。」謝茂一歪著頭皺眉，「我看一下Mail，那時有發給我的……」

「看發票不是比較快？」她淡淡撂了一句。

「發票還要找，我直接搜信不是比較快嗎？妳看妳看！」謝茂一把手機轉向吳家喬，

藉口，因為你沒去F市，沒有出差，沒有去住那間旅館。

或是去住了那間旅館，你們有別的消費，超出了公司給的額度，因此才不敢找發票出來！

「叫Luxury！」

叮咚——門鈴聲突然響，吳家喬直起身子，狐疑的望向謝茂一。

「是誰？佳茵他們嗎？」謝茂一趕緊起身，都直接按門鈴了，沒經過警衛呢。

「誰來了啊！」婆婆告一段落也走了出來。

陽台上那兩炷香瞬間從頭燒到尾，一秒成灰的隨風散落在木棧道上。

搖椅開始輕晃，搖啊搖的，微風從沒關緊的落地窗縫隙吹進，深藍色的窗簾隨風飛揚，波浪般的布飄動著，隱隱約約的，可以見到坐在搖椅上的人們。

「羅小姐？」謝茂一打開門時有幾分詫異，「妳怎麼……你們怎麼一起來的？」

羅詠捷跟連薰予站在門口，妙的是後面竟還跟著洪承宏跟彭佳茵。

「是剛好遇到，不是一起來。」洪承宏不安的往裡頭探，「家喬！妳好些了嗎？」

「她不好！」謝茂一回首趁機抱怨，「她從昨晚到現在都沒睡！」

「什麼？怎麼回事？」彭佳茵喊著，但卻對於踏進謝家有幾分遲疑。

婆婆走了過來，看見熟悉的人親切微笑，「哎呀，是你們啊！」

「咦？謝媽媽好！」洪承宏立刻正經起來，他不知道有大人在。

彭佳茵最後還是硬著頭皮走了進去，沒料到謝媽媽也在，聞著這一屋子的雞湯味，表示他們一整天都待在家裡也沒什麼事對吧？

吳家喬正巧坐在背對大門的位子，回身好奇的望著羅詠捷，「羅小姐什麼事嗎？」

「方便進去嗎？」羅詠捷問著，連薰予要進去才能感應嘛！

「妳們有什麼事？如果是要講那些的話……就不方便。」謝茂一不悅的板起臉色，在他心中已定義：羅詠捷是個迷信的傢伙了。

哎唷，羅詠捷實在覺得煩，她直接說聲對不起，大方的朝吳家喬打招呼，「謝太太好，我們來探望妳的！」

她直接拉著連薰予走進屋內，先斬後奏！

「喂——」謝茂一見她們硬闖有點不爽，「羅小姐！妳們幹嘛，我沒請妳們進來啊！」

「阿一！這麼說話的？」婆婆倒是不明白了，「這麼沒禮貌？來，歡迎歡迎……這位是……」

「樓下鄰居！」吳家喬趕緊介紹著。

羅詠捷負責跟大家寒暄，她也的確買了一籃水果來看吳家喬，而連薰予她一進謝家後，就開始全身發冷。

好餓……怎麼這麼餓？她又餓又冷，而且……小斧頭？鋸子？

一道影子過來，揪起她的頭髮就往牆上撞，那把短斧上染滿鮮血，上面還有……殘餘的組織？

「連小姐？」吳家喬留意到失神的連薰予，「連小姐！」

喝！連薰予明顯的劇烈顫抖，下一秒整個人居然腳軟的滑坐在地！

咦咦！一票人錯愕不已，羅詠捷趕緊將她扶起，一握住連薰予的手，就能感受到詭異的冰冷。

「小薰！妳感覺到了嗎？」羅詠捷緊張的問，她留意到連薰予的頰畔都是冷汗！

連薰予惴惴不安的點頭，「走！快點走！趕快離開這裡！」

「……什麼？」彭佳茵跟洪承宏是鼓起勇氣才來看同學的，昨天的事依然心有餘悸，而這個自稱有第六感的人突然說這種話是會嚇人的啊！

「妳們適可而止喔！」謝茂一果然不爽。「妳們要怪力亂神請便，但不要影響我們這個家！」

「我沒有怪力亂神！這就是我感受到的……這裡很危險，非常血腥！」連薰予回身，誠懇的對著謝茂一，「很多事你不信不代表他們不存在，我見到滿地鮮血、有飢餓，有寒冷有……恐懼……」

「小薰！妳有看到發生什麼事嗎？」羅詠捷緊張的問。

連薰予搖搖頭，「說不準，但是在這裡太危險了，我說過我是直覺準，我的直覺就是逃──逃！」

她立刻看向其他人，走啊！還待在這裡做什麼！

目睹朱禹琳慘死的彭佳茵立刻應和，「走……我們現在就走！家喬！」

「走什麼？你們怎麼也被她影響了，一個江湖術士的胡言亂語你們還跟著起鬨？」謝茂一氣忿的嗆聲，「以後隨便一個人過來說我們家是凶宅，我們還要不要住？」

「沒有人說你們這裡是凶宅！」羅詠捷超認真的解釋，「你們家只是鬧鬼而已！」

嗯……連薰予看著羅詠捷不知道該怎麼感謝她的補充說明，真的沒有比較好，謝謝……

「我說實話，謝先生謝太太……」連薰予認真深呼吸，「你們這間屋子，在處理好之前可能都不宜住人。」

婆婆相當驚愕，她認得彭佳茵她們，但後來跑來的兩個女人她不認識，可陌生人怎麼一進人家家門就提鬧鬼又說不能住人的？這是什麼意思？

「阿一啊！這兩位是……」婆婆也不太高興的出聲了。

吳家喬詭異的回過身去，繼續從容喝著她的雞湯，鬼？她看過了，那些喊著這是他們的家的鬼，瘦到連點肌肉都沒有，活像餓死的一樣。

但搞清楚，這才是她的家，誰都休想奪走！

「家喬！」洪承宏跟彭佳茵一左一右的勸說，「我真的沒騙妳，禹琳已經出事，那些不可能是人……這裡很危險！」

吳家喬開始啃起雞肉來，較之於前兩日的驚恐根本判若兩人，她怎麼可能放棄這個家？難道要拱手讓人嗎？她撕咬著肉時突然頓住，該不會……那個羅小姐跟阿一是串通好的，他們想要用鬧鬼讓她離開這裡嗎？

然後，劉玟筠接著進來嗎？

「家喬……妳怎麼了？」洪承宏覺得不對勁，「妳之前明明就說看到什麼的？」

「那無所謂了。」她抹抹油膩的唇，「不互相侵犯就好……」

「他們殺了禹琳啊！」彭佳茵都快哭了。

婆婆聞言只覺得混亂，朱禹琳不是失足墜樓嗎？為什麼彭佳茵會那樣說？而且剛剛的言談之中還提到……家喬也撞鬼了？這屋子……她抬頭環顧四周，突然起了股惡寒。

「我不知道這裡發生什麼事，但你們搬家入厝時沒處理好，觸犯禁忌，觸發了在這兒的亡者！」連薰予激動的趨前，「我還不知道該怎麼辦，但是你們必須先離開，這裡今晚絕對不能待人！」

「不要跟我扯那些……我不是鐵齒，但我要做我也不會聽妳的啊，我跟妳又不熟！」謝茂一不停看著手機，「家喬遇到的事我都聽說了，我也知道彭佳茵不是會胡說八道的人，我可以請人來處理，但我不可能放棄這裡。」

吳家喬有點感動的側首看著謝茂一，他義正詞嚴的對著連薰予說明自己的想法，如果阿一是真的想守護他們的家那該多好。

「你這還不叫鐵齒，叫鋼齒嗎？」羅詠捷簡直不敢相信，「死活都不願意走了啊！」

啪！吳家喬一掌拍在桌上，讓如驚弓之鳥的大家嚇一大跳，她沉著一張臉站起，輕靠在桌緣看向連薰予。

「這棟房子花了我多少心血妳知道嗎？我爸媽出了多少錢？我出了多少錢？我們為了這些家具跑了多少工廠，去找自己要的材質與樣式？光裝潢與設計費又是多少！」吳家喬咬著牙低吼，「才搬進來第幾天，就有人叫我放棄這裡？作夢！這是我的家！」

「命比殼重要嗎？」連薰予不可思議的看著吳家喬，為什麼謝太太的眼神讓她覺得有點可怕，「妳朋友已經因為這棟房子的亡靈死於非命了！」

「……那是上次請的師父太差，我會再請、我會再找一個更厲害的！」吳家喬略喘的撫著胸口。

「放心好了，我已經找到了！」謝茂一突地插嘴，「我說過我沒有不信你們，如果真的有問題，就該請真正的高手來看！」

咦唷唷？羅詠捷完全狀況外，謝先生請了高人？連薰予也倒抽一口氣，怎麼突然變得這麼積極？

「阿一，你說真的假的？」彭佳茵邊說一邊恐懼的四處張望，萬一好兄弟們聽到不爽怎麼辦？

「妳不會騙我們，而且……我也覺得家裡有些不對勁。」謝茂一難得說出人話，彭佳茵聽得都快痛哭流涕了。

「阿一啊，怎麼可能，這裡面真的有……」婆婆不安的縮著身子，「你找人了嗎？你怎麼會認識師父？」

「不是我認識！啊啊，來了！」謝茂一突然接起手機，「喂，妳直接上來，我剛跟管理說員了！對！好！」

來了？連薰予為什麼覺得不安的感覺越來越重？她瞄向電視螢幕，上面映著他們的身影，但模糊黑暗的影子中卻好像還藏著……她連忙後退，推著羅詠捷往後，不希望自己也在電視的倒映中——唰！

她緊張的握住羅詠捷的手腕，她看見了，有個長髮的亡者跑走了！

「哎。」突然被緊握住的羅詠捷吃疼的皺起眉，「小薰？」

「你找了人？」吳家喬依然背靠著桌緣，她狐疑的問，「什麼時候的事？」

「就上午妳在洗澡時，我覺得不對勁，不管怎樣既然要處理，就要找真的高人來看。」謝茂一說得眉飛色舞，「劉玟筠人脈超廣，她認識很多人，所以找個師父不是問題！」

還沒按門鈴，謝茂一將木門打開，頭髮染成李子色，綁著馬尾的女人就在門外。

「玟筠！」婆婆驚奇不已，「哎呀，好久不見妳了！」

「謝媽媽也在啊！」劉玟筠上前就是一個大大的擁抱。「我好想念妳煮的菜喔！」

「那有什麼，下次阿一回來時跟著過來啊，妳爸媽也很想妳，說妳都不在國內。」婆婆捧著劉玟筠的臉，就像對待女兒一樣親暱。

「好啦，別敘舊了……」謝茂一看向跟在劉玟筠身後的人。

男人看上去相當普通，是個中年男子，年紀約莫五十餘歲，留個小鬍子，襯衫西裝褲，與一般人無異；他禮貌的頷首走進，那壓力迎面而來，連薰予有些喘不過氣，不得不退到背著餐桌的沙發邊。

這個人有力量，她瞄向男人，男人似乎也明白的瞥了她一眼，微笑。

「請大家安靜。」他開始在客廳裡行走，沒有拿任何物品，就只是繞著茶几走路。

劉玟筠。

劉玟筠！劉玟筠——她居然堂而皇之的進入她家了！

吳家喬緊握的拳都快浮出青筋，謝茂一竟然光明正大的把她帶回來，用什麼帶師父的名義！看看婆婆對她的態度，她都不知道誰才是這個家的女主人了！

婆婆也知道嗎？知道阿一喜歡的是她？支持他們在一起？

她喘不過氣的轉身往廚房裡去，「茶，我要喝水。」

洪承宏趕緊上前攙扶她，但她堅持要自己走，洪承宏幫她調了杯溫水，吳家喬捧著杯子的手都在發抖。

「他就這麼叫她來了……」吳家喬喃喃自語，「說什麼斷交都是騙人的，他果然放不下她！」

洪承宏蹙著眉，其實聽得清楚，「家喬，我說真的，妳這醋吃得有點沒意思啦！雖然男人很不可靠，但妳要對自己有自信啊，如果阿一喜歡劉玟筠，就不會娶妳了吧？」

什麼？吳家喬幽幽看向身邊的多年好友。

「從小長大的感情是親人，妳要求謝茂一斷交，就跟要求他跟兄弟姊妹斷絕關係一樣，我覺得有點不近人情。」洪承宏認真的看著她，「我當然知道妳會介意他們曾經交往過，但妳才是謝太太啊……再說了，劉玟筠分寸也守得很好，妳看她多有義氣，阿一要她找師父，說來就來。」

是啊，那是因為這是他們設計好的啊！他們想要殺掉她、殺掉肚子裡的孩子，想要謀奪她的身分，她的地位還有她這個家！

「家喬還好嗎？」彭佳茵也繞進來，用氣音問著。

「她在氣劉玟筠來。」洪承宏使著眼色。

彭佳茵聽了直想翻白眼，「劉玟筠現在是來幫你們的，妳就不要想這麼多，我覺得她對阿一沒那個意思啦！要計較也別在這時候計較啊！」

淚水滴答滴答的落進了手中的馬克杯裡。

吳家喬第一次感受到什麼叫孤立無援……連她最要好的朋友們，都站在劉玟筠那邊嗎？他們什麼時候聯手的？全世界都知道劉玟筠跟阿一的關係嗎？又是一個元配最晚知道的故事？

「這裡很難處理，你們搬家時應該沒有好好做對吧？」師父終於出聲，「不過就算好好做，也撐不了太久——這間屋子不能住人。」

「什麼意思？」謝茂一不解的問。

彭佳茵趕緊往外跑了出去，洪承宏也要扶吳家喬出去，她卻搖搖頭，半開放式的廚房她聽得見的，所以洪承宏逕自走了出來。

「犯禁忌是激怒亡者的主要原因，你們是侵門踏戶的入住別人的家，誰會高興？」師父用嚴肅的眼神環顧房子每個角落，「不過只怕他們也不是能接受共存的人，這是他們的家，誰都不能侵犯。」

「什麼別人的家，這是我的家！我們買的！」謝茂一激動的低吼，「這太扯了，沒有解決辦法嗎？」

劉玟筠上前拍拍謝茂一的肩頭，「你不要激動，聽師父說完。」

「這裡已經住了別人了，目前無法溝通，你們暫時離開才是上策，否則他們也會逼得你們離開或是——昨天不是已經有人出事了？」

「喂，妳找的師父，怎麼大家都要把我從家裡趕出去啊？」謝茂一不滿的向劉玟筠抱怨。

「喂，有問題是你家耶，我哪知道扯什麼鬼，這師父是我認識最厲害的了！要不你厲害幹嘛不自己找？」劉玟筠不爽的推了他一把，莫名其妙！

好親暱的兩個人啊，吳家喬望著那打情罵俏的小兩口，她像不存在一樣，明明她才是這個家的女主人啊。

『殺啊，要維護自己的家。』

『自己的家只能靠自己奮鬥了！』

咦？連薰予覺得聽見了什麼，探頭往半開放式的廚房望去，只見到有點恍神的吳家喬。

有人在說話，她可以確定有什麼聲音在飄浮著。

「師父，謝先生在入厝前後就……」羅詠捷細數觸犯禁忌，謝茂一開始低吼所以都怪他嗎？

那如果他都做到，是不是就不會有事呢？

砰——正在大家吵成一團時，大門冷不防的被推開了，頎長的男子站在門口，用非常困惑的眼神看著在客廳裡的所有人。

「為什麼你們還在這裡？」蘇皓靖不敢置信的喊著，「連薰予，妳不是來叫他們逃的嗎？」

蘇皓靖！連薰予激動的往前解釋，「他們不聽啊，謝先生他們不願意暫時離開！」

「什麼暫時？這間屋子根本不能住人！」蘇皓靖直接對謝茂一喊，「我比連薰予的直覺還強，這屋子裡有八個亡靈，認定這是他們的家，你們就算賠了吧，誰敢住這間屋子，早晚抬著出去！」

謝茂一看著他才吃驚了，「蘇皓靖？你什麼時候也——」

「我從小到大都一樣，第六感強得不得了，你忘記我叫你通識課全部寫Ａ一定過嗎？」蘇皓靖步入，打了個寒顫，「靠，這什麼鬼地方哪能住人，快點走了！重要物品拿一拿就先閃人了。」

謝茂一不能接受，尤其剛剛蘇皓靖說買房子當作賠錢這件事！

「直覺強嗎？」男子打量著他們兩位，「果然，我就覺得磁場不同……」

「快點吧！先聽師父的話！」婆婆倒是積極，「先拿重要的東西，啊，我的包包！家喬！吳家喬！」

「我不想走啊，媽！」謝茂一懊惱不已，劉玟筠不客氣的直接拉過他。「劉玟筠！」

「清醒一點，大家都說這裡有危險幹嘛硬拚啊！過了今晚再說啊！」劉玟筠走到餐桌中間往廚房看，「我在附近有房子，你們去我家住！沒問題的！」

去妳家？吳家喬冷笑著，哈哈哈，她現在要接受小三的施捨了？

「啊啊啊！」謝茂一不爽又氣急敗壞的抓著頭在原地吶喊，彭佳茵直接對吳家喬高喊她去幫忙拿東西，她知道該幫她帶什麼。

但她不敢一個人進房間，便拖著洪承宏一起去，抓衣服、證件及錢，先閃再說。

劉玟筠逕自打開客廳茶几下方的抽屜，準確拿出一個不起眼的小包，朝上拋給謝茂一。

吳家喬往前在小窗台邊往外看，那破爛包是阿一放緊急備用金與物品的地方，這種事應該只有她知道而已！但劉玟筠卻知道——她果然知道！

『再不動手，妳的家就要被人搶走了喔！』

『除了妳之外，誰能保有這個家？』

『那個女人，就是要奪走妳一切的人了。』

婆婆憂心如焚的繞進廚房，看著文風不動的吳家喬甚是緊張，「家喬啊，來，我先扶妳出去！」

謝家一片慌亂，看著敞開的抽屜，蘇皓靖突然目光落在裡頭，連連薰予都跟著被吸引過去。

師父蹙緊眉心繞到茶几邊，蹲下身看著抽屜裡的紅包袋。

「啊，入厝時放的紅包袋嘛！」羅詠捷知道那玩意兒，她當時也有放，「裡面擺零錢。」

「……不，不是零錢。」連薰予緊皺著眉，難以呼吸。

謝茂一正煩躁的收拾著，「那我放的，每個紅包袋都放銅板，結果我們家抽屜超多的，紅包袋還不狗，搞得很晚，太累了，我才會睡在這裡！」

紅包袋不夠？師父原本要觸及紅包袋的手指顫動，瞬間收了回來。

「紅包袋不夠？那就是沒有每個抽屜都放嗎？」蘇皓靖立刻拉過他回身，「哪個抽屜沒有紅包袋？」

「……儲物間左邊櫃子下面那個啊！」謝茂一壓抑著怒火，「現在是怎樣？連紅包都有事嗎？我最後一個紅包袋裡面放了二個銅板還不行嗎？」

不行，因為那是一種大吉之意，少了一個就……連薰予看著那紅包袋被黑氣纏繞，注意力集中後，才發現每個抽屜都已經冒出不祥。

「直接打開吧！」蘇皓靖突然也蹲到茶几邊，一把拿過紅包袋，唰啦的抽出。

橫豎都是一刀，現在做什麼都為時已晚！

紅包根本沒有重量，抽出來的是一張閃著銀色的冥紙。

看著那張冥紙，謝茂一完全傻住了，他怎麼可能會放那種東西進去！他趕緊跑到電視機下方拉開抽屜，翻出裡面的紅包袋，每一個裡頭都放著冥紙。

連薰予差點站不住，危機感自四面八方蜂擁而來，有什麼東西靠近了！

「快逃！」她失控的大喊，「走了！」

「走，我們先去住劉玟筠家。」婆婆不知道外面的狀況，勾著吳家喬就要離開，「離這邊很近的，這裡如果不乾淨就真的不要住！」

「為什麼……每個人都站在她那邊呢？」吳家喬細語喃喃，「這裡明明是我的家……我才是女主人。」

越過小窗看出去，彭佳茵跟洪承宏拿著她的行李袋奔出，劉玟筠粗魯的拉起謝茂一叫他振作，在他手上塞了把鑰匙，接著一群人急忙的就要離開謝家。

啪，電視陡然打開，剛巧經過旁邊的彭佳茵頓時失聲尖叫。

第十章

電視裡沒有任何畫面，空白的反而叫人膽寒，幾乎讓所有人分了心，幾乎。

「出去！」師父高喊著，「我們現在就把屋子還給你們！」

這像是一種宣告，因為無法跟對方溝通，只能用這種方式看看他們會不會聽，婆婆焦急的繞出廚房，隔著一堆人衝著謝茂一高喊。

「家喬怪怪的，她不走啊！」婆婆朝謝茂一招的手，「你去——」

「啊！不要！」連薰予驀地大喊，雙手掩面！

咚，心急的婆婆突然一顫身子，身子微角度後仰，瞪圓大眼的看著前方，謝茂一根本還搞不清楚怎麼回事，揹著包包趕過來，看見的卻是母親驚恐的眼神，接著虛軟的倒地。

在她倒地的時候，血隨著刀子的離開，自她後背噴出，雪白的陶瓷刀被血染了色，紅血也噴濺在吳家喬那其實白皙的臉上。

她握著那橘色的陶瓷刀，睥睨的瞪著在地上抽搐且大量噴血的婆婆。

刀子由後背刺入，應該是直抵心臟。

「就是妳，站在她那邊……還一起吃飯？」吳家喬冷笑著，揚睫後的視線瞬間鎖住了劉玟筠。

不對，不正常，她的瞳仁為什麼佔這麼大的部分，剩餘的眼白都被血絲覆蓋了，但這不是附身！連薰予仔細的凝視著吳家喬，她感受不到附身，可那陰邪的眼神是什麼！

「媽——」謝茂一失控的趨前要拉起母親，卻被蘇皓靖阻止！

因為就在他打算往前趴跪的瞬間，吳家喬一刀就揮了過來！蘇皓靖將謝茂一往後拉開，順道一腳踹開了吳家喬！

「啊！」吳家喬撫著肚子後退，「我的孩子……我就知道你們都想殺我的孩子！」

家喬？被洪承宏及時抵住的謝茂一簡直不敢相信，「妳怎麼回事啊！吳家喬！」

「這是我的家！我不許任何人破壞！你們兩個休想傷害我，不要以為可以把我趕出去！」吳家喬尖吼著，用那逼近喪心病狂的眼神。

「她被影響了，比附身還可怕的催眠洗腦。」師父從袋中拿出八卦，「快點……」

餘音未落，原本半敞的木門砰的關上了。

它是被一隻乾枯的手關上的，在門的後方，站著一個長髮及腰的女人，基本上瘦到只能從她的骨盆構造判斷她是個生理女性。

「哇啊！哇啊啊啊！」彭佳茵嚇得失聲尖叫，急忙躲到洪承宏身後去，他才想找地方躲，一回身——

卻看見沙發旁曾幾何時站了另一個頭髮拖地的女人，餐桌邊、廚房裡，甚至沙發上還坐了小孩子，女孩的額頭被打凹，男孩抱著自己的頭顱，鬼魂遍佈在這個家裡。

謝茂一再不信，也只能接受看見的現實……那些皮包骨、身上帶著可怕傷痕的人，根本不可能是人啊！

「有話好說，我們立刻就走。」師父試著講理，「沒有人想罷佔你們的房子。」

「這——是——我——的——」吳家喬冷不防的尖叫著，直接朝師父衝過來！

師父後退想閃躲，卻絆到了茶几，直接狼狽的後摔上茶几，而謝茂一衝上前，抓握住擊刀的吳家喬，這不是他認識的老婆，不是那個活潑開朗的吳家喬！

師父一摔到茶几上，坐在沙發的小孩直接撲上攻擊！

「不行！」連薰予立刻上前阻止，就猛然被蘇皓靖一把拉回。

她什麼都不會，去做什麼啊！

師父即刻以手上的八卦往小孩身上做法，孩子們痛得哀叫，紛紛跳回沙發上，往後巴上站在沙發後的超長髮女人。

然後吳家喬被甩上走道邊的沙發，跌落在沙發與茶几間的地板。

「妳瘋了嗎？」謝茂一失控的大喊。

吳家喬像是暈了過去，不再有任何動作。

彭佳茵好想離開，但那門後的女人跟門神一樣站著，她出聲拜託那個師父出手啊，為什麼大白天的這些鬼能這樣自在的在這裡活動！

被摟過的連薰予再度與蘇皓靖接觸，她狠狠倒抽一口氣，所有的第六感變得極端敏銳，血與瘋狂，嫉妒與變態，還有——屋子裡還有一個人！

「讓開！」師父朝著狀似母子的三個亡者出手，他們畏縮的後退。

「先開門啊！」洪承宏焦急不已，「大門被堵死了！」

男人謹慎的瞪著只是躲到電視櫃邊的長髮鬼，轉頭看向連薰予與蘇皓靖，「你們不能做點什麼嗎？」

「我們只有第六感強而已！」蘇皓靖壓著身上的護身符，「身上有符能擋，但驅鬼這種事做不到！」

嘖！男人明顯的微慍，回身對著門後的女人……這些人都為什麼會瘦成這樣，這超出了厭食症的地步，而且身上的傷都相當駭人，全是致死的傷口，這間屋子是凶宅嗎？

蘇皓靖突然瞪圓雙眼，往走廊看去——有什麼東西跑出來了！

拋出的東西，炸開的血花……連薰予緊揪著他的衣服，她也看見了！

「蹲……蹲下來！」蘇皓靖突然爆吼，「全部的人都蹲下！」

咦咦？羅詠捷嚇得掩著雙耳就蹲下，彭佳茵他們腳軟的根本一聽指令就跪下了，謝茂一腦袋還在空白之中，完全來不及反應，眼睜睜開看著有人從他們的走廊裡衝出來，然後在剎那間有東西飛掠，他甚至感覺到強勁的風速——砰！

下一秒，就是溫熱的血液，染滿了他的頭髮與後背！

緊抱著連薰予蹲下的蘇皓靖不必睜眼都知道發生什麼事，鮮血滴答滴答的聲音多清楚，剛剛他看見的是啞鈴嗎？

「羅詠捷，不要看！」連薰予在羅詠捷抬頭前出聲，緊接著是男人身軀倒地，卻剛好倒在羅詠捷的腳邊。

「嗚嗚……他、他在我旁邊耶！」她哭喊著，嗚嗚咽咽。

蘇皓靖深吸了一口氣，把連薰予的臉壓在胸前，飛快地看了一眼倒地的男人，他臉的上半部已經被啞鈴打爛了，伸長手抓過就近沙發上的靠枕，直接往師父臉上一放。

始終站在電視櫃前的劉玟筠，吃驚的看著走廊步出那不正常的高大男人，虎背熊腰的男人，四肢不正常的像暴龍似的，人長得很高，背很駝，四肢都是過度發達的肌肉，手卻垂在半空中。

「你家也太熱鬧了吧，謝茂一。」劉玟筠忍不住出聲，這是什麼跟什麼啊！

「我……不知道。」謝茂一看著那個壯碩的男鬼，他不知道那是誰啊！伸手摸著自己的後腦勺，髮上沾滿了師父的血液與腦部組織。

彭佳茵跟洪承宏站在走道上，但全背對走廊口，兩個人腳抖得嚴重，連站起來都有問題，但洪承宏還是想攀住旁邊沙發的上緣，他們不能坐以待斃，必須站起來，要動，要——

「哇啊啊！」尖刀冷不防直接插進洪承宏攀著沙發的掌心，他痛得慘叫，而沙發另一側，冒出了他的摯交好友。

「你也幫她說話，你居然幫她說話！」吳家喬抽起刀子，再插進去，「你是我的好友啊，你居然說我太計較了！」

「吳家喬！」謝茂一上前要拉開她，但門後的女人卻突然往後撲上謝茂一，環住他的腰往後拖！

『我們的家！』她尖吼著，吼得蘇皓靖莫名其妙。

「這是什麼One Happy Family啊！」蘇皓靖伸手抓住謝茂一，連薰予趕緊上前幫忙！但這女人只是把謝茂一往廚房方向甩去，讓他不偏不倚跌在已經斷氣的母親身上！

「吳家喬！」沙發那邊的彭佳茵尖吼著，只能拿著幫她收好的行李袋狠狠就往她臉上砸去！

「啊！」吳家喬被打得向後跌落地，刀子再度抽起，洪承宏的手都快被戳爛了！「啊啊啊啊——」

站在電視前的劉玟筠謹慎的左顧右盼，一邊是長髮母子三人，而人高馬大的暴龍款男人近在咫尺，她可不想落得跟師父一樣的下場……雖然現在男鬼手上沒有什麼凶器。

看著吳家喬不知道為什麼變得超勇猛變態，被彭佳茵打倒的她明明翻下茶几，後腦勺還撞到邊角，現在卻又緊握著刀爬起來，這女人是瘋了嗎？連對好友都下此毒手……劉玟筠抓過電視櫃上的石頭擺飾物，她覺得當務之急是要奪下那把刀子。

一個一個來，劉玟筠急促的換氣，突然就衝了出去。

跳上茶几，從後面就要K上吳家喬，但吳家喬卻早發現她衝過來，回身就是一揮刀。

「幹！」劉玟筠往後摔落，幸好及時縮腹，刀子只在她腹部割出一小道傷口而已。

「都是妳！」吳家喬擎著刀直接朝她撲來，所幸劉玟筠反應很快，狼狽的爬起，脫下高跟鞋當武器，抵住刺來的刀。

染紅的陶瓷刀映在眼前，吳家喬的手腕被高跟鞋擋住，劉玟筠望進她瘋狂的眼神，知道她不正常了。

「這我買的耶！不是買來讓妳殺人的！」雙腳蹬向其肚子，這時已經沒人在乎她是否懷孕了！

門邊的羅詠捷搬起椅子，利用四個椅腳將女鬼往牆上困住，蘇皓靖自身上取下一個銅錢結，朝女鬼身上按。

女鬼卻不以為意的握住餐廳椅子，「啪」的立即折斷。

「沒用！」蘇皓靖嘖了一聲，「再拿出另一個小佛像。」

『啊！』女鬼唰的躲進廚房，看來這玩意兒有用！

拿著法器往門邊去，卻無論如何都打不開，連薰予上前勾住蘇皓靖的手，突然抓住他的襯衫。

「感覺到了嗎？」她緊張的低語，「看那邊！」

沒有殺氣。

蘇皓靖看著站在原地觀看的亡靈們，它們幾乎只是站著觀看，這屋子裡唯一有殺氣的只有一個人——

吳家喬。

爬起來的劉玟筠緊趕著繞出沙發，順手攙起腳軟跪地的彭佳茵，「發什麼呆啊！出不去嗎？謝茂一！」

謝茂一還跪在母親遺體邊，崩潰的大吼，「為什麼！為什麼要這樣！吳家喬！」

「是你先背叛我的！」吳家喬轉身就大吼，「你跟劉玟筠在一起，說要出差其實是跟她在一起，想要把我趕出這個家！」

洪承宏臉色慘白的看向劉玟筠，「什麼？你們……」

「屁啦！我哪有！」劉玟筠驚愕不已，「我跟謝茂一不是那種關係！」

「我都聽見了！」吳家喬歇斯底里，「我在浴缸裡被鬼攻擊，我尖叫得多大聲，在門口的你故意不來救我，因為你忙著跟劉玟筠講電話，說這輩子只愛她！」

謝茂一瞠目結舌，完全無法接受自己聽見的。

『背叛啊……』空中響起了那些亡靈們訕笑的聲音。

『他們想把妳趕出去啊！』

『殺掉妳的孩子喔……』

羅詠捷後退幾步，從小窗看著廚房裡笑著的女鬼們，「妳們在胡說些什麼？」

「他們在往吳家喬腦子裡灌聲音，她聽不見其他聲音了！」連薰予話不成串，「不管睡著醒著，都在她耳邊不停地說、不斷地催眠……」

「只怕她聽到的也不是真的吧？謝茂一！」蘇皓靖不耐煩的推著他的背，「站起來了！」

「我……我沒聽見妳尖叫啊！我那時是在跟劉玟筠說話沒錯，但我是請她幫忙找師父！我跟她、我跟她完全不是妳想的那種關係！」謝茂一抱著頭發狂吼著，「妳就因為這樣、因為這樣——」

「騙子！你們想塑造我發瘋……」吳家喬笑了起來，「哈哈……哈哈哈，你們想要奪走我的房子、我的地位，我的孩子，妳收買了我的朋友！」

「神經病！」劉玟筠逕自掠過彭佳茵他們身邊，「報警啊你們！」

連薰予搖搖頭，沒用的。

「家喬，妳醒醒啊，我們沒有人站在劉玟筠那邊！」彭佳茵嗚咽出聲，「妳是怎麼了？妳怎麼可以這樣對我們！妳看看洪承宏的手！」

洪承宏顫動的右手掌心是空的，早已被戳爛，不快送醫不行啊！

「妳也一樣。」吳家喬驀地斂起笑容，突然就往彭佳茵衝了過去！

「哇呀——呀——」彭佳茵驚恐尖叫，與洪承宏一起後退，或許她還不能接受閨密發瘋的事實，或許她認為閨密真的不會痛下殺手。

總之，當洪承宏旋身慌亂的踩上沙發、跳過茶几，甚至到達對面時，她仍面對著的吳家喬，試圖想喚回親愛的朋友

如果刀子沒有戳進她肚子的話。

「吳……家喬？」好痛，彭佳茵痛得快說不出話了。

「什麼叫做我愛計較！」吳家喬拔起刀子再用力戳進去，拔起再戳！

「啊啊——」彭佳茵痛苦的慘叫著，立刻倒地，撫著肚子想往前爬，伸長手朝著謝

茂一求救。

吳家喬蹲下身，繼續朝她的身子一陣亂戳，一如連薰予之前曾看見的畫面……瘋狂的戳刺，抓狂的雙眼，忿恨的咬牙切齒。

沒有一個亡靈有動作。

他們看著，空洞的眼神望著這一切，蘇皓靖打量著四周所有的亡靈，他們唯一做的事只有擋住這扇門，好讓吳家喬盡情發揮嗎？

「打量她。」蘇皓靖拽過謝茂一，「你的女人自己處理！快打量她、奪下刀子。」

「不行……」連薰予顫了一下身子，「她連他都會殺的！」

「廢話，外遇的傢伙一定要幹掉啊！但他至少知道怎麼制住老婆吧？」蘇皓靖推了他往前，向後召喚羅詠捷，「羅詠捷！妳來開門，我們掩護妳。」

羅詠捷跳過師父的屍體、再跳過婆婆的遺體，「怎麼掩護我啊？」

「我跟連薰予在一起就是掩護。」他緊扣著她，「吻妳可別揍我。」

連薰予緊張的紅了臉，這什麼時候了啊！

謝茂一完全動彈不得，他腦子一團亂，看著發狂的吳家喬，她渾身是血的戳著已經停止慘叫的彭佳茵，直到刀子刺進了她的臉頰後，刀尖啪的斷在裡面。

「啊。」吳家喬這才鬆開刀子，略帶愉悅的站了起來。

去啊！蘇皓靖又推了謝茂一一把，她現在沒有刀子了！不要這麼俗辣好嗎？

鏘，金屬摩擦音傳來，連薰予驚訝的回頭看向廚房，裡面的女鬼居然抽起了菜刀，直接從小窗射出來了！

菜刀準確的飛向吳家喬，而她竟也伸手俐落握住！

「這什麼特技啊！」劉玟筠難以承受的大吼，「這些鬼在支持她嗎！」

『自己的家，自己守護。』男人發出低沉的聲音，邁開步伐從容往沙發走去。

自己的家？連薰予倒抽一口氣，難道吳家喬被它們認定是一、家、人嗎？

「發什麼呆啊！我來！」劉玟筠突然抓過頸上絲巾，把剛剛的石雕包在裡頭，一把推開擋路礙事沒用的謝茂一，直接朝吳家喬甩去了！

尖叫聲再度傳進腦子，畫面飛快地翻閱，那有拖地長髮的女人笑得哀悽，她蜷縮在密閉的空間，越來越瘦，瘦骨嶙峋的身體只能爬行，沒多久又被拖走，菜刀剁掉她的腳筋……

然後不知道誰的額頭被砸裂，菜刀劈下，滾落在地上的卻是小男孩的頭顱。

「噓噓！」蘇皓靖緊擁著她，「不要去感受，現在不是分神的時候啊！」

「我沒……我沒辦法！第六感接收著訊息，不能進去，裡面……」她看向屋子深處，「不能進去！」

才在說著，洪承宏卻因為他跳過去的地方附近都是亡者，嚇得竟又繞出茶几，先是往電視櫃、緊接著一拐就朝走廊奔入了！

「不能——」連薰予想要去喊出洪承宏，蘇皓靖直接拉回她。

「沒空理他了！」他突然鬆開環抱，跨過婆婆屍體走到廚房門口，羅詠捷正好搬過椅子，撞開沒用的謝茂一，準備為跟吳家喬廝殺的劉玟筠提供備用武器。

「我們跟這件事無關，妳們知道的。」蘇皓靖對著廚房裡兩個女人開口，指向羅詠捷，「她是住在樓下的鄰居，好鄰居，記得吧？」

女人手裡都拿著菜刀，看向羅詠捷的背影。

「讓我們出去，這屋子裡的事讓他們自己解決。」蘇皓靖竟然在跟鬼談判！連薰予嗯？連薰予看向門的鎖，如果法器與被封印的門相連呢？

手裡握著那小佛像，她感覺得到力量，溫暖而強大……

鏘，在客廳走道上，菜刀劈上絲巾裹著的石雕，絲巾被撕扯開，劉玟筠接過羅詠捷遞上的椅子，狠狠砸上吳家喬的身體。

「啊啊……」吳家喬被推向後倒地，但菜刀依然死握在手上，只是一時痛得站不起來。

枯瘦的亡者搖了搖頭，蘇皓靖正準備繼續曉以大義之際，連薰予將小佛像往門上砸去！

『嘎嘎——』女人突地痛苦慘叫，掩面痛哭，沙發上的「家人」瞬間站了起來。

「門開了！」連薰予大喊著，「大家快走！」

羅詠捷最快衝出去，劉玟筠轉身拉著謝茂一就要跑，吳家喬哪可能讓她眼中的「奸夫淫婦」離開。

「啊！」

「謝茂一！你對不起我！」她咆哮的扔出菜刀。

咚！菜刀不偏不倚的插進謝茂一的背部，他痛苦的慘叫著，頓時就要腳軟。

蘇皓靖飛快地撐住他另一隻手，「拖出去！先出去再說！」

沒有時間讓他們遲疑，劉玟筠咬著牙與蘇皓靖一起地拖出謝茂一，連薰予殿後抓過鞋櫃上的兩把鑰匙，在亡者與吳家喬撲上前將木門拉上，羅詠捷行雲流水的跟著關上鐵門，連薰予即使慌亂，卻很是準確迅速的將鐵門反鎖。

「啊啊——」木門陡然拉開，出現的是吳家喬那張染滿了血的臉，「放我出去！你們這些保護劉玟筠的人！」

她右手又出現不知哪來的菜刀，想從鐵門上的欄杆縫往外劈，幸好縫隙不大，而且中間還有紗網。

「哇！」外頭兩個女人下意識向後要閃躲刀子卻腳步不穩，蘇皓靖趕緊上前扶住。

咦？在他環住連薰予的瞬間，更多的慘叫聲傳來。

滿地滿牆的鮮血，明明該關上卻被什麼東西卡住而彈開的電梯，電梯裡血花四濺，走廊上血流成河……有雙腳走上樓梯，之後卻倒在樓梯間的血泊裡。

『媽媽！』

『哇呀！救命、救命啊——』

『她瘋了！不要靠近她，不要啊啊啊！』

啊——連薰予狠狠倒抽一口氣，瞪大的雙眼與蘇皓靖四目交會，他們都看見了，看見了未來不久後可能會發生的事。

「就說，不要回來為什麼聽不懂！」蘇皓靖忍不住咆哮。

扛著謝茂一的劉玟筠大吼，「怎麼回事？」

她拚命按著電梯！

「這裡……這裡會血流成河……」連薰予發抖著看著自己所處的位子，她不確定哪一層樓，但全是飛濺的鮮血啊！「她會殺掉所有人……」

「什麼……」羅詠捷咬著指頭，「那我們還不快走！」

說時遲那時快，謝家傳來清脆鑰匙聲，謝茂一顫抖回首，「備用……我們還有備用……」

「該死！逃出去來不及了，先找安全的地方！」蘇皓靖拉過連薰予朝電梯那裡去，跟著聽見開鎖的聲音！

電梯來到十一樓、十二樓……叮！

安全的地方？連薰予扣住了蘇皓靖的臂彎，僅僅只有一秒，他即刻意會她的用意。

謝家鐵門狂亂推開，衝出來的吳家喬手裡改握著剁骨刀，她喘著氣看著空無一人的廊間，還有已經往下的電梯。

「該死，都該死……每個人都要保護劉玟筠，沒有人要保護我！」她抽著嘴角，怒火滔天，「我的家，我自己來！賤貨，爛男人……」

幽幽回首，門口站了兩個小孩子，歪著頭看她。

赤著雙腳的吳家喬往電梯走去，一步、兩步，血腳印跟隨著她。

誰都不能放過，全部都是同夥，全部！

※　※　※

羅詠捷認真的鎖上兩道鎖，這時就會覺得鎖到用時方恨少，她怎麼會才裝兩道呢？

再搬椅子出來硬是抵住門把，勉強才安了心！

「沒事！沒事！」她雙手扠腰在那兒喃喃自語，「在這邊應該就安全了！」

「醫藥箱！」蘇皓靖的聲音傳來，「有沒有紗布之類的啊！」

「報警，我應該先報警吧？」羅詠捷趕緊要撈包包，卻發現……「靠，我的皮包放在謝家了！」

「羅詠捷！醫、藥、箱！」蘇皓靖沒好氣的喊著，這裡有人在流血啊！

「咦？」羅詠捷這才回神，看見謝茂一趴在她家沙發上，背上還插了把菜刀，劉玟筠在一旁拿衛生紙想要吸血。

這時連薰予匆匆從房間奔出，她手上拎著一個收納袋，「別喊了，她沒有，但是我有帶！」

蘇皓靖有些吃驚的望著她，「妳帶醫藥箱來？」

「我姊叫我帶的。」她無奈的聳肩，「姊本來反對我來，但既然我要來，她就要我把東西帶齊全。」

「喂，陸姐是覺得妳住我這兒會出什麼事嗎？」羅詠捷可聽懂了，不依的嘟囔著。

「就出事了啊！」蘇皓靖望著連薰予，卻出手握住劉玟筠觸及菜刀的手，「別拔刀。」

劉玟筠嚇了一大跳，為什麼他背後彷彿長了眼？

「刀子卡著還能當塞子，怕一拔出血就亂噴。」連薰予溫柔的解釋，一邊打開收納包，「先用紗布墊著周圍吧。」

「刀尖沒入滿深的，但出血量反而少。」蘇皓靖仔細的看著沒入的菜刀，謝茂一咬著牙發抖，「剪刀，我要將衣服剪開。」

「剪……」羅詠捷才要找剪刀，連薰予卻準確的從收納包裡拿出剪刀。

看著他們倆動作流暢，剪開衣服後，露出的後背更令人覺得可怕，吳家喬是認真的，用盡全力的射出刀子。

謝茂一伏在沙發上，痛得冷汗直冒，卻也痛苦的哭泣，為什麼事情會演變成這樣？今天早上家喬還好好的，他不是還拖著她去泡澡嗎？他閉起眼就浮現媽媽被殺的姿態、彭佳茵在地上被戳爛的屍體，還有那個師父……

「吳家喬是被附身嗎？」劉玟筠最先平靜下來。

「應該不是。」連薰予搖搖頭，「那間屋子的鬼沒有殺氣，但是他們的確對屋子被佔據感到很不爽……所以應該是對吳家喬進行了某種洗腦催眠。」

「這比附身更可怕，因為吳家喬的想法已經被控制了，她現在滿腦子都是……」蘇皓靖瞥了她一眼，「妳跟謝茂一真的沒外遇嗎？」

「沒有！」劉玟筠不爽的回應著，「我們要能外遇早就在一起了好嗎？」

「有時只是時間不對啊！」羅詠捷趴在沙發那兒打趣，「以前不合不代表現在不合，過了這麼多年，你們的感情深厚……」

「沒有就是沒有，你們煩什麼？」劉玟筠不耐煩的唸著，「我有男朋友了，好嗎？我跟阿一就……兄弟吧，我兄他弟。」

「喂！」謝茂一咬著牙，「我還醒著好嗎？我大妳兩個月。」

「哪次不是靠我罩？就說你剛剛——對！你剛剛，我講到就氣！」劉玟筠一拳擊在沙發上，在謝茂一的面前，「你老婆你不去制止，讓她在那邊揮刀發瘋？還要我去？」

謝茂一握緊拳頭，難受的閉緊雙眼，「我沒辦法……」

「沒用！」劉玟筠回身撐著茶几起身，「有沒有什麼防身的東西？我想以防萬一！」

「這裡很安全啦！」羅詠捷嘟著嘴，往天花板一比，「安全屋捏！」

安全屋？劉玟筠跟著抬頭，看見滿天花板的符紙，「哇……這是什麼！」

「住謝先生家樓下的代價！」羅詠捷顯得很不滿，「他們家就兩個人，我半夜聽見開趴，妳說我怕不怕！喂，謝先生，你鬼都看見了，拜託下次可以不要每個禁忌都踩好嗎？」

謝茂一痛苦的睜眼，頭往右邊上方瞟去，「對不起，我真的不知道……我不知道事情會變成這樣！」

「所以那些亡靈也有打攪妳嗎？」劉玟筠倒是驚訝。

「沒有，但我會怕啊，謝先生搬來前，樓上是沒有聲音的。」羅詠捷順便抱怨，「現在我幾乎不能睡，就怕天花板突然穿出什麼東西。」

「喔天哪，拜託別嚇人！」劉玟筠起雞皮疙瘩，再度仰頭望天，「所以待在這裡……就應該沒事。」

「怎麼可能，現在在殺人的是人好嗎？」蘇皓靖做了簡單的處置後起身，「人哪會怕什麼符咒法器的？」

「人……報警！」劉玟筠立刻拿出手機，「叫警察來！」

「不行！」謝茂一及時伸出左手拉住劉玟筠，「不能報警，妳報警的話……家喬她、她……」

「謝茂一，她都殺了妳媽了！難道要等她來劈開這道門嗎？」

「喂！不要拿我的門開玩笑喔！」羅詠捷被說得真想多拿把椅子堵住出口。

連薰予憂心如焚，因為待在這裡，她什麼都感覺不了，無法先知道危險，也無法感到威脅。

「我贊成先不要叫警察，但原因是不要造成無謂的犧牲。」她心底不踏實的慌，「吳家喬那個狀況，雖然不是附身，但她有強大的力量支撐著……」

「再怎樣警察也能制伏吧？」羅詠捷持不同意見，「總比讓她亂砍亂殺好。」

「要報就報吧。」蘇皓靖倒是輕笑，「如果打得通的話……」

什麼？連薰予皺起眉，看著蘇皓靖往廚房走去，朝羅詠捷討要水或些點心吃；劉玟筠狐疑查看手機，沒有訊號！

「蘇皓靖，你在這裡還感應得到嗎？」她急忙的追進廚房裡，「你還感覺到什麼？」

「喔，」他望著連薰予，一副恍然大悟的樣子，「原來是這樣啊！難怪我覺得很心安，那些符哪裡來的？居然可以阻斷我們的第六感。」

「所以你到底是感應到了沒？」連薰予咬著唇不耐煩。

「很微弱，至少我知道報警沒用。」蘇皓靖笑了起來，「這樣正好，等事情解決了再出去好囉！」

羅詠捷跟著進廚房，夠窄了還擠三個人，她還有剩綠豆湯，乾脆一人一碗好了，在這種鮮血四濺的時刻，喝碗綠豆湯平心靜氣是最好的了！

一邊想一邊抹著自己的臉，抹下的血大概是被爆頭的師父的吧。

來不及感到害怕，事情就這樣一波接一波的發生，她忍不住嘆氣，住這兒好幾年了，第一次知道樓上有飄。

「我說，那些鬼是不會傷人的吧？他們住多久了知道嗎？」羅詠捷打開抽屜拿餐具，「有比我久嗎？」

「應該有，他們住在那邊好長一段時間了。」蘇皓靖幫忙端著那鍋綠豆湯往外走，「除非影響到他們，否則不會輕易動手，所以妳在這兒相安無事——」忍不住瞥了一眼謝茂一，「是我同學激怒他的。」

「為什麼是我！」謝茂一因為背上的菜刀無法大力動彈，只能趴在沙發上，「我前任不是也有屋主，他們就沒有發生事情！我聽說他們還住了兩三年！」

「共存啊，先生，世界上許多東西看不見但他們是存在的！」蘇皓靖重重放下綠豆湯鍋，「其他人有禮貌、客氣的讓他們知道這兒有人要住進來，問題是你沒有啊！睡覺嘛、放冥紙嘛……」

「我沒有放冥紙，我放的是銅板啊！」他怎麼知道全變成冥紙了。

「而且沒有連開三天燈，因為我們社區停電，停電那天謝先生就睡這兒。」羅詠捷好心補充。

「反正就是在不尊重人的情況下搬進去，這誰能忍受是吧？」蘇皓靖看向劉玟筠溫柔笑著，「小姐要一碗綠豆湯嗎？」

劉玟筠呆然的坐在另一張單人沙發上，茫然望著他們，這些人怎麼還吃得下？她搖搖頭，看著自己手上的割傷，傷勢不重，但現在回想剛剛發生的一切，才開始覺得害怕。

「我得出去……不出去不行。」連薰予楚楚可憐的看向蘇皓靖，「陪我出去吧？總是得感受一下接下來會發生什麼事。」

「不想。」蘇皓靖逕自拉開椅子坐下，「難得有不必感應事情的時刻，讓我休息一下不行嗎？」

他端起綠豆湯喝了一大口，突然皺眉，用很難看的神情望向羅詠捷。

「可是……」

「小薰，我也好累！」羅詠捷出聲了，「我們在這裡暫時安全的對吧？謝太太不知道我們在哪裡，她沒辦法追殺謝先生或劉小姐的。」

連薰予的不安感來自於感受不到，她從沒想過會有這樣的事，以前總是每天祈求自己的第六感能夠消退，等到可以跟一般人一樣時，她卻反而極度不安起來。

蘇皓靖嘆了口氣，微笑的走到她身後去，軟壓著她坐下，將羅詠捷盛好的綠豆湯遞給她。

「喝吧，我們就休息半小時，羅詠捷說得沒錯，吳家喬的目標是謝茂一，但她不知道他在哪裡。」蘇皓靖將兩碗綠豆湯拿起，走向客廳的兩個人，「你們兩個也都喝，無論如何都要喝下去。」

劉玟筠皺眉，「我喝不下。」她只有反胃的感受。

趴在沙發上的謝茂一淚水緩緩流下，他怎麼有心情喝什麼點心。

「我勸你們喝下去的好。」他淡淡說著，「萬一你們家的亡靈突然想對付你們，至少多個保障。」

咦？謝茂一皺眉，「什麼意思？」

蘇皓靖回身走回小桌邊，「這裡面是符水綠豆湯吧？」

羅詠捷用力肯定的點頭，順便指向連薰予，「陸姐指定，有喝有保佑！」

劉玟筠跟謝茂一同時盯著桌上的綠豆湯幾秒，紛紛滑下沙發，試圖用自己最舒適的方式端過了湯碗。

「半小時。」連薰予終於拿起湯，「半小時之後，我要出去感受一下狀況。」

「嗯。」蘇皓靖虛應一應，連薰予也不知道他是不是真的答應她了。

但不管蘇皓靖想法如何，時間一到，她就要到外面去，迎接那所有好的與不好的預感。

「我說，」蘇皓靖突然歪了頭，「你們少的那一個有聯繫嗎？」

「……啊，蔣逸文去調查那間屋子以前發生什麼事了！」羅詠捷說得煞有其事，「他說他發現仲介知道什麼了喔！」

「喔。」蘇皓靖直勾勾看著面前的連薰予，「所以有說好怎麼聯繫嗎？」

「跟我……」羅詠捷一怔，她的包包、她的手機都放在謝茂一家啊！

連薰予轉著眼珠子開始跳起身，開始摸索全身上下——她的手機呢？她不是放在口袋裡的嗎？

什麼時候不見的？

萬一蔣逸文聯絡不到他們，該不會直接就跑過來吧！

第十一章

頭髮花白的女人趴在地上，雙眼瞠圓的死不瞑目，趴臥在自己血泊中的她，到死都還不明白，到底是誰殺了她；吳家喬蹲在婆婆旁邊，冷冷的看著那逐漸冰冷的屍體，手上的刀子換了家裡最厲害的剁骨刀，刀上閃著未沾血的銀亮。

「劉玟筠這麼好的話，幹嘛不讓她進你家門？還要煮一頓給她吃，一起回鄉？你們都當我不存在就是了！」吳家喬越說越氣，滿腹的怒火難消，手上的刀子朝婆婆的遺體後背一刀再一刀。「我才是謝太太！」

血珠濺上她早已染滿血的臉，發洩夠了才停手，轉身看向坐在沙發上那幾個乾瘦的亡靈。

「你們也是這樣被奪去家的嗎？」她一點都不感到害怕，令她心寒的是這些被她視為家人或朋友的人們。

長髮亂散的女人勉強挑起笑容，其實已經無法分辨她的表情，吳家喬握著刀子往走道上去，瞥了眼橫屍的彭佳茵，什麼閨密，到頭來也是站在別人那邊。

「用我家的錢買房子，利用我……居然沒人挺我。」她突然覺得肚子有些疼，剛剛那些揍她的人，果然都是想要殺掉她的小孩。「別擔心，媽媽會保護你的！放心好了。」她把彭佳茵的屍體踢到牆邊，別妨礙走道通行，再頹步走回廚房，她想喝杯熱飲。

外頭地上的手機不停發著亮光響聲，她拾起看著訊息一則則跳入：『妳們在哪裡？我問到了！』『蘇皓靖說得沒錯，快點離開那邊！』『回我電話啊！』『還在家裡嗎？』

吳家喬微笑著，將手機扔回地上，再拿過杯子泡她最愛的檸檬茶。

當然，她沒有忘記，家裡還有一個人。

※　※　※

洪承宏瑟瑟顫抖的躲在滿是葡萄柚香的衣櫃裡，手機毫無訊號，要報警求救根本不可能；他被戳爛的右手掌裹著毛巾，痛不欲生的咬唇哭泣，為著自己已見骨的手……那不是吳家喬，不是認識多年的朋友啊！

家喬是有些驕縱，但不會這麼喪心病狂！他哪有站在劉玟筠那邊了？身為摯交，無論如何都是跟她同一個陣線啊！只是她真的太偏執，以前他們覺得劉玟筠與謝茂一保持距離就好，但是家喬也不能太過分吧。

打小一起長大的感情，叫人斷交？這於情理上是不是太狠絕了些？地球不是繞著她轉的，阿一說得對，這等於是叫他做一個無情無義的人啊！

尤其半小時前是什麼景況？鬧鬼的屋子、禹琳竟還是被鬼扔下樓的，這根本是猛鬼屋了，劉玟筠義氣相挺帶著師父來，還提供住所，當務之急是該去躲躲，不是在那邊說誰有陰謀！今天就算劉玟筠對謝茂一別有企圖，也是要以處理事情為先啊！

說實在話，他還真不相信阿一跟劉玟筠有什麼，他們要在一起太容易了，能在一起早就一對兒，不需要浪費光陰；當年謝茂一追了家喬半年，交往八年，這麼長時間的感情難道會禁不起考驗嗎？

家喬到底是怎麼了？短短幾天簡直變了個人……洪承宏掩嘴抽泣著，對，短短數天，幾乎就是從——他驚愕的在黑暗中喃喃：「入厝那天起……」

是啊，那天劉玟筠來時她的反應就異常激動，之後見面時變得更嚴重，彭佳茵偷偷跟他們說，家喬好像認為阿一跟劉玟筠外遇。

這推測怎麼來的沒人知道，但家喬的精神的確變得很差，當時她還說家裡有異狀要他們陪她，誰不是義不容辭的就住進來了？結果……彭佳茵的腸子流了一地，小腿被捅到見骨，他的右手……

手……黑暗中有東西從上落下，他差點驚叫的縮起身子往右躲，但只是更多東西掉下來，他趕緊按開手機，還沒來得及打開手電筒，螢幕上就垂降了黑色的髮絲。

咦？洪承宏留意到自己身上也都蓋滿了頭髮，他愣愣的抬首，與那懸掛在衣架上的頭顱四目相交……女人與其他女鬼一樣有著長髮，只是她是捲髮，整個人塞在衣櫃上方的橫桿裡，一樣瘦到只剩皮包骨的她，正倒著望向他。

『出……去……』她說話相當虛弱。

「哇……哇啊——」洪承宏整個人奪門而出，一離開衣櫃，立刻就直直趴倒在地！咚！他身上到處糾纏著長髮，慌亂的撐起身子想跑，卻發現正對面的床底下，一樣趴著一個骨瘦如柴的女人。

這間屋子裡，到底發生過什麼事啊！

不過，洪承宏卻留意到地上，竟落了吳家喬一直繫在頸子上的玉佛像。

抓過玉佛像，洪承宏衝出走廊口倏而止步，與正前方坐在餐桌邊的吳家喬面對面，她就坐在最靠近大門的位子喝茶，白色的瓷杯上都是血手印，他們家的地板走道上的屍體被往旁拖了，只剩大片拖曳的血跡。

沙發上一張張乾瘦的臉面無表情的望向他，他們好像也在野餐，手裡拿著的是婆婆稍早之前在陽台上的供品。

兩公尺的距離，洪承宏眼神落在吳家喬身後那扇大門。

反鎖著嗎？他握著剛剛撿的玉佛像與隨手在門後拿的衣架，至少衣架可以擋下家喬吧，好歹他是男人，不可能會打不過吳家喬！

「有話不能好好說嗎？吳家喬！」洪承宏最後喊話。

「還有什麼好說的？我不會讓你們得逞的！」吳家喬尖吼著，「想保護劉玟筠的話，就是跟我為敵！」

瘋子！洪承宏立刻往前衝，吳家喬同時抓起桌上的刀，起身離開椅子，左手將手上滾燙的茶朝洪承宏潑去。

「哇！」洪承宏直覺伸手去擋下潑來的熱水，其實不怎麼燙手，只是吳家喬趁機就砍了過來！「啊！」

刀劈衣架，鏗鏘聲響，洪承宏拿著的玉佛像，也正巧敲在吳家喬額上——結果她上一秒還怒不可遏的猙獰，下一秒突然頓住。

咦？吳家喬正望著刀子，有些出神……她？她為什麼在這裡？手上為什麼拿著刀？

洪承宏也留意到她的神態有異，不顧一切的直接把她推開，吳家喬被大力的向後推，踉蹌的撞倒自己的椅子，伸手想攀住桌緣未果，整個人壓上婆婆的屍身，再彈滾到一旁！

同時間，洪承宏已經打開門，居然沒有反鎖，太好了！

他一拐一拐的衝出，緊張的按著電梯，幸運的是電梯正巧往上，就在八樓了，快啊！

「唔……」翻身而起的吳家喬痛得咬牙，她的肚子……望向掉在屍體上的刀，怒從中來，「你們就是想殺掉我的孩子！把我趕出這個家！到底為什麼要站在劉玟筠那邊！」

聽見吼叫聲，洪承宏又急又慌的看著數字，他剛應該把門關上的，這樣至少可以多花吳家喬一點時間……啪，門緣出現帶血的手，吳家喬凶殘的眼神探出，手上的刀令人膽寒。

但電梯到了！洪承宏喜出望外的看著電梯門開啟，門一開，裡面站著黃太太跟欣欣，還有十四樓的王太太和她兒子。

他們看見渾身是血的洪承宏，只頓了兩秒後，欣欣率先尖叫。

「呀——」她回身抱住媽媽，頭埋進媽媽肚子裡。

「關門！」洪承宏立刻衝進電梯，「快點關門關門！」

「哇！哇啊！走開！」王太太護子心切，為母則強的一把抵住洪承宏往外推，「滾出去！」

她試圖把洪承宏往外推，但黃太太是見過他的，「等等，他好像受傷了，先問清楚——」

黃太太拉下王太太的手，意圖把洪承宏拉進……刀倏地劈上洪承宏的右頸，他連抽口氣都來不及，頸子直接被斬了個裂口，鮮血如噴泉般濺了整座電梯。

「啊啊啊啊啊！」兩個母親別過了臉，因為血噴灑得她們滿身都是！刀抽起，倒下的洪承宏身後，竟是黃太太熟悉的女人。

「謝……謝太太？」黃太太將女兒護到身後去，不明白這裡發生什麼事！

王太太也緊緊抱住兒子，貼著牆的她試圖關上電梯門，但是洪承宏上半身在電梯裡，下半身在電梯外啊！

吳家喬微喘著氣，看著電梯裡的人，手裡的刀因為沾了血有點滑手，她將刀子換到左手，右掌緩緩的往身上抹去。

「妳……也想保護她嗎？」吳家喬幽幽的看向黃太太，嘴角抽了笑容，「妳也是一夥的？」

「什……什麼？」黃太太一臉驚恐。

「那天，妳跟她說話了，我記得。」吳家喬右手重新握住了刀子，彎起了令人毛骨悚然的笑容。「妳跟劉玟筠說話了！」

「哇啊啊啊啊——」

「媽咪——呀啊——媽咪！」

「救命！救命啊——」王太太把兒子推出電梯外，「誰來——」

小孩一跨出電梯外就被洪承宏的屍體絆倒，雙手都還沒觸到地板，下一秒就被拖了進去！

「不要傷害我孩子，不——」

叮。

電梯門關上又打開，喀隆……叮，要關上的電梯門再度因卡在門邊的屍體開啟……噢，還有一雙小腳，及一個女人的手，永遠關不起來。

叮、喀隆、叮、喀隆，電梯裡變成了紅色，或許是紅血染了牆，或是血染上了上頭的燈，總之已經不是原本的淡黃色。

站在謝家門口，那個髮長及腰的女子笑了起來，一抽一抽的，其實不太知道她在笑還是在哭。

同時間，一樓的管理室裡留意到電梯的監視畫面成了雪花波紋，似是故障了。

「呼……」吳家喬疲憊的踩過屍體走出，扶著牆才能站直，因為她好累，手好痠，而且肚子好痛。

孩子，她用力摀著肚子，媽媽一定會保護你，絕對不讓那些想害我們不幸的人得逞。

一抬頭，看見門口的女鬼指向另一台電梯。

她重新振作，走到另一台電梯旁，看著數字逼近，她只是走回自己家，平靜的伸手拿起屋內門邊牆上的對講機。

「許先生，我們的電梯好像有問題，你上來看一下好不好？對，我十二樓謝家。」

掛上電話的同時，她聽見另一台電梯的響聲，叮。

停在這裡啊……吳家喬迅速的走到了電梯旁，待在走出來看不到她的位子，再仔細的抹掉手裡滑膩的血，聽著電梯門打開。

「真的喔，老師給妳獎品喔！」

「真的！老師說我畫得最棒呢！」

是邊角的陸太太跟孩子。

「咦？謝先生家門怎麼開著？」陸太太好奇的往裡頭一望，隨便都能把就在門前不遠的師父，與餐桌邊的婆婆屍體盡收眼底，「咦——哇啊啊————」

她嚇得拉過孩子後退，卻不想一轉身就看到了人。

「喝！」陸太太驚魂未定的回身，又見滿臉是血的……「謝太太？」

「妳也是嗎？」吳家喬輕柔問著。

「什……什……麼……」陸太太邊說，眼尾瞄到了另一台電梯的屍體。

「嗯，妳也是。」

「呀——」

※　※　※

喝！連薰予整個人是從椅子上跳起來的，她驚訝的往大門望去，這根本不需要什麼第六感，因為連羅詠捷都張大了嘴，僵著身子回首了。

誰叫那慘叫聲太淒厲，還夾帶著重物落地聲。

「聽見了吧？」結果說話的是劉玟筠。

「連妳都聽見就知道多大聲了。」蘇皓靖依然八風吹不動的坐在位子上，劉玟筠在客廳，離門口較遠，都能聽見慘叫聲。

「好像是男人的聲音……」羅詠捷揪著心口，「該不會是蔣逸文吧！」

「蔣——」連薰予打了個寒顫，「我出去看！」

「不是他。」蘇皓靖倒是斬釘截鐵，「才出現慘叫聲妳就要出去，是嫌命長嗎？」

「可是——」連薰予突然想起陽台，立刻往羅詠捷的房間走去。

蘇皓靖跟著起身，想法是一樣的，但臨去前沒忘記交代從貓眼孔偷看的羅詠捷，「偷看可以，不要應聲，也不許開門。」

「好！」羅詠捷手擱在貓眼上，微微發顫。

連薰予迅速的走進羅詠捷的房間，她的陽台一樣是落地窗，但維持建案原樣，單扇推開的玻璃門是開在側邊，並不若謝家把落地窗改成朝兩旁推開的玻璃門。

還沒抵達她的步伐就慢下來了。

「知道怕就好。」蘇皓靖謹慎的走來，手上拿著剛剛在客廳窗邊取下的銅刻八卦，「這個感覺還不錯，哪來的？」

連薰予望著皺眉，「這我姊給羅詠捷的，又不知道哪個宮廟拿的。」

「宮廟這麼多，說不定是好物，至少這個挺不錯的，天花板的符也是。」他明顯地緊繃著身子，拿穩了銅刻八卦。

連薰予隨之伸手握住，由蘇皓靖打開玻璃門，陽台是開放空間，正樓上就是那住滿亡者的「One Happy Family」他們既然能把人從陽台扔下，要下來也很容易。

「應該在陽台也貼個符的。」連薰予咕噥，但符紙不夠。

玻璃門開啟，雙雙走到了陽台，但依然是一副隨時能拔腿就跑的姿態，樓上發生了什麼事？連薰予心煩意亂的，悄悄望了一眼蘇皓靖。

「想碰就碰。」蘇皓靖失聲而笑，主動又自然的一把摟過她。

唯有接觸，他們才能放大第六感，更別說在這個有符咒隔離的安全屋——十二樓長髮垂下，一如童話故事中的長髮公主，女人竟爬著外牆而下，像極了人形蜘蛛，倒立的望著他們。

蘇皓靖繞了半圈讓自己在前面，看著那頭長髮，實在礙眼得很。

驀地上前一步，他直接拉住了那頭糾結凌亂的長髮，甚至還捲在手上——

「蘇皓靖！」

連薰予嚇著了，那怎麼能——喝！

女人原本的頭髮是烏黑秀麗，閃爍著光澤，她被揪著頭髮甩上牆，但因雙腳被捆綁而逃不開，隨後又遭到一陣暴打，最後被關進衣櫃裡。

衣櫃再度打開，她已經沒有力氣跑了，男人一樣抓著她的頭髮往外拖，但此時她的長髮已沒有了光澤，雙手被縛住的地方已然潰爛……她哭著望著天花板，悲懼交加，然後又是一陣毒打，折斷她的手骨時，她連叫聲都很虛弱。

一片黑暗過去，只有哭聲跟無盡的絕望，最後是瘦到只剩皮裹著骨頭的女人，她的頭髮更長了，哭著連爬行的氣力都喪失，有人抓起她的長髮，擰成一條，自後方套住她的頸子……氣管被壓迫造成巨大的痛楚，她不能呼吸，求救的手舉向天花板，卻沒有人……

「啊！」連薰予一口氣差點上不來，下意識的撫住自己頸子。

蘇皓靖鬆開纏著的頭髮，冷汗直冒的看向那攀在上外牆的女人，仔細看……她的頸子的確一圈黑，長髮嵌在她的頸子裂口裡，她是被自己的頭髮勒死的。

「妳是被殺的？」

女人平淡的神情瞬間閃過一抹驚恐，她張大著嘴想說些什麼，眼神倏而往上。

救我。

不必言語，不必聲音，連薰予跟蘇皓靖都能意會到她想表達什麼。

救救我……我們！她凸出的眼球盈著淚，沒有殺機，只有悲泣，接著不安的往上看向他們不知道的地方，倏地翻身離開。

同時間，外頭傳來震天價響的聲音。

磅磅磅——

「啊……」蘇皓靖往房裡望去，「曹操來了！」

他趕緊推著連薰予進屋，將玻璃門關上扣緊，一進屋就能聽見外頭那重擊聲，還有響個不停的高分貝電鈴聲！

「開門！謝茂一！我知道你在裡面！」吳家喬在羅詠捷家外頭拿著刀狠狠劈著她家的鐵門。

這時羅詠捷就會慶幸她有加裝鐵門，雖然現在吳家喬已經劈開鐵門欄杆的紗網，但是細縫甚小，刀子劈不上木門！

剎！木門顫動，讓羅詠捷都快不敢待在門邊了。

「幸好這層樓白天都沒人在！」她低吼著，「妳神經病啊！我報警喔！」

啊就報不了，但虛張聲勢是一定要的！

「有鐵門她進不來的。」連薰予盡可能冷靜的說，但卻沒發現自己的聲音在顫抖，

「不過還是小心點。」

「她全身都是血耶，頭髮上還有腦還什麼的……」羅詠捷指著貓眼孔，「剛剛一副凶惡樣啊！」

謝茂一寒意遍佈全身，「難道洪承宏死了嗎？」

「啊，那個男生嗎？」蘇皓靖主動上前，從貓眼裡看著外頭抓狂的女人……

留意到蘇皓靖收緊下顎，連薰予上前將手貼在他按著的手背上，這樣子……她半闔雙眼，連她都可以看見門外的吳家喬了！

「劉玟筠，謝茂一！給我開門！」吳家喬拿菜刀亂劈砍，「你們居然就住在我樓下！金屋藏嬌也太近了吧！」

「藏什麼嬌啊，這是我的房子！」羅詠捷簡直不可置信，居然說謝先生跟劉玟筠在她家幹嘛了？

「連羅小姐都幫你們……好！都幫你們！劉玟筠有什麼好，全世界都挺她！」吳家喬拿著菜刀在鐵欄上橫向滑動的鏗鏘聲令人膽寒。

吳家喬渾身是血，那張臉幾乎看不到皮膚了，亂髮裡都是腦部組織，甚至還有碎骨，她今天穿的那件粉紅上衣也已經早被鮮血染紅。

整個樓層血跡斑斑，還有那始終關不了的電梯，以及頹然倒地的手。

好多具……好多好多。

「啊啊……」連薰予全身不住的發抖，倏地收回首環抱住自己，「有小孩子，不只洪承宏死了……全部都是血，好多人都躺在地上！」

「簡直是血流成河……她要是守在外面的話——」蘇皓靖一邊說，又是巨響。

「無法報警，我們也不可能在這邊待太久。」劉玟筠走了過來，「要不我出去引開她？」

哇……所有人不約而同看著這個女人，一副巾幗英雄的模樣。

「有種勇氣叫愚蠢妳知道嗎？」蘇皓靖超體貼的解釋著，「妳出去是送死，門一開，她剛好可以衝進來大開殺戒。」

「我又不一定會立刻死，我會閃或躲會抵抗啊，而且她就算衝進來，你們這麼多人難道制不住她一個？」劉玟筠皺眉，還真是樂觀思考。

「她現在不屬正常人，不能用常人模式去思考。」蘇皓靖像在傾聽什麼一樣，連薰予知道那是在感應。

「妳會死，我們也會出事，現在的吳家喬是萬夫莫敵，她背後有亡靈撐腰，那些不需要成為厲鬼，只要給她力量就可以了。」連薰予嚥了口口水，「妳出去是下下策。」

沙發旁的謝茂一撐著桌子站起，「那我……」

「拜託，謝先生，你就更免了，你連站都站不直了能幹嘛？」羅詠捷說得直接，「你擋不下你老婆，也救不了大家！你是源頭好嗎！」

「……問題是我沒有做對不起家喬的事啊！」謝茂一情緒難掩激動，「事情為什麼會走到這一步？我們搬了新家，我們有了孩子，一切應該都是最幸福的時候啊！」

「選錯了屋子、犯了禁忌，集之大成——」蘇皓靖對他也只有無奈，「這叫命運。」

「命……命？現在變成這樣你歸給命運！」謝茂一驀地激動起來，「我媽死了，我太太在殺人，她現在在外面瘋狂的劈門，喪心病狂到我都不認識了！這叫命運？」

「不然呢？」蘇皓靖皺起眉，轉身朝他走去，「你要找個人怪就怪你自己吧！如果不是你觸犯禁忌，屋子裡的亡者也不會認為你們是鳩佔鵲巢的混帳，至少能圖個共存，再糟也不會變成這種催眠式洗腦！」

謝茂一不可置否的瞪圓雙眼，「怪我？我？」

「不然要怪誰？」羅詠捷幫腔，「我們第一天見面時，我讓你去廟，你沒去對吧？」

謝茂一喉頭緊窒，點了點頭，他沒放在心上。

「謝先生，禁忌許多都是傳說或是無稽之談，但只要有一個是真的，觸犯到就是無力可回天。」連薰予只能深表同情，「這些事都是我們預感再強，也無法阻止的。」

謝茂一痛苦的腳軟跪地，劉玟筠只覺得不耐煩，事情莫名其妙與她扯上關係，這些都令她一時難以消化，但也不得不接受。

連薰予聽著外面的聲音漸歇，緊握著拳。

「為什麼……吳家喬會知道這裡？」她狐疑的看著震動的門板，「照理說她不可能知道羅詠捷帶大家下樓啊！」

「這是常識吧，她就住樓下，自然有可能帶我們下樓啊！」劉玟筠不覺得這有什麼奇怪的。

「妳被人追殺會躲回家？一樣下樓為什麼不逃離這棟樓？」蘇皓靖自是不以為然，因為他瞭解連薰予的疑慮，「這麼多條人命……剛剛的慘叫聲是男人的對吧？」

連薰予點點頭，「聲音很近，但又不像是在這層樓……」

「樓梯間吧，聲音像是逃生梯傳來的。」羅詠捷有聽見回音，「我這層樓都是上班族，有家庭的都上安親班沒這麼快回……」

她突然頓住了，緊張的倒抽了一口氣。

那沒上安親班的呢？羅詠捷再次看向貓眼，外頭的吳家喬還沒走，她身體還是不自覺的顫抖起來，這個時間……

「小孩……」連薰予也揪著心口，「有小孩在血泊裡……羅詠捷？」

「黃太太，黃太太會去接欣欣，不只是她……天哪！希望不是他們，不不！」羅詠捷激動的搖著連薰予雙臂，「妳能感覺到是誰嗎？是誰？」

連薰予用力的搖頭，她知道死亡的不只是洪承宏而已，因為那是鮮血四濺的屠殺，電梯裡多具屍體，有小小的手也有大人的腳，但是她無法精準感應。

「是誰不重要了。」蘇皓靖上前拉開羅詠捷，「早就都死了！吳家喬身上都是他人的組織與血……太平梯裡的人應該是警衛。」

「你怎麼知道？」羅詠捷驚呼一聲，「這時間是許先生啊！」

蘇皓靖瞅著她聳肩，「就直覺啊！這還要問？」

沒有為什麼，他就是直覺是警衛，有階梯有保全的服裝，這兩項就夠了。

跪坐在地上的謝茂一緊擰眉心，他從來不知道蘇皓靖是擁有這麼強大第六感的人。

「蘇皓靖，我問你件事。」謝茂一吃力的開口。「入厝那天，你是不是已經……知道今天的事了。」

蘇皓靖回眸，「我知道一定會出事。」

謝茂一雙手握拳，搥在茶几上，他直覺想咆哮：你為什麼不說！但自己比誰都清楚，連彭佳茵說屋子鬧鬼他都不信了，怎麼會信蘇皓靖的話？

連薰予抿著唇，謝茂一不知道……蘇皓靖原本連管都不想管……所以他現在出現在這裡，既叫她意外，卻也令她安心。

羅詠捷慌張的拿起對講機，試圖聯繫管理室，蘇皓靖巧妙的拉著連薰予往旁邊，緊握住她的手。

「為什麼警衛會在樓梯間？」他用只有連薰予聽得見的音調。

輕闔雙眼，連薰予專注感覺，「因為電梯不能使用……所以警衛只能走樓梯上來？」有屍體卡在那裡，電梯門開開關關的影像太強烈。

「警衛是可以確定我們往哪裡跑的人……」蘇皓靖沉下眼色，「這是吳家喬知道我們在這裡的原因。」

電梯卡住，一般人可以通知警衛，先找電梯維修商，到時再由警衛陪同上來；警衛會親自上來，只怕是吳家喬請他上來的，在一樓的警衛，絕對清楚他們有沒有離開這棟樓。

劉玟筠偷窺貓眼，外頭的吳家喬彷彿知道她在看似的，竟用猙獰的臉直瞪著她。

「你們休想躲一輩子！」吳家喬抽著嘴角，「我有的是辦法……對……」

滿是鮮血的菜刀直指貓眼，她像是想到什麼似的，倏地往旁走去！

「她往右邊去了！」劉玟筠緊張的指向右邊。

「那邊是安全梯，她上樓了！」羅詠捷貼著門板，果然聽見了安全梯沉重鐵門關上的聲音，「她放棄嗎？」

「怎麼可能？」連薰予直覺的搖頭。

「她說她絕對會找到我們，她有的是辦法……」劉玟筠皺著眉頭，她的怒氣值也在飆升，「到底是在執著什麼？」

絕對會找到他們？蘇皓靖握著連薰予手上的力量加重，他覺得這句話不能輕忽。連薰予也有同感，那句話認真到讓她覺得吳家喬做得到，不管用什麼辦法……

她都會進來，手刃背叛她的老公與小三！

※　※　※

來人刻意放輕步伐，用腳尖迅速的爬著樓梯，手上拿著熱騰騰的 Pizza，又是那間住一堆飄的住戶訂 Pizza，連續吃都吃不膩的喔？兩台電梯都罷工，一樓的警衛說已經有人上來看了，他這分秒必爭的工作當然得硬著頭皮爬樓梯了。

十一樓往十二樓的樓梯間，來人走到一半就停了。

他就知道！今天出門時就被告知不會有好事了，叫他小心留意，阿瑋難受的別開視線，做好心理準備後再正首仔細瞧。

樓梯間的白牆噴灑著鮮紅色的畫作，一個穿著跟樓下警衛一樣服裝的中年男子頭下腳上、扭曲的躺在樓梯中間，阿瑋不敢走太上去，要是破壞到現場就不好了。

警衛仰著頸子，頭卡在倒數第四階的梯面上，癱軟的掌心裡都是割傷，像是……阿瑋在下一層看著垂在樓梯上的手，被刀子割開的嗎？

不過死因不是摔死，絕對是被劈死的，因為這位警衛的左頭頂到右眼眉上有一道清楚的裂口，雖說鮮血如注的順著梯面往下流下，但那被劈開的裂口太怵目驚心，到底是用什麼刀子劈砍的？斧頭嗎？

警衛雙眼瞪得好大，直視著上方，滿臉是驚恐與疑惑，好似不知道自己為什麼會陳屍於此。

先閃再說！阿瑋決定不送Pizza了，趕緊往樓下去，先報警再說。

才剛經過十一樓，磅！突然傳來開門聲。

「我想到了，我立刻就進去……狗男女休想逍遙過日子！」女人的聲音迴盪著，跟著是急促的步伐往上，「保護她的人也都……」

正卡在十樓半的阿瑋嚇得不知所措，身後突地有人摀住他的嘴，直接拖了再往下——唔！

吳家喬抓著菜刀飛快的往樓上去，看著染滿血的階梯，只是將警衛的屍體往牆邊拉了幾寸，避免他的手垂在外頭……嗯？

她狐疑著抓著扶把往下望，仔細聆聽……有沒有礙事的人上樓。

全天下的人都想阻礙她，每個人都想把她趕出這裡，這個她辛苦建立的家，想要破壞她的幸福……吳家喬闔上雙眼，一遍又一遍的深呼吸，肚子實在很痛，但她得忍！

因為自己的幸福只有自己能爭取，自己的家得靠自己守護。

護著劉玟筠，站在她那邊的人都不能留，那些人只會害死她而已，阿一她也不要了，劈腿的男人她何必留戀？浪費她寶貴的青春、欺騙她的感情，還謀奪她的錢、讓她為他們買這個家！

「碎屍萬段……碎屍萬段！」她怒不可遏的拉開十二樓安全梯的門，氣急敗壞的衝了進去。

十樓樓梯間的角落，非常角落的位子，緊貼著兩個男人，他們貼得很緊，深怕不小心伸出一隻手或一隻腳，被剛剛在樓上的凶手看見。

「唔唔……」阿瑋悶哼著，好像走了。

身後的人這才鬆手，阿瑋轉過身，突然張大了嘴，「咦咦……我是不是看過你？」

「一直沒接電話我就知道有問題！」蔣逸文呼吸相當急促，「快點走了，去報警……你送哪戶 Pizza ?!」

阿瑋捧著 Pizza，「這十二樓訂的……」

十二樓？蔣逸文拽過他，「什麼時候還十二樓，這一看就知道出事了，剛剛那個女的不是進了十二樓嗎？」

阿瑋哎了聲，趕緊跟著蔣逸文往樓下跑，但還沒走三階，樓下突然飛快地出現一個爬行中的身影……蔣逸文嚇得止步，只見一個人？是，是一個人，披散著一頭亂髮，姿勢扭曲怪異活像一隻人形蜘蛛一般，疾速的衝上來了——哇！

他不敢叫出聲，深怕引起凶手注意的掩住嘴，女人高聳著肩頭，纖細到只有皮包骨的手腳在樓梯上爬行，抬頭看向兩個男人，眼神空洞無神。

『不……許……破壞……』她的聲音太小，幾乎要聽不清。

可是他們兩個都知道，不說瘦成那樣了，這個女的頭頂是凹裂的，怎麼看都不可能是人啊！

下一秒，距離五階之差的女人驟然跳起，直接朝他們撲過來了！

哇啊啊——蔣逸文直覺得緊閉雙眼蹲下，阿瑋卻突然往前的擋在他面，也沒這麼勇敢，僅僅只是跳到他面前，然後高舉著 Pizza 想擋擋。

跳撲而上的女人只差幾釐米，但一根毛髮都沒碰到，就發出驚人的悲鳴！

『啊啊……嗚嗚……啊——』

高舉 Pizza 的阿瑋歪了頭，從 Pizza 袋旁往前偷窺……不見了，呼！

身後的蔣逸文因為閃躲下腰的關係軟了腳，一屁股跌坐在樓梯上，看著樓梯間乾淨空盪，一時還無法接受發生什麼事。

「呼呼，好險！」阿瑋拍拍胸脯，「沒事沒事，阿嬤在不會有事。」

蔣逸文看著回身朝他伸手的阿瑋，滿臉困惑，「阿嬤？」

「對啊，阿嬤一早就說今天有事會發生叫我帶她出來。」阿瑋真的是大大鬆了口氣，「阿嬤把對方趕走了，但我們還是要快點閃人！」

阿瑋拉起搞不懂的蔣逸文，兩個人慌亂的往下奔，雖然還有點腳軟，但他們知道情況刻不容緩。

「我們要禁止住戶上樓，然後報警跟叫救護車。」蔣逸文邊說邊看著阿瑋，「哎，你不是小薰的同學嗎？上次有送 Pizza 來給她吃！」

「咦！」阿瑋喜出望外的回頭，「我想起來了，對！你是她同事嘛！那天你也在！」

是，是啊……蔣逸文一圈圈的繞下樓，前不久的事而已，那時連薰予叫他們出去分享美食咧！

「你怎麼會來這裡？」阿瑋好好奇，他是工作喔，不是找死。

「說來話長，小薰覺得十二樓有問題讓我去找線索，我還真問到了，那間屋子不是凶宅，但就是鬧鬼！」蔣逸文這時就不禁讚歎，「小薰說得真準，前任屋主根本沒離開台灣！但蘇皓靖也很強，幾乎都預測到了！」

「喔，那個帥哥！」阿瑋雙眼一亮，「他可厲害了，第六感！」

「是啊，很厲害。」蔣逸文邊說，一邊看著手機上的時間，「四點半，連時間他都算好了。」

「什麼意思？」

眼看著一樓快到了，手機還是顯示圈外。

「四點半如果聯繫不到他們、也看不到他們，就表示該報警了。」蔣逸文沒來得及跟羅詠捷說，下午決定請假後，他一回座位，就接到了蘇皓靖打來的電話。

『屋主就住在羅詠捷家附近，你可以把謝家的事跟他說，他們會告訴你當初為什麼賣房子；然後我推測你應該自此聯絡不上我們，但還是盡量聯繫，萬一聯絡不上——大概四點半吧，跟你約這個安全線。』

『為什麼是四點半？』

『不知道，我就是覺得是四點半。』蘇皓靖總是說著怪異的話，『四點半如果聯絡不上我們，也見不到我們，不管怎樣就是報警。』

『報警？我要叫警察去哪裡？』

『……你會知道的。』

『嗄？』

『我覺得你會知道的。』

橫屍在樓梯間的屍體、聯繫不上的同事們，蔣逸文與阿瑋雙雙拉開安全梯大門，這種第六感真的太強大了。

「為什麼電梯上不去啊，我住二十五樓，難道要我爬上去嗎？」

「太扯了吧？兩台都壞掉？」

一走出來，就聽見不少住戶爭執的聲音，但也有低樓層的一見到他們跑出來，決定爬樓梯當運動好了。

「不不，千萬別上去！」阿瑋趕緊攔住住戶，「上面出事了！」

「什麼？」住戶與警衛都相當錯愕。「有沒有搞錯啊，我要回家耶！」

現場即刻吵成一團，你一言我一語的又是責備又是質問又是想強硬上樓的，蔣逸文看向管理區的時鐘，令他搖頭的四點半整。

「快報警！出事了！」蔣逸文驀地大吼，掠過阿瑋往前，「樓上有凶殺案，凶手還在上面，請大家在大廳稍安勿躁！」

凶殺案！瞬間全場噤聲，所有人紛紛慌亂左顧右盼，鄰人們低語討論，不敢相信怎麼會有凶殺案，也沒有人在吵著要上樓！

幾個小朋友哭鬧，阿瑋乾脆把十二樓訂的 Pizza 拿出來，請大家吃，反正他是不可能送進去了。

蔣逸文直接報警，然後眼睛盯著時鐘不放。

「然後呢？」阿瑋氣喘吁吁的走過來。

「下一個時間線是五點。」蔣逸文看著時鐘，「五點如果還是看不見他們的話……」

阿瑋瞪大眼睛，「怎麼辦？」

還有半小時，不至於吧？警察來這邊也不必那麼久啊！

蔣逸文擠出尷尬的笑容，蘇皓靖交代過這不能說——如果五點還見不到面的話，就得叫消防車了！

第十二章

吳家喬的離去換得屋外一片寧靜，但如此反而比剛剛更加令人侷促不安，因為不知道她人在哪兒、也不知道她接下來的作為，叫人坐立難安。

「先把謝茂一移到安全的地方吧！」蘇皓靖在來回走了兩圈後，突然做出決定，「羅詠捷，妳家有相對安全的地方嗎？」

謝茂一臉色越來越難看，倒不是失血過多，而是痛楚難忍及心理因素，他不解的看著自己周遭，他以為這裡已經夠安全了？

「……這裡還不夠安全嗎？」連屋主自己都這樣說，「安全屋耶！」

「符咒擋鬼可不擋人！」蘇皓靖逕自趨前朝向謝茂一，「能起來嗎？我幫你！」

連薰予也趕緊清出無障礙空間，讓蘇皓靖方便移動。

擋鬼不擋人……羅詠捷仰頭看著天花板，突然明白他們的意思。「所以吳家喬能進來嗎？」

「不太可能吧？」劉玟筠還再三確定了門是不是上鎖，「別告訴我有後門！」

「十一樓有後門也沒用啊！」羅詠捷搶先一步進入客房，「這邊！這邊有個好地方！」

羅詠捷果然懂他們的意思，大家合力將謝茂一扛起，謝茂一打量著羅詠捷家，大家都有各自的裝潢，羅小姐家將走廊拆掉，主臥室與儲物間連成一大間，中間再用薄板隔開。

「這間窗戶我封住了，是我的小書房跟客房。」羅詠捷鄭重介紹，「不過呢，還有個神奇點喔——」

在房間的中間角落有個斜角，像道暗門似的一推，裡面居然有個三角形的畸零空間！

「我拿椅子讓謝先生坐吧！」連薰予喊著，回身去拿。

「不必！我跪著比較方便！」謝茂一連忙喊著，以不牽動傷口為主。

入口只供兩人出入，所以蘇皓靖先撤出，讓劉玟筠撐著謝茂一進入，裡頭約莫半坪大小，擺滿許多收納箱子跟冬被，看來是個儲物空間。

「裝飾柱嗎？」果然不必說明，蘇皓靖就已經知道答案。

「對啊，建商說多送的空間，不影響結構的裝飾柱，我後來把外頭的板子拆掉後拿來放被子跟換季的衣服。」劉玟筠敲敲薄板門，「至少又多一扇門。」

謝茂一安穩跪坐，臉色益發慘白，他痛得冷汗直流，汗水也因此浸濕了衣衫，在無法更進一步處理的情況下，只能用一次又一次的深呼吸度過。

「這裡在我家是儲物間的位子，妳把走廊拿掉了？」謝茂一算著距離，他家主臥室對面是儲物間，再後面是書房。

「我一個人住不需要那麼多房間啊！我總共就剩兩間房，主臥室後面的小房間我也打通，走廊跟這間客房打通。」羅詠捷正在盤算著搬什麼東西進來擋，「我去搬個櫃子過來，擋在門後，這樣萬一有什麼事還能擋擋。」

「這倒不必，還有沒有天花板那種符？」蘇皓靖問著，人防夠了得換鬼。

「全貼上去了！不過我還有另外兩疊！但不確定有沒有效！」連薰予看向羅詠捷，「東西呢？」

「我放外面櫃子抽屜了，所以……」她指指劉玟筠跟謝茂一，「他們就待在這裡嗎？」

「嗯，暫時待在這裡，門關上……」蘇皓靖掃視一下周邊，「劉玟筠小姐需要什麼武器防身嗎？」

「好！長柄的東西都好。」劉玟筠重新紮起頭髮，一副備戰狀態，羅詠捷則出去拿過掃把，粗魯的直接折斷掃把頭。

「有事就叫我們，我們會盡量幫你們的。」連薰予再次溫柔打氣，「但我希望狀況不要再惡化。」

劉玟筠挑了挑眉，試著在裡面揮舞掃把柄，謝茂一則一臉痛苦。

「面對神經病我不會客氣的，話我說在前頭。」劉玟筠背對著謝茂一，但這句話是對他說的。

謝茂一聞言驚愕，「可是劉玟筠，家喬她懷孕了。」

「我的命跟你的小孩誰重要？」劉玟筠回頭忿忿的說，「當然是老娘的命重要。」

連薰予不敢再多說，裡面看起來快吵架了，她默默的關上夾層門，趕緊走到客廳去；客廳櫃子邊的羅詠捷正捧著符紙讓蘇皓靖感受，他朝她招了招手，看起來有選擇的困難。

「放在符紙上……」蘇皓靖抓過她的手，再以大手覆蓋住。

相疊的手可以明顯感受到黑色那疊符紙令人心安許多，光是放著就可以看見一閃而過的亡者驚恐畫面。

「這疊！」兩個人異口同聲，選擇了量少又怪異的黑色符紙。

「我拿去貼在三角間？」羅詠捷冰雪聰明的舉一反三，「門口一張，裡面兩張夠吧？」

「各一就夠了，我覺得這比天花板的好用。」連薰予邊說一邊輕笑，「我之前毫無所感，以為只是普通的紙。」

她的第六感真的相較之下太弱，還是得要跟蘇皓靖接觸才能有效。

蘇皓靖將符紙分成兩疊，一人一半的帶在身上以防萬一，只是他的動作略顯急躁，接著轉身進入廚房，開始搜括羅詠捷所有的叉子。

「只要是叉子都給我，金屬的。」蘇皓靖邊說，邊抽起刀架上的刀子，「有沒有小柄一點的刀子啊。」

連薰予自然知道羅詠捷的東西放哪裡，只是不太明白他想幹嘛。

她猛然打著冷顫回首，剛剛像是聽見什麼聲音？玻璃……不，繩索？她不安的走出去，看著客廳窗外一片明亮。

「幹嘛幹嘛，蘇皓靖你要煮飯喔？」貼完符的羅詠捷滑出來。

「妳還有折疊刀或任何這種小水果刀嗎？」蘇皓靖把刀叉在放在流理台一字排開，再探頭出廚房，「連薰予，別看了，那就是等等會發生的事！」

「咦？」她驚愕回首，「我聽見……」

「玻璃破裂的聲音，我還看見玻璃飛散，所以快來幫忙。」他催促著，因為直覺能讓他們察覺危險或是發生的事情，但無法知道何時發生。

他讓連薰予燒掉兩張黑色符紙泡進一個五百CC的杯子裡，再把剛拿到的小刀與叉子全泡進去。

「去把風。」他朝羅詠捷交代著，「但不要靠窗子太近。」

「……可以不要嗎？」羅詠捷哎唷的唸著，但還是很認份的出去。

連薰予看著他把刀叉取出後，直接抓了另一個小馬克杯當筆筒，把泡過符水的刀叉放進去。

「啊……」她感受到繩子，閉上雙眼閃過了槌子，「好近！」

「我知道。」蘇皓靖相當沉穩，好像什麼事都在他掌握中。

一樣是強烈的直覺，蘇皓靖卻好像比她更能運用？

他把馬克杯塞到她手中，路過客廳時沒忘記叫羅詠捷拿個東西防身，緊接著他們來到主臥室；一走到這裡連薰予就不自覺得發顫，她看見玻璃迸裂，耳邊是咆哮聲、還有血……及那把刀！

「她會在這裡！」連薰予激動的喊著，「蘇皓靖，吳家喬會到這裡來！」

「我知道。」蘇皓靖又是這樣的回答，驀地捧起她的臉，「別揍我。」

咦？她還沒來得及問，卻知道這動作的意義。

蘇皓靖輕柔的吻上了她，四唇交疊，他比上次更加大膽的輕咬她的唇，來場淺吻。

接觸得越深入，他們的第六感越能放大——垂下的繩子，從陽台盪進的吳家喬，她扔出的鐵槌敲碎落地窗，她直接就摔進房間裡！

即使滿是割傷她仍立即站起，手握著刀怒不可遏的大開殺戒……揮刀、歇斯底里……然後另一幕畫面蓋過，那是大槌子、還有鋸子，甚至是被壓在凳子上的男孩頭顱，高舉的刀子一刀刀剁下！

「啊！」連薰予驚慌的掐緊蘇皓靖的雙臂，「她能從十二樓盪下來？這怎麼……」

蘇皓靖才想回答，倏地瞪大雙眼，危機天線全部豎起——「後退！」

他瞬間將連薰予摟進懷裡，背對著陽台落地窗的房間門口滑去，說時遲那時快，半空中真的飛來鐵槌，正中了主臥室的落地窗——鏘！

玻璃紛飛碎裂，聲音令人膽寒，羅詠捷從客廳衝入，只看見碎成一地的玻璃，還有外頭……的繩子？

「那什麼……什麼東西啊？」她好奇想往前，蘇皓靖一回神，伸長左手把她擋回去。

「退後！」

吳家喬就這麼抓著繩子盪進來了。

她真的從十二樓綁著繩子，如同電影演的一般，漂亮的從十二樓陽台晃進了十一樓，鬆手的時機點讓她整個人摔進房裡，摔在一整地的玻璃碎片上。

玻璃碎片割得她赤裸的雙腳都是傷痕，但這似乎不影響吳家喬，她很快地雙手撐在玻璃碎片上，不感到痛的抬首，看向了他們。

「他們……在哪裡？」她撐起身子，從腰帶那兒抽出了菜刀。「你們把他藏到哪裡去了！」

家喬！謝茂一聽見妻子的聲音，情緒不免激動，劉玟筠立刻按住他的肩頭，羅小姐剛剛說過，沒有來叫絕對不要開這道門——因為吳家喬不可能會知道這道門！

主臥室裡的吳家喬臉部已經扭曲，她比剛剛看見的還要駭人，眼神完全不正常，全身上下殺氣騰騰，瞪著他們還能揚起笑容。

「就你們……你們護著他們啊！讓他們在我眼皮底下亂來！」吳家喬大聲咆哮，「該不會出差都是騙我的，其實是到這裡來幽會吧！」

連薰予光是看著她，就能感受到龐大的恐懼與慘叫，「妳……到底殺了多少人？」

吳家喬眼神轉為陰鷙，上扯嘴角，「妳自己去問他們吧——」

電光石火間，她擎著菜刀、腳踩玻璃碎片就這樣殺過來了！

蘇皓靖立即旋身正面迎向吳家喬，而也利用旋身的機會，抽起了馬克杯裡的刀子，俐落的朝吳家喬射去！

一二三四五，平穩的呼吸，那是極富節奏的射擊，刀子一把正中吳家喬的腳板，另一把插進小腿，剩下三隻叉子分別是她的右手、右肩還有臉！而吳家喬因為迎面而來的叉子下意識的伸出左手閃躲，同時因為釘在腳板上的刀子痛得大叫，整個人趴落在地。

他。

砰！這聲音令人聽了心疼，謝茂一緊張妻子出事想站起，劉玟筠回身就拿掃把抵住是想死嗎？站著的她忿怒的睨著他，明知道外面那個精神不正常還要去衝撞？就算他心疼愛妻，那要不要心疼一下慘死在她刀下的人！

「啊啊啊……」

菜刀從吳家喬手中飛了出去，趴在地上的她痛得哀鳴，蘇皓靖抓過馬克杯，另一手推連薰予去客廳。

「銅刻八卦拿來。」他一邊唸，一邊滑壘到吳家喬身邊，一腳將菜刀踢得更遠。

「你想做什麼！你想要與他們聯手害死我！」吳家喬齜牙咧嘴的怒吼，「我絕對不會——啊啊啊——」

沒讓她說完，蘇皓靖再拿叉子直接插進她的右手掌裡，真希望可以釘在地板上。

連薰予回到客廳門邊小餐桌上抓過銅刻八卦，立刻衝回房間，拋扔出去，「接著……小心！」

蘇皓靖回首接住銅刻八卦，吳家喬突然用左手拔起插在小腿上的刀子，趁著他回身之際對著他的身體刺去！

「啊！」連薰予緊張大喊，可蘇皓靖沒有回頭就曲起左手臂擋下。

吳家喬瞠著凶狠的眼往上瞪著他，還露出喜悅的笑容，小刀幾乎沒入了蘇皓靖的手肘中，他正首箝住她的手不讓她把刀子拔出，不過瘋狂的人彷彿在燃燒腎上腺素，力道相當驚人！

「殺了你們！全部都去死！所有背叛我的人！」吳家喬緊握刀柄，就要狠狠抽起。

連薰予情急之下抓過手邊的衣架就要奔來，但卻見蘇皓靖不急不徐，把那銅刻八卦就這麼往吳家喬頭上一擱——呃！

「站在劉玟筠那邊，就該付出代價！」

吳家喬整個人像被嚇到一般大顫，短促的抽口氣，凶狠的眼神瞬間渙散，接著像定格般不再動彈；蘇皓靖順利的拉開她握著刀子的手，向後退開起身，連薰予焦急的上前看著插在他手臂上的刀子。

「小傷，沒事。」他繞到吳家喬的腳邊，她依然像雕像似的一動也不動。

「你想幹嘛！」連薰予不敢太靠近吳家喬，「住手吧？她感覺不那麼血腥了！」

連薰予憂心的盯著蘇皓靖，因為她感受得到現在的蘇皓靖十分緊繃，他有傷害吳家喬的意圖。

「我只是想暫時讓她行動不便而已。」蘇皓靖站在吳家喬的腳後跟那兒，凝視著後腳筋。

在不傷及筋路的前提下，讓她不良於行對大家都好，對吧？

「她夠慘了……」連薰予看著眼皮連眨都沒眨的吳家喬，已經感受不到殺氣。「她似乎擺脫控制了，亡者不再能影響她了！」

「那銅刻八卦不錯，好物。」蘇皓靖邊說，冷不防的蹲下身子，手裡不知何時握了另一柄小刀，直接從吳家喬的腳後跟釘進去。

「哇啊——哇啊——」吳家喬瞬間清醒，痛得慘叫，頸子一後仰，銅刻八卦往後掉了下來。

「蘇皓靖！」連薰予簡直不敢相信，他居然說插就插！

蘇皓靖將銅刻八卦好好的放在痛哭失聲的吳家喬背上，其實也沒必要，因為……他望向陽台，看著空中飄散的黑髮，那些傢伙很遺憾吧，在這裡都能感受到上頭的怒氣。

「這種脆弱的人不知道何時會被控制，還是以防萬一的好。」他從容鬆口氣，「裡面的可以出來了！」

「啊啊……」吳家喬淚流滿面，好痛……她全身上下都好痛！趴在地上的她以手肘撐起身子環顧四周，臉上有著幾許茫然。

連薰予悲哀的看著她，她知道，再幾分鐘，吳家喬就會想起一切。

想起她手刃的人們，想起鮮血四濺的場景，到那時……她該如何自處呢？

「哇靠，她是怎麼進來的？」羅詠捷終於戰戰兢兢走進來，看著陽台外的繩子，「妳泰山嗎？這樣都能盪進來？」

「她體操隊的。」劉玟筠的聲音出現在連薰予身後，吳家喬立刻看向她。

「……」吳家喬略顫動下巴，「劉玟筠……劉……」

「她現在清醒的嗎？」劉玟筠不安的問。

「等等如果崩潰加嚎啕大哭，就是清醒了。」蘇皓靖檢視著手上的短刀，沒刺到要害與大血管，幸好。「吳家喬，謝太太，想起來妳剛殺了多少人了嗎？」

咦？吳家喬錯愕的望著他，「什……什麼？」

「師父、妳婆婆、彭佳茵，我猜洪承宏也死了，至少還有警衛……」蘇皓靖闔眼仔細想著，「電梯裡有小孩……」

吳家喬瞠目結舌，這個男的在說……說什——陶瓷刀刺穿婆婆後背，亂刀捅爛佳茵，由後劈開洪承宏的頸子，她在電梯裡殺掉洪承宏的，電梯裡還有……

不認識的媽媽及小孩——吳家喬突然大叫起來「哇——」

她殺了小孩子！她拿著刀就是一陣亂劈亂砍，還有陸太太跟她女兒，她甚至砍下了孩子的頭！

警衛……許先生，她問他有沒有看見羅詠捷等人離開，他說沒有，沒有人逃離這棟樓，所以她知道他們下了樓，因為羅詠捷就住在樓下……然後她把菜刀劈進了許先生的頭顱裡。

「啊啊……哇！嘔——」吳家喬猛然吐了出來，把稍早吃的東西全吐得一乾二淨。

羅詠捷很想哭，她家到處都是血、都是嘔吐物！

劉玟筠終於攙扶謝茂一走出，吳家喬崩潰的以前額敲著地面，「我殺人了！我為什麼會殺人！啊啊……」

「因為被亡者控制了，但是妳能那麼容易被控制，是因為妳有心魔。」蘇皓靖毫不掩飾，「妳對自己沒自信，妳明知道叫謝茂一與青梅竹馬斷交是過分的行為，卻沾沾自喜，但心底知道這越了界，反而令妳不安，而且妳也不信任阿一，這給了亡靈機會。」

謝茂一悲從中來，痛哭失聲的跪上了地，「家喬，家喬，家喬，都是我不好，我應該聽妳的話，好好的把入厝辦好，就不會犯上禁忌了……」

「我怎麼殺了人……我為什麼……」她淚眼汪汪的，隔著兩公尺距離看向丈夫，還有那個攙著他的……「劉玟筠！為什麼妳在這裡！妳不出現就好了，一切都是妳！」

「有完沒完啊妳？這麼希望我跟阿一在一起喔？是不是不該讓妳失望啊？幹！」劉玟筠不爽的瞪著她，「我好兄弟入厝我不該來嗎？你們結婚我都去了，區區入厝豈有不到的道理？然後朋友有難跟我求救，我當然立即聯絡師父啊……靠，師父……」

想到那臉被打爛的師父，劉玟筠就心生愧疚！

「妳為什麼要存在！妳為什麼不能自己走遠一點！越遠越好！不要再跟阿一聯繫，一切起因都是妳！」吳家喬嗚咽的咆哮著，讓羅詠捷皺了眉。

她看著連薰予，不安的指向吳家喬，這是神智清明的情況嗎？

「瘋子。」劉玟筠掐了謝茂一的手臂，「喂，自己的老婆自己解決好嗎？」

謝茂一看著痛哭失聲的吳家喬，他已經不知道能說什麼了，家喬殺了人是事實，看看她全身血跡斑斑，再說什麼也沒有意義了。

「我跟劉玟筠真的什麼都沒有……」他虛弱的說著，「我們就是一起長大的摯友，其他再也沒什麼！」

這句話他都說到麻木了，交往時說、結婚後說，但不管說幾百次，他沒想到家喬沒信過。

吳家喬依然帶著怨懟的瞪著劉玟筠，她口袋裡還有那個髮束，他們到現在還能睜著眼睛說瞎話；劉玟筠手上的桿子完全沒鬆開過，她現在怒氣值超高，覺得自己根本是無妄之災。

「那天我在泡澡時，你在跟劉玟筠講電話……我被鬼攻擊尖叫你故意不進來救我，我逃出去時，親耳聽見你對劉玟筠說你要把屋子給她——」吳家喬悲悽的抽著嘴角，「從小到大，你只愛她一個人。」

「她神智還沒清醒嗎？」劉玟筠忍不住起了雞皮疙瘩，「阿一才不會說這種話咧，噁心不噁心啊？喂，吳家喬，我有男友的妳知道嗎？」

「你們要把我弄瘋、趕出去，還要殺掉我的孩子！」吳家喬驀地拔高聲音，激動想往前，卻因為腳上的痛楚咬牙，「啊！」

謝茂一才不明白，他不停地搖頭，「我、我那天是打給劉玟筠沒錯，我先打給媽讓她過來……」話及此，他一陣哽咽懊悔，是他把媽送上黃泉路的，「我是跟劉玟筠說家裡有狀況，好像有不乾淨的東西，她認識一些師父，我請她介紹！劉玟筠二話不說直接幫我聯繫！」

「騙子！我親耳聽見的，一清二楚！」吳家喬哭喊著，「為什麼到現在這地步還要騙我！」

裹著浴巾在房門口裡偷聽的吳家喬，在臥房外走廊低語講電話的謝茂一，連薰予微顫身子感受著他們間的說辭——那時，他們中間還卡了兩個瘦骨嶙峋的亡靈啊！

「兩個都沒說謊，別爭了。」蘇皓靖也感受到了，「你們是被亡者誤導了，妳的尖叫聲傳不到謝茂一的耳裡，相對的，妳也聽不見他講電話的內容，屋子裡的那些傢伙刻意製造了你們的對立。」

劉玟筠突然不爽的把掃把朝吳家喬面前扔，她嚇得想後退，再度牽動傷口，又是一陣哭泣；劉玟筠則拿出手機，就今天上午的事而已嘛，沒幾通電話。

「工作關係，老娘都有錄音！」劉玟筠直接擴音到最大聲，羅詠捷表示如果不夠，她有藍芽喇叭可以接。

『喂，幹嘛？不是斷交？』

『斷個頭啦，家喬狀況很糟，而且我也覺得我家怪怪的。』

『唷，謝茂一，你也知道什麼叫怪怪的喔？你不是不信這些？』

『我床上有很長很長的頭髮，家喬一直說家裡有別人……那個朱禹琳、就我老婆的閨密昨晚從我臥房陽台摔出去死了，另一個閨密說是那、個殺的，搞得我心神不寧！啊妳不是有認識什麼師父高人的？幫我找一下？』

『你當我隨傳隨到喔，我是有告訴你我還沒飛走嗎……好啦，我立刻幫你找，什麼長頭髮的，吳家喬不就長頭髮？』

『那個長度快一人高了好嗎？』

『什麼？好！我幫你找，你下午在家？』

『都在，拜託拜託，這樣過夜我會怕！』

『俗辣，好！等我消息。』

手機裡沒了聲音，謝茂一看著地板，吳家喬則是不可思議的瞪著那隻手機瞧……不可能，她聽見的不是這樣，阿一明明承諾要跟她在一起的！

「現在打算說我造假嗎？要不要給妳看時間？」劉玟筠毫不畏懼的上前，蘇皓靖謹慎的盯著吳家喬看，還有……

陽台上方飄散下來的長髮，連薰予也始終不敢大意，樓上還有亡者存在，而且因為吳家喬被制伏，連她都感受到危險度反而激增。

有什、麼在不爽。

手機就在吳家喬眼前，讓她看著年月日時間，吳家喬下顎因緊繃而顫抖，不停搖頭，豆大的淚水落下，搖頭、再搖頭……

「那櫥櫃裡我私藏的檸檬茶……是誰喝了？也是我不在的時候，蓋子打開過……」她瞪著地板，淚水撲簌簌。

謝茂一略抽口氣，「那天妳說要去找媽時，樓下羅小姐不是上來嗎？我依稀記得入厝那天聽到她愛酸，所以拿了檸檬茶給她喝，她很嚴肅的想商談事情，所以我一急忘了蓋上蓋子。」

「妳不要說因為這樣，懷疑是我喝的。」劉玟筠冷冷低笑，「我最怕酸了。」

「那你真的有去F市出差？不是跟劉玟筠見面？你說跟公司報備時說了謊，我看得出來！」她痛苦緊閉雙眼，「還有你頸子上有葡萄柚味的香水味！」

他頸子上……啊啊！謝茂一緊收下顎，一時難以言語的鼻酸湧上。

「我是說了謊，因為我擔心妳，沒跟公司報備就回來了，被公司罵了一頓，但我不想讓妳知道！」他淚水盈眶的凝視著愛妻，「衣櫃裡的……香氛袋，妳說有新味道，適合夏天……」

她親自買的，衣櫃裡全部都是葡萄柚香氛啊！

她買的？她買的？吳家喬都快哭不出來了，為什麼她會忘得一乾二淨！

「不不……那緊急備用包怎麼說！把破爛包裡裝上錢跟證件印章，放在茶几的事，全世界只會有我們兩個知道！」吳家喬指向劉玟筠，「但是那天她、她毫不猶豫的就拉開茶几抽屜，她知道那個東西！她知道——」

「因為這招是我教他的。」劉玟筠說得平淡加無奈，她開始覺得跟這女人生氣簡直是太浪費生命。

什麼？吳家喬怔住了，是……是劉玟筠教他的？

「劉玟筠就是這麼做，是我仿效她的……想著危難或失火時，放在客廳最方便……」

謝茂一誠懇的解釋，哽咽得快說不出話來了。

那——吳家喬伸手從口袋裡要拿出髮夾。

蘇皓靖不客氣即刻用腳踩住她的肩頭。

「哇！」整個人被踩到趴下的吳家喬難受悲鳴。

謝茂一緊張的前傾身子，「住手！蘇皓靖，你在幹嘛！不要傷害家喬！」

「喂，你在說屁話？」羅詠捷皺著眉不敢置信，「你為什麼不乾脆叫她不要傷害別人啊！」

「嗚嗚……我只是要拿東西……」吳家喬的右臉貼在地板，委屈至極。

「羅詠捷。」蘇皓靖呼喚女性，省得他一動手又被說性騷擾什麼的。

羅詠捷立刻從前頭繞過來，依照吳家喬的指示，從右側裙子口袋中拿出一個小袋子，裡面是個鑲鑽的櫻花髮飾。

「咦？」羅詠捷揚了揚，「這什麼？」

「這是證據，我在梳妝台下撿到的！你們趁我那天害怕去住旅館時，進了我臥房！我記得很清楚，那天劉玟筠連客廳沙發都沒坐到，就被我趕出去了，她不可能有機會進我房間！」吳家喬滿腹心酸的哭喊著，「趁我不在，你居然帶她進我房間，還上了我的床，裡面那李子色的頭髮自己看看是誰的！」

劉玟筠翻了個白眼，直接用腳踢踢謝茂一，「她是神經病嗎？」

謝茂一才覺得不可思議，「那天妳趕劉玟筠出去後，我們就沒有再見面了啊，怎麼……」

羅詠捷遞上髮束，髮束裡有另一個小袋子，白板上黏著李子色的頭髮。

「不，那不是……」

連薰予望著那髮束，主動上前接過——可愛的女孩好奇的看著梳妝台，投以羨慕與尖叫，她取下自己的髮帶，試著別上吳家喬放在桌上的髮夾……女孩對著鏡子裡映照，看見的是——

「朱禹琳，這是朱禹琳的髮帶。」連薰予凝視著髮夾，「那天她去過妳房間，妳也在場……彭佳茵跟洪承宏在後面……」

細節她沒看清楚，但至少人她瞧見了。

什麼？朱禹琳……朱禹琳的？

「有沒有搞錯，我會用這種閃亮亮的東西嗎？妳有疑問不會直接問謝茂一嗎？我都用素色的，黑色跟咖啡色的，還花咧、鑽咧！」劉玟筠真的是難以置信，「再說了，妳自己頭髮染什麼顏色不知道嗎？」

她染什麼顏色？吳家喬一怔。

連薰予悲傷的望著她，吳家喬自己都忘記……她不正染著一頭李子色的長髮嗎？

在床上、她位子上那根頭髮，是她自己的啊！

「不不不——騙子！騙人！」吳家喬二度崩潰，發狂的歇斯底里。

劉玟筠氣到說不出話，撂下一句她想喝茶，人就離開了房間，後面伴隨無數髒話。

「連薰予！」蘇皓靖突然走向陽台，右手向後伸。

連薰予抓著馬克杯趨前，「刀子？叉子？」

「叉子就可以！」蘇皓靖接過叉子，同時間上頭跳下了大家都熟悉、但也永遠分不出來的女人！

『嘎！』

女人跌進羅詠捷的陽台裡，驚恐的沒有越雷池一步的進入房間，因為房間裡有她進不來的因素，她還剩一部分的長髮勉強繫在十二樓，剩下的髮披散全身上下，還有已經插在她眼珠裡的叉子。

『啊啊啊——』她摀著眼睛痛苦萬分，在地上打滾，但是靠近臉的手卻不敢拔出來。

「我喜歡妳姊的符紙，改天介紹一下！」蘇皓靖再抓過另一把叉子，小心翼翼的往前，「玩具不見了，想要回去嗎？」

女人長髮下的眼睛倏地看過來，那嚇死人的長髮直接往內掃了進來——對準的是連薰予！

長髮瞬間捲住連薰予的手，直接把她往外拖，蘇皓靖再射出一柄叉子，同時拉住那尖韌的長髮往反方向扯，不讓亡者拖走連薰予！

「剪……」

才喊到一半，蘇皓靖就僵住了。

那是種飢寒交迫的痛苦，他感受到生不如死的痛楚與飢餓，只能吃著自己的頭髮果腹，抱著頭縮在角落裡，看著一個男人抓著小孩的腳往牆上甩。

雙手被綁死吊在床邊，連爬起來的氣力都沒有，悲傷與絕望強大到令人難以呼吸，求死的心從未如此強烈；男孩的頭被放在陽台上的木凳，看上去已經死亡，一隻大手壓著男孩的頭，一刀刀往頸子劈下，直到頭顱滾進房裡。

旁邊還有其他女孩，連哭都沒力了，只能抽著聲音。

『救……救命……』女人望著天花板，喃喃。

『不是家……這不是家……』

喀嚓！羅詠捷拿著剪刀鼓起勇氣就朝著拉直的長髮上剪去，頭髮太多根本難以剪斷，但劉玟筠也拿了刀子亂劈一通，只剪了一截，亡者頭髮就倏地收回，兩個與之抗力的人紛紛踉蹌，還是蘇皓靖伸手拉住連薰予，避免她倒上吳家喬的身體。

女鬼忍痛躍起，眨眼間藉由繫在十二樓長髮的力量，咻的彈回！

「滾！」劉玟筠氣急敗壞的喊著，「有沒有搞錯啊！人已經夠麻煩了，還有鬼？」

「……她進不來，羅詠捷的房間也是安全屋。」連薰予難受的摀住胸口，「蘇皓靖！」

「看見了！」他正努力調整呼吸，看著吳家喬，「要讓水停，得關掉水龍頭，吳家喬還這樣失控，表示控制沒有完全消失。」

「那些女鬼不是自願的……她們都是餓死的。」連薰予忍不住滑下淚水，「好可怕，那種恐懼跟折磨，我都……我難以承受！」

「她們被困住了。」蘇皓靖撐著大腿起身，先是重重嘆了口氣，「就知道不該來！」

他仰頭看著天花板，那份寒冷與孤獨的絕望還無法盡數散去，那些餓死的女人跟小孩都是被殺的，他們並非自願待在那個家，是迫不得已的離不開，所以她們在求救。

電話聲驟然響起，來自蘇皓靖的手機，但全室的人都嚇著了，劉玟筠飛快地拿出自己手機探查，有訊號了！

「已經報警了？」蘇皓靖接起電話先開口交代，「我是蘇皓靖，你認識的都還活著，目前有六位活人；其中有一位是屠殺的凶手，十二樓死亡人數不明。」

在垂直的正下方，一樓的大廳裡，蔣逸文拿著手機一時無法相信接通了，一接通聽見的話語卻不知道該說好或壞。

「……好！蘇先生！我已經報警了！但是我們找不到地方上去！」蔣逸文看著警方努力在破門，「電梯全部上不去，唯一一扇安全門竟突然卡死！」

「意料中的事，因為亡靈還沒解決，他們的目的還沒達到。」蘇皓靖指向羅詠捷，要她先別說話，「房子的事你查到了嗎？」

『查到了！我找到前屋主了！』蔣逸文掩著嘴趕緊繞到中庭去，阿瑋緊緊相隨，『他們住進去後都還好，但小孩子都說有朋友跟他一起玩，有時候他們會看到牆上有影子掠過，一直覺得還有別的人在——』

「說重點，確定不是凶宅？」

『確定不是！沒死過人，但後來前屋主全家都看見鬼，有個男鬼摔東西趕他們出去，他們是連夜逃走的！』電話那頭的蔣逸文說得很緊張，『他們請師父去看過，說那裡算凶，但不是凶宅！』

「……不可能啊！我也查過，那間房子沒出過事！」謝茂一在地上激動回應。

『沒有明著出過事，但裡面有好幾條人命！』蔣逸文一字字清楚的說著：『被發現的才能叫凶宅！』

被發現的，才能叫凶宅。

第十三章

蘇皓靖深吸了一口氣，「記住五點之約，先掛。」

『喂喂喂——我阿瑋！阿瑋阿瑋！』蘇皓靖正要切斷時，傳來討人厭的聲音，『大門關著，把門打開就好了，那個阿嬤說啊……』

蘇皓靖即刻按下掛掉鍵，連薰予瞠目，「你幹嘛掛阿瑋電話，他在說話耶！」

「移動神主牌的建議妳真覺得有好處嗎？」蘇皓靖還一副已經霉運上身的模樣，「大家都聽到了，警察暫時上不來，但確定已報警，我跟連薰予要去處理一下樓上。」

「被發現的才能叫凶宅……」連薰予心情沉重異常，「這是說那邊發生過事情，卻沒人知道嗎？」

「或許說，屍體還在那裡？」蘇皓靖抱持另一種看法，「一般靈體困在一處就兩種原因，一是死在那兒，但也有可能屍體還被困住。」

他朝連薰予挑眉，他直覺是後者，因為除了感受到絕望恐懼與飢餓外，還有黑暗與冰冷。

「怎麼……怎麼可能！」謝茂一無法接受！「屋子好好的，我們都裝潢過了，怎麼會有屍體！我想是以前有人在那邊出事，只是沒被報導？」

窒息感湧上，連薰予感受到那不是被勒死也不是悶死的恐慌，而是一種冰冷的……被塞進窄小地方的歇斯底里。

趴在地上的吳家喬任淚水自流，一字一句也是聽得清楚，她會變成這樣都是因為新居以前出過事嗎？因為有人死在裡面……

「小孩子……」她幽幽出聲，「我在儲物間裡，看過兩個小孩子……」

咦？謝茂一一怔，「什麼？」

吳家喬勉強撐起身子，「我在儲物間裡見過兩個小孩，男孩拿自己的頭當球玩，把我趕出儲物間，還喊著那是他們的家。」

謝茂一記得，家喬曾提過，但他覺得是她神經過敏、說著無稽之談。

連薰予狐疑的走到臥室門口，另一邊就是羅詠捷的書房，書房的位子該是謝家的儲物間，然後——

「裝飾柱！」她回首，幾乎與蘇皓靖異口同聲！

「裝……」謝茂一一時反應不來，「我家沒有裝飾柱！」

「最好是！整棟樓都一樣，更別說我們是正樓上樓下，格局一模一樣！」羅詠捷斬釘截鐵，「我比你早買太多了，這屋子的裝飾柱就是在那裡，每層樓都有！」

「沒有！裝潢時我也有來監工，有空心牆師父會沒告訴我嗎？」謝茂一才說完，自己就怔了。

有空心的牆，師父會不說嗎？是啊，所以沒有空心的牆。

謝家的裝飾柱，不是空心的。

蘇皓靖嚴肅的擰眉，上前檢查馬克杯裡剩下的刀具跟叉子，再將剩下的刀叉用廚房紙巾包妥。

「妳會些什麼嗎？」他們走出客廳，抽過桌上的奇異筆，在自己掌心上畫圖。

「會什麼？」連薰予不太明白他的問題。

「總有些長才吧？第六感這麼困擾妳，妳沒學一些基本的咒語？術法，或是利用一些有用的法器及護身符擋煞？」他一邊畫一邊喃喃唸著，接著揮著手掌晾乾。

連薰予轉著眼珠子，因為姊的關係，她還真討厭那些東西耶……「我就是能閃就閃，回到家我姊會讓我喝一堆符水、做法什麼的，搬一堆道具祛邪之類的。」

蘇皓靖用很疑惑的眼神打量她，「妳能活到現在也不容易嘛！」

「啊？」

「羅詠捷！我們要出門，妳來關門。」蘇皓靖旋身高喊。

「出去？你要……」羅詠捷一秒降低分貝，回頭瞥了眼房間裡的吳家喬，「喔對，她已經不能殺人了。」

「四點半多了，現在只怕警察上不來。」蘇皓靖交代著，「如果聽見火警警報器的聲音，不要猶豫，立刻跑下去。」

「什麼？」後頭跟來的劉玟筠也傻了，「火警？」

「以防萬一，誰都別扶誰——」蘇皓靖意有所指，「能跑的人就跑，妳們試圖攙扶誰，就是大家一起死。」

「怎麼可能……」劉玟筠回首看著主臥房的方向，「我怎麼可能放謝茂一不管啦。」

「就看妳想生還是死了。」蘇皓靖動手把椅子移開，「我跟連薰予要上去解決那些住戶，不然警察也進不來。」

連薰予緊跟著，為什麼蘇皓靖像早有盤算？她卻懵然不知？

「喂，會不會太危險？」羅詠捷拉住連薰予，「小薰行嗎？」

「她這麼肉咖當然不行啊。」蘇皓靖勾起玩世不恭的笑顏，突然摟過了連薰予，「但我們在一起就沒問題。」

唔……連薰予也只能承認，她的功用好像是個增幅器啊！

蘇皓靖毫不遲疑的拉開門，連薰予也感受得到外頭沒什麼威脅，剛剛那種危機感已經在吳家喬摔進來後消失了！他們雙雙即刻往安全梯而去，才一推開門全身寒毛直豎，血腥味令人作嘔！

連薰予心跳加速，緊張的跟著往上走，蘇皓靖要她跟在後面，小心的不要碰到牆面或是……轉個彎，樓梯上死不瞑目的警衛彷彿在看著他們，連薰予立即感受到他死前的慌亂與不解，恐懼的回答吳家喬，然後看著菜刀劈進自己的額頭。

「別踩到血。」蘇皓靖交代著，雖然他知道這很難。

他們輕快地來到十二樓，安全門的銀色橫桿上，滿是血手印，為了不要讓警方工作太辛苦，他們在羅詠捷家時就戴上防塵手套了。

拉著門把，連薰予主動上前握搭著蘇皓靖的手，仔細感應外頭的平靜，沒有危機感，只剩痛苦。

拉開門，甫走進去右手邊就是電梯，連薰予嚇得差點驚叫，她一進來就看見一隻腳趴在電梯外，還有小小手……直線看去，還有掉在半路的書包！

「向左，別看了。」蘇皓靖交代著，反正不必看也知道怎麼回事，不必讓自己傷心難過。

謝家大門敞開，蘇皓靖堂而皇之的步入，沙發上坐著瑟縮的女人們，而那人高馬大的男人倒是站著迎接他們。

「嗨，她來拿手機。」蘇皓靖還能從容的打招呼。

沒有殺氣，連薰予很訝異的這些亡靈真的沒打算傷人嗎？喔不，不能這樣說，因為他們畢竟操控了吳家喬，讓她去殺人。

她尋找自己的包包與羅詠捷的手機，她的包在餐桌的椅背上還好拿，但是羅詠捷的手機……浸泡在婆婆的血液裡，應該是報銷了。

『滾出去！』男人突然出聲了，手指向門外。

「目標是什麼？殺掉這個家的男女主人？」蘇皓靖突然將連薰予拉到右手邊，手抵著她的後腰際。

『這是我的家，我的地方。』男人兇狠的低吼著，『我的女人跟孩子。』

抱著孩子的長髮女人淒絕的望著地板，看起來沒有很喜悅的樣子。

「喔，所以……」蘇皓靖了然於胸，「是要殺掉男主人，收集女主人嗎？」

咦？連薰予挺直了背，透過蘇皓靖的手感受到那男人的兇殘，望向他滿是肌肉的手……對，就是那隻手拉扯頭髮、是那隻手狠狠揍人，也是那隻手勒死她們的！

「你想要吳家喬？」連薰予簡直不敢相信，「你已經死了！」

『滾——』男人直接跳上茶几，同時蘇皓靖將連薰予用力往前推——筆直的推向走廊的方向，要她先去儲物間！

男人果然忿怒的欲往後追上連薰予，但蘇皓靖飛快地上前，拿叉子叉過黑色符紙，禮貌的釘上男人的身體。

「抱歉。」

『啊啊——啊啊——』男人痛苦異常，被黑符碰觸的地方直接融解，『阻止他！』

蘇皓靖插進去後，頭也不回的往前衝，直接衝進走廊，連薰予伸手拉他進儲物間，之後飛快地將門關上。

「門沒有用，裝飾柱呢？」蘇皓靖點燈不開，偏偏儲物間的窗戶被東西堆滿了，一片漆黑！

「冷靜……」連薰予主動握住蘇皓靖的手，他瞥了她一眼，移動指頭，十指交扣。只要靜心，第六感會告訴他們——兩人同時往右看去，在中間那堆得老高的箱子後面。

蘇皓靖即刻上前粗魯的把箱子都往地上推，能丟就丟，能推就——一張臉倏地出現，直接張大嘴對著蘇皓靖就要咬下，他及時用雙手抵住女人的臉，一陣燒灼白煙頓起，換得鬼哭神號的淒厲。

『啊啊——呀——』女人狼狽的半空中翻滾七百二十度，一路從儲物間滾出去。

連薰予有點傻住，是剛剛他在手上寫的字嗎？

「怎麼也不幫我寫？」她忍不住抱怨。

「這只適合我啊，大姐！」蘇皓靖繼續踢倒箱子，「妳活這麼久都沒準備我也是佩服妳耶！」

才想說話，頭髮猛然被人由後揪住，使勁一扯讓連薰予仰了頸子，下一秒她整個人就被甩往一旁的架子。

「哇！」騰空飛撞，架子沒倒，但是連薰予痛得骨頭都要散了。

蘇皓靖同時準確的連續射出手中的刀叉，兩隻還能中，後面就被男人輕而易舉揮掉了……身高差這麼多，是要怎麼比？

『局外人！你們這些外人不要來破壞我的家！』男人一邊吼，身體緊繃怒不可遏，接著竟逐漸的長高，變得更大更壯。『尤其是你們！拆開的東西不能再一起！』

「說中文好嗎？大哥？無緣無故開外掛，很顧人怨。」蘇皓靖看著牆上黑影遍佈，曾幾何時都被長髮覆蓋，女人亡靈都攀爬在牆上，她們的長髮如有生命般的遮蓋住牆面，尾端還能抓著架子。

他現在感覺不太好，因為他知道門板也已被蓋住了，他們被關在密閉空間裡，屋子裡最大頭的亡靈們正怒極攻心的想要解決他們這些所謂的「破壞家庭者」。

裝飾柱近在眼前，就差半人高的箱子。

該怎麼做？他掠過男人看著陰暗角落的連薰予，沒有聲音沒有動靜，他知道她還沒死，但是……起來啊！連薰予！

他現在需要她，非常非常……全身上下的細胞都傳遞著危險與死亡的訊息，他厭惡這種直覺，彷彿在預告他的受傷！

「連薰予！」他驀地咆哮，「醒來！」

『誰都休想破壞我的家庭！我好不容易建構而成的家庭！』高大的亡者不費吹灰之力，伸手就朝蘇皓靖揮來。

但空間有限，靈體又膨脹到這麼大，行動反而不方便了對吧？蘇皓靖靈巧的直接下腰從他橫來的手臂下，往前滑壘衝向連薰予，回身沒忘再連同符紙補上一刀！

『啊——』右手融蝕，男人痛得怒吼。

連薰予完全不省人事，蘇皓靖滑跪到她身邊，直接把她拉起，不客氣的又甩又打，就是要把她弄醒。

「啊！」猛然被叫醒的連薰予還停留在被打量的恐懼中，跳開眼皮就是一陣恐慌。

「人家開外掛了，幫我。」他指向左斜後方的高大男人，他正抓著某個女鬼的長髮當繩子，看來就打算從後勒死他們了！

輕掐著連薰予的雙頰，她雙眼正看著蘇皓靖背後凶惡的男人，突然間唇上一陣濕濡，她瞬間倒抽一口氣的回神，只瞧得見蘇皓靖比她還長的睫毛……啊啊，這是為了防護！

一開始他們只要接觸，便會冒出紫色的火花，像電光一樣一閃而逝，卻足以嚇退一般魍魎鬼魅；再後來的四唇相貼甚至擁抱時，還會出現像肥皂泡的屏罩……上一次，甚至出現像光波一般的力量。

對啊，她現在才留意到，這些現象一直在變！他們不再隨意牽手就有紫色電光，摟著也不會有肥皂泡屏障……而現在——等一下！她身子緊繃開始掙扎，規矩應該四唇相貼就夠了吧，他的舌頭現在在幹嘛！！

「嗯！」連薰予極為抗拒，但蘇皓靖卻只是使勁將她圈著，摟進懷中。

沒闔眼的他往上觀察，這次是紫金色的光球，比肥皂泡的感覺更堅固，而且是短時間內的力量炸開，不若之前的只是一層薄如肥皂泡的七彩球，而是大到整間儲物間的半徑，甚至一股作氣將整間房的亡靈全部震了出去……扣掉執著的男人。

『啊啊……吼啊啊！』他痛苦的慘叫，卻執著跨前，『我的家！你們不能破壞我的家！』

破壞……蘇皓靖微睜眼，為什麼剛剛那瞬間，他感受到這儲物間裡有象徵「破壞」的東西？

雄壯的男性亡靈奮力的想要徒手掐死蘇皓靖，但他卻完全無法近身，那靛紫防護球越來越大，擠壓著他的靈體。

連薰予既尷尬又掙扎，就算知道接觸是為了增幅力量，但這樣的接觸根本始料未及啊！但是蘇皓靖不但抱得她越緊，甚至加深了吻，接著熱度開始隨著血液奔走，跟上次一樣但晚了許多！

滾！還不快滾出去！蘇皓靖眼尾瞄著亡者，都聽見骨頭被擠壓斷裂的聲音了，居然還在撐！

『啊——嘎啊啊！不——』金球膨脹到最大，包裹了整個房間，再強大的執著也抵不過！

儲物間裡瞬間淨空，至少暫時沒有任何亡者，蘇皓靖立即離開連薰予的唇瓣，先是回身警戒的環顧四周，再正首捧著她的頭左右搖晃檢視。

「意識清醒嗎？」他撐開她的眼皮，剛剛那一摔是挺重的。

連薰予沒有說話，直接一掌熱刮子打上，緊皺眉心抹唇。

「你做什麼！」

蘇皓靖直接笑了出聲，「看來很清醒，非常好！沒時間蘑菇了，不快點解決的話，等等他們再回來，我還得再吻妳一次！」

什麼！連薰予倒抽一口氣，雙手摀嘴，緊接著面紅耳赤。

還有閒功夫臉紅啊……蘇皓靖無奈搖頭，以第六感強烈的人來說，這女人是幸福系的。

「得快點終止這一切，破壞……要解放那些——」蘇皓靖看著那裝飾柱，忍不住低咒，「靠，那奇葩還真說對了，門關著當然封住他們了，毀掉大門就能解決那些女人跟孩子！」

連薰予顫抖著深呼吸，突然蹲下身子，翻找剛剛被他們弄倒的一地雜物，她覺得這下面有什麼東西，是可以破壞大門的！

「找什麼？」蘇皓靖先把剩下擋牆的箱子撤離，「這裡有象徵破壞的物品，我可以確定！」

「所以我在找，應該在這裡……只是我還不知道會是什……」照理說只要碰到就會知道了！

連薰予才把某個箱子往後挪卻頓住，再度回身把剛移走的箱子重新拉回，有些手忙腳亂的把箱子打開，忍不住驚呼！

「這是……入厝時羅詠捷送的禮物！！」她直接拿出了連包裝盒都沒拆的盒子。

蘇皓靖踩著僅剩的空地過來，一把接過盒子後將之粗魯拆開，包裝盒裡是一柄繫著紅繩的吊飾品——金色槌子。

「那個……入厝送這個？羅小姐也是挺厲害的。」蘇皓靖有點不知道入厝送槌子的意義？

「那又是某某宮廟的紀念品，我姊過年時還去排隊，拿了好幾個回來掛！我覺得可愛就跟姊拿去送羅詠捷！」連薰予看著上頭繫著的中國結，結上還有牌子，「上面還有廟的名字有沒有？她說討吉祥就好！」

「槌子算什麼吉祥物啊！」蘇皓靖看著這一丁點的小槌子，也就他手掌長而已，又細又長跟玩具似的。

但是握在手裡，他就是知道它可以破壞「大門」……再怎樣，人家好歹身為槌子，天命就是來砸的嘛！

沙沙，最熟悉的兩個長髮女鬼再度穿牆而入，小小的孩子不知道什麼時候又站在門口，但沒有人阻止他們，反而用期待的渴望眼神瞅著他們。

『快……快點！』她們疊聲虛弱的哭喊著。『求求你們！』

求求你！不要再打了！

啊啊，求求你放過我吧！

求求你給我東西吃，我好餓，我真的好餓啊！

那熟悉的求救聲在腦海裡響起，充塞在這儲物間裡，都是這些女人們悲慘的求饒聲。

連薰予立刻上前擁住蘇皓靖，紫色的光甚至染上了金色槌子，蘇皓靖使勁一擊，瞬間就擊破了牆面，再一擊，這次紫色的光芒彷彿穿進了牆面裡，一整片的白色油漆掉下來！

脫去了白牆的偽裝，裡面是令人驚駭不已的畫面。

裡頭是扎實的水泥牆，牆上有個如同當代藝術般的「浮雕」們。

人臉凸出於水泥牆面外，那該是女子清秀的臉龐，因瘦削而讓輪廓明顯，額頭、鼻樑，甚至是令人揪心的神情；她們皺緊眉心，闔著雙眼，連唇都是緊抿著的。

手電筒照上，目視可及的就有三張臉龐，一上一下是最清楚的幾乎整張臉都凸出，中下有一張隱約的只見著鼻樑。

『啊啊——啊！』尖叫聲遂起，這是齊聲的歡呼。

『終於……謝謝！謝謝！』

連薰予連忙推著蘇皓靖往旁閃躲，他們看著牆裡竄出了靈體，一個接著一個的狂喜，喜不自勝的尖叫聲幾要刺破他們的耳膜！

『不——』痛苦怨恨的咆哮聲隱約的傳來，伴隨著崩毀的悲鳴。

啪啪，日光燈亮了。

磅！數名警察用道具再次衝撞安全門，這一次門突然開啟，讓員警們因力道過大，整群人栽了進去！

「門開了！開了！」一群人既錯愕又喜出望外，「快點！幾樓？」

「十二樓！」阿瑋跳著揮舞雙手，「十二十二，有屍體要小心！」

「走！」警局們立刻組隊，往樓上直奔。

呼……連薰予看著通亮的儲物間，水泥裡封住的臉龐更加清晰可見，她虛脫的趴在蘇皓靖肩頭，不知道為什麼，覺得好累好累。

「解放她們了嗎？」她幽幽的問。

「應該是走光了……哼！呵呵。」蘇皓靖勉強靠著另一邊的箱子穩住身子，「妳那個神主牌同學也真厲害，居然知道這是門吶！

「喂！什麼神主牌同學！」連薰予深深覺得不平，「有被發現才算凶宅……結果因為住進這個房子，卻落得這樣的下場，謝先生他們也太無辜了。」

「無不無辜我持保留。」蘇皓靖冷冷一笑，「屋子有問題、姓謝的犯禁忌，還得加上那女人的瘋狂與善妒，剛好……」

剛好？

互擁的兩人突然同時打了寒顫，危險天線接受到強烈訊號，不約而同的看向了地面——樓下！

※　※　※

吳家喬早先咬著牙，拖著廢掉的右腳起身了，謝茂一不忍的請羅詠捷遞給她一張椅子，否則她的右腳傷成那樣，不管是坐或是跪都是折磨。

所以在蘇皓靖他們出門後，羅詠捷跟劉玟筠就將謝氏夫妻移到了客廳，吳家喬自然拒絕劉玟筠的攙扶，她可樂得輕鬆，協助背上插著一把菜刀的謝茂一，回到客廳茶几地板的位子。

吳家喬則在羅詠捷的協助下，拖著右腳坐到走廊口，當然她也沒忘了把銅刻八卦繫在她身上。

「聽見了嗎？」劉玟筠忽然側耳，衝到了客廳窗戶邊，「聽！警笛聲！」

她打開窗戶，讓聲音飄進來！

「喔，謝天謝地！總算聽見了！」羅詠捷雙手合十，開始拜天拜地，「小薰他們成功了！」

「喂，謝茂一，撐著啊，等等救護人員就來了！」劉玟筠拿起手機，果然通訊已經恢復。

吳家喬面如槁木死灰的望著地板，看著雙腳間流下的血，孩子早就保不住了，她根本不知道自己怎麼能撐到現在的。

「所以……這一切都是因為我們家裡有鬼嗎？」她哽咽抽泣，「就因為家裡鬧鬼，就讓我殺了這麼多人、毀掉我們的家嗎？」

唉，羅詠捷摸摸鼻子進廚房，人家的家務事，她還是少插嘴吧。

「因為我惹怒了好兄弟吧？搬家的禁忌我一個都沒在乎，妳交代的我也都沒做到，否則……或許還能共存。」謝茂一哀憐的凝視著妻子，「他們也不至於做到這個地步，害得我們家破人亡！」

啊……啊……吳家喬痛哭失聲，激動的全身發抖，「為什麼……明明是夢想之家，明明不是凶宅，為什麼就因為這樣要毀掉我的人生！」

劉玟筠回身，實在有點聽不下去。

「我說句中肯的啦，如果妳不是對我這麼有意見，這麼善妒，情況不會這麼糟。」

什麼？吳家喬瞪著自己的膝蓋，這女人在說什麼？

「劉玟筠！」謝茂一皺眉，搖搖頭，「別再說了。」

「一樣生活在這個家，為什麼只有妳被影響妳沒想過嗎？光朱禹琳的髮束，妳就可以想像我跟阿一在妳床上做愛、一根李子色的頭髮就是我的？我早就在上海工作妳也知道，多久沒回來了？上次回來還是為了參加你們的婚禮！吳家喬！」劉玟筠其實內心說不出的火大，「你們交往時就跟妳開誠布公過，我跟謝茂一一起長大、青梅竹馬、兄弟相稱，我們交往一個月都不到因為覺得彆扭不自在就停止了，妳就死活對我有成見，要不是妳善妒，事情會搞到這樣嗎？」

「閉嘴！閉嘴閉嘴閉嘴閉嘴！」吳家喬倏地歇斯底里的抬頭尖叫，「都是妳！一切全是妳害的，妳還有臉說話！」

「又我害的了？呿！」劉玟筠翻了個白眼，「對啦，妳婆婆我殺的，妳閨密我砍的，妳最純潔最乾淨了！」

「劉玟筠！」謝茂一趕緊出聲，「妳就別再說了！」

「還有你！你老婆這樣你也不懂得安撫？我為什麼要承擔她犯的過失？」劉玟筠雙手扠腰，「妳自己犯下的錯自己承擔，不要想把罪推到我身上！休想好過！」

「不！全部都是妳造成的！大家都站在妳那邊，沒有人挺我！婆婆她多喜歡妳啊，還叫妳去他們家吃飯，憑什麼！」吳家喬眼神再度轉為瘋狂，「我才是阿一的老婆，妳憑什麼受邀去吃飯！」

劉玟筠懶得說了，因為她從會走路開始就跟謝茂一玩了啊，在謝媽媽眼中她就是乾女兒，就跟她爸媽把阿一當乾兒子一樣的道理啊！

沒有血緣的手足，懂不懂啊！

「妳因為這樣就殺掉妳媽喔？」羅詠捷忍不住從廚房探出頭，「妳這樣也是有點超過吧？」

她殺了婆婆……那時的她其實還有意識，她看著婆婆的背影怒從中來，想都沒想一刀就由後捅下去！她不能接受婆家這麼歡迎劉玟筠，不能接受阿一的兄弟姊妹都跟劉玟筠稱兄道弟！

好像只有她才是局外人！

她殺了這麼多人，一定會坐牢的，然後呢……吳家喬眼神轉為冰冷，然後，阿一跟劉玟筠就在外面自由自在……

「啊啊啊啊——妳為什麼要存在！」吳家喬突然跳起，直接拔起肩上的叉子，「為什麼比我早認識大家！」

完全沒感受任何行動不便，吳家喬舉著叉子就朝劉玟筠殺過來！

羅詠捷驚聲尖叫，但劉玟筠卻不逃不閃，她從不逃避，這女人要瘋，那就陪她瘋到底！

雙手握拳，她打算一拳KO掉吳家喬！

剎——一個人影倏地擋到劉玟筠面前，叉子硬生生插進他的胸膛，吳家喬整個人往上撞去，來人反而輕柔的扶住她。

我的天哪！羅詠捷趕緊奔出，好哩家在只是叉子，應該叉不死人啦！

「家喬……」謝茂一難受的望著瘋狂的妻子，「我愛妳啊，妳是我的老婆，我愛的是妳啊！」

他忍不住的嚎啕大哭，緊緊將愛妻擁入懷中，這不像他愛著的吳家喬，如此泯滅人性、如此瘋癲，明明已經脫離了亡靈的控制與影響，為什麼她的態度還是沒有變呢？

她的眼神依然凶狠，殺氣依然凌駕一切，他不是傻子……亡靈控制最多三成，劉玟筠說得沒錯，絕大部分是她自己的心啊！

這一切，都是家喬自己的選擇！

「阿一……阿一！」吳家喬放軟了神情，回擁著丈夫，「我不想要這樣的！我只是想要守護我們的家，快快樂樂的度過每一天而已！」

磅磅，門外傳來急促的敲門聲，「羅詠捷！羅詠捷！」

是連薰予！羅詠捷趕緊打開門，衝進來緊張的蘇皓靖，一進門就差點撞到在門口互擁的夫妻檔，見著插在胸口的叉子，他大概明白發生什麼事。

「警察快上來了，好好說話吧。」他覺得疲憊，轉身往廚房去，「羅小姐，有沒有巧克力之類的東西？」

「啊？」羅詠捷錯愕，現在是吃點心的時候嗎？

警察快上來了，吳家喬緊張的開始急促呼吸，拉著丈夫的雙臂，「他們要把我帶走，我會坐牢對不對？」

連薰予看著吳家喬後別過頭，她會被判死刑，十二樓太慘，至少有十具屍體，全部都屬於殘忍謀殺，除非用精神異常抗辯，否則她難逃死刑。

「我會陪著妳的，妳放心！」謝茂一悲從中來，連話都說不完整。

「無期徒刑，我會在牢裡幾十年……」她仰起頭，「你就可以跟劉玟筠在一起了！」

「靠腰！妳是有完沒完啊！」劉玟筠立即暴走，還是羅詠捷拉住她，否則她已經揍人了。

「我眼裡只有妳，家喬，妳才是我的老婆啊！」謝茂一只能重複這樣的話，只是不知道為什麼，吳家喬永遠都不相信他。

吳家喬微微一笑，撲進了謝茂一懷裡——然後拔下了他背上的菜刀！

「哇啊！」刀子離背，鮮血直噴，謝茂一痛苦慘叫的後仰後跌地！

他身後的劉玟筠冷不防被濺滿鮮血，遮蔽視線，而吳家喬抓住菜刀就朝劉玟筠劈砍而去！

啪！連薰予俐落的抓住她的手，菜刀幾乎就在劉玟筠頭頂了！

「謝太太！」她使勁的撐著，兩個女人因角力而發抖。

羅詠捷趕緊圈住劉玟筠的腰往後抱，省得小薰力量一旦輸給謝太太，刀子就砍下來了啊！

吳家喬狠狠的看著連薰予，盈滿不甘心的淚水。「為什麼只有我不幸——」

「因為妳自己想要不幸的。」蘇皓靖咬著巧克力，從容的倚在廚房門口，「所有的一切都是妳自己造成的，怨不得別人！」

「不是！不是——呀呀啊——」吳家喬歇斯底里的尖叫著，抓著菜刀旋身就往門外衝去！

「謝太太！」連薰予想追上，卻即刻被阻止。

「別去了！」蘇皓靖厲聲喝止，「妳應該感覺得到，她的命運。」

劉玟筠不太明白發生什麼，只知道臉上血一抹開，就看見趴在地上抽搐的謝茂一！

「血！」她立刻蹲下去，用雙手壓住傷口，「快點拿布來壓著，救護車呢！不是說有救護車來了嗎？」

連薰予忍下衝動，她的確感應到了，謝太太眼前只剩一條路。

死。

早與晚的分別而已。

她離開羅詠捷的家，直往樓梯間去，「救命！我們需要救護車！」

她在樓梯間喊著，跑到十樓的警察們立刻得到消息，「請等等，救護人員就在後面！」

他們看見十一樓的警衛屍體，同時也聽見了吳家喬衝進十二樓的聲音。

「有人進去了！大家小心！」

羅詠捷到浴室拿了毛巾覆在謝茂一的傷口處，合力加壓止血，蘇皓靖癱坐在沙發上，開始感到虛脫不已。

「……家喬……」謝茂一咬牙說著沒人聽得懂的話。

連薰予走回羅家，遠看著在沙發上休息的蘇皓靖，她覺得自己一旦閉上眼可能也會馬上睡著了吧？氣力消耗好多，腳都軟了……驚訝的看向窗外，躺著的蘇皓靖亦突然睜眼，幽幽往右手邊窗外看去。

幾個長髮女人帶著孩子，在窗外朝他們揮揮手，頭髮實在長得很誇張，但至少他們看起來沒有之前那種瘦骨嶙峋的姿態了。

砰！樓上傳來安全門被打開的聲音，緊接著是警察的聲音此起彼落。

「不要動！雙手舉起來！」

「注意！嫌犯有凶器！」

「裡面裡面！往裡面跑了！」

門外進來其餘警察與氣喘吁吁的救護人員，對講機沙沙的，有一搭沒一搭的傳來報告現場狀況的聲音。

「什麼傷？」醫護人員謹慎的問。

「菜刀，原本卡著還沒事，剛剛被拔掉後就噴血了。」劉玟筠冷靜應對。

「來，先生，我們要把你移到擔架上喔！」

「家喬……家喬……」謝茂一嗚咽著喊著妻子的名字。

吳家喬正站在主臥室，那個他們一起構築的陽台上。

淺褐色的木棧道，雪白的鵝卵石，還有松柏植栽，那跑了十幾間工廠才找到的藤椅搖椅、方形木桌……他們說好，夏日要在這陽台乘涼，就著夜色小酌，共享浪漫氛圍。

結果，終究是沒有機會了。

「小姐！請下來！」警察來到主臥室門口，赫然見到她站在陽台的女兒牆頭！

「不要做傻事！小姐，妳先把刀放下……」警察們刻意不擎槍，打量著渾身是血是傷的吳家喬，還有她手上那把刀。

吳家喬自嘲般的一笑，走到這步都是她自己選的嗎？

死，她也想死在自己的家裡，這是她的家，她是這個家唯一的女主人！

吳家喬鬆開了手，刀鏗然落地，闔上雙眼，她自在的向後倒去——還是便宜劉玟筠那女人啊！

「小姐——」距離甚長，警察衝進陽台根本來不及。

那聲呼喚響遍了大樓，羅詠捷好奇的到窗邊，還沒走到就聽見令人心寒的落地聲：

砰！

羅詠捷止步，眼神往客廳上的蘇皓靖一瞄，他使使眼色，示意她別過去看，所以她默默的回身。

連薰予緊閉起雙眼，看來吳家喬選擇了比較早的那個。

「還有誰受傷的嗎？」醫護人員趕緊探視屋內其他人。

蘇皓靖虛弱的舉手，同時指向了連薰予。

「小姐，妳哪裡……」醫護人員才靠近她，連薰予身子一軟眼前一黑，直接就倒了下去，「小姐！小姐！」

第十四章

『明星大樓屠殺案，包括凶手，一共造成十三人死亡，三人輕重傷，嫌犯吳家喬在警方抵達後選擇跳樓自殺！吳嫌殺人的動機為感情糾紛，可能患有妄想及精神分裂症，認定丈夫與女性好友有染，進而迸發出驚人殺機。』記者身後拍的是羅詠捷住的大樓，『只是因為吃醋，吳姓凶嫌不只殺了自己的婆婆、閨密摯友，就連鄰居、幼童都無一倖免，手法殘忍，全程以菜刀行凶，令人難以想像眾人口中樂觀開朗的人，怎麼會如此痛下殺手？』

一個廣告案結束，難得的準時下班，連薰予跟羅詠捷他們到公司附近的小吃店吃飯，屠殺案鬧得沸沸揚揚，自然是新聞重點，連報二十四小時都不是問題！

因為手段實在令人髮指，而吳家喬又是個正常、沒有病史，活潑開朗的上班族，從來沒有人想到她會下此毒手，而且連小孩子都沒放過。

謝家裡三具屍體，一具被捅爛的閨密彭佳茵、一個臉被砸爛的師父、一位由後捅至心窩的婆婆，雖然師父不是吳家喬殺的，事到如今也只能歸在她頭上。

十二樓外的慘狀亦令人不忍卒睹，屍體遍布，黃太太頸子左右亂刀劈砍幾乎斬斷，王太太的手掌被砍到只剩一層皮相連，推測是伸手去擋，後頸項被剁開；懷中護著的男孩一刀劈進頭蓋骨當場死亡。

欣欣的腳踝被砍，小腿到後背被多刀亂砍，刀痕看得出瘋狂，致死原因是失血過多。隔壁的陸太太與孩子都死於亂刀劈砍之下，陸家的孩子頭顱甚至被砍下；還有二十七樓的十六歲少年，因為陸太太逃亡中不慎按下電梯，致使電梯停在十二樓，少年也措手不及的被吳家喬砍死在電梯裡，屍體卡住而導致電梯失效。

許姓警衛被吳家喬叫到樓上處理電梯問題，氣喘吁吁的才爬上來，就立刻被以刀威脅，推測也是問及謝茂一是否離開過大樓，問完也是劈開頭骨死亡。

光十二樓，就十二條人命，葬送在失控的年輕少婦手上。

謝茂一承受的壓力自然無形大，因為他們夫妻間的事情，卻導致這麼多條人命慘死，毀掉許多家庭，雖說他也是傷者，但仍難辭其咎，加上夫妻財產共有，因此他得負責天價賠償，只怕這輩子也賠不完。

歉意再深也沒用，死者家屬沒有人會原諒他，只是因為他的母親也慘遭毒手，所以大家表面上維持平靜，但該討要的賠償不會放過。

但連薰予他們較為在意的，是裝飾柱裡的水泥牆。

「前任屋主前兩天 LINE 我，跟我說他們當時有注意到裝飾柱封死了，但以為是再前任封的，所以也懶得拆，不差那點空間，就沒理它了。」蔣逸文喝著熱呼呼的排骨湯，「他看到新聞都傻了，因為儲物間他們之前是當小孩房，難怪小孩一天到晚說有別的哥哥妹妹陪他們玩！」

「天哪，我想到我在那樓下住了這麼多年，我才毛咧！」羅詠捷這時就會回想，有時候樓上出現的聲音，搞不好不是管線？「警察說那些屍體在那邊超過十年了！」

「嗯，據推測應該有十五年了。」連薰予想到就覺得可憐，「從牆裡取出八具骸骨，有兩個是小孩子，因為年代已久，屍體又被破壞，目前很難確定死因。」

但其實她知道的，她們都是活活餓死的，那個男人將她們囚禁起來，毒打虐待，不讓她們吃飯，讓她們慢慢餓死；彷彿在收集藝術品一樣，他喜歡長頭髮的女人，所以在她們頭髮留長前會留下她們的命，直到一定長度後，再殺掉她們。

短髮的女人為了等待頭髮變長，得到的折磨就更久，求死不能。

女人都是他的禁臠，他製造的「家人」，殺掉後再一具具埋進裝飾柱裡。

「那棟屋子一開始的屋主是失蹤人口，因為房貸一直沒繳最後才被法拍，誰想得到他一直住在那裡面！」蔣逸文想起來就渾身發毛，新聞這時也播放著十五年前就沒離開過的第一任屋主。

『警方在屋內發現裝飾柱中藏有屍體，死亡時間推測有十五年以上，除了女性遺骨外，還有兩名小孩；離奇的是，第一任屋主的遺骸也在裡頭，柯茂軍是失蹤人口，沒想到他竟被封死在自己的屋子裡，由於這絕對是他殺，因此警方還在調查水泥牆是誰封死的。』

是啊，是誰封死的？

柯茂軍就是虐殺折磨那些女人的人，但他又是被誰封進去的？

『據老住戶模糊的記憶裡，柯茂軍不太與人交往，當年十二樓的鄰居都已經搬離，只有少數幾個人記得他，還有在這裡服務超過二十年的老警衛！據老警衛所說，柯茂軍相當沉默，還算有禮貌，也有多位女友，至於那些女人有沒有離開，他們真的不曉得也不會去注意。』

羅詠捷托著腮，「進去就沒出來了吧？」

「物色選妃的概念，找到適合的女人帶回家，希望她們永遠成為他的。」連薰予幽幽的說，「有小孩他也接受，因為他想要有個完整的家。」

「有沒有搞錯啊？要完整的家就好好交往，結婚生子不就有了？」蔣逸文完全無法理解，「而且把人封進水泥牆裡是哪門子的建立家庭？」

「如果說她們想逃倒是合理，問題是：餓死人家又是哪招？」羅詠捷大眼眨巴眨巴的看著連薰予。

她一怔，左右轉著眼珠子，「幹嘛這樣看我？我不知道啊！」

「妳不知道嗎？」兩位同事好期待的看著她。

連薰予尷尬的笑著，知道也不能說，這是蘇皓靖交代過的。

他們其實無法知道確切真相，但是大家覺得不對勁的地方都一樣：柯茂軍為什麼要餓死她們？為什麼要封進水泥裡？為什麼連自己都死亡？最後處理裝飾柱的又是誰？妙的是柯茂軍並非餓死，從腐爛在水泥裡剩下的空洞判定他死亡時的體型，壯碩略胖；而其他女人跟孩子則是近乎乾癟，沒有什麼多餘的肌肉與脂肪腐爛，水泥上甚至有著他們肋骨與骨盆的痕跡。

儀式，這是她第一個想到的，第一時間的直覺總是最準確。

柯茂軍在進行什麼儀式，來確保「他的家」。

「算了啦！」蔣逸文看得出連薰予不想說，拉拉羅詠捷，「啊妳家都沒事了吧？」

「沒事？我家被搞成那樣耶，地毯被吐了一地、玻璃被打破，血還噴得到處都是，亂七八糟！」羅詠捷想到這裡就是不痛快，「我催著謝先生要賠償感覺不太有良心，但他該負責吧？」

「當然，只是他要負責的太多了！」蔣逸文嘖嘖搖頭，「他老婆這招也滿厲害的耶，她跳下去一了百了，但是拖著她老公這輩子也差不多完蛋了啊！」

「負債不代表完蛋啦……的確不可能太圓滿，但謝太太的自殺是大家不樂見的。」連薰予溫聲的表達，「這樣說她……好像有點不厚道？」

「有什麼好不厚道的？小薰，她砍死這麼多人，黃太太跟欣欣死得有多慘妳知道嗎？那個每次都會故意叫我阿姨的小女生，背部沒有一處完膚，小腿肚皮開肉綻，活像豬肉攤上的肉一樣……而且妳不要說是亡者的關係，那天我們都在場。」

蔣逸文默默的啃著排骨，他有聽說，明明已經擺脫洗腦控制的謝太太，最後還是意圖殺掉那位劉小姐，所以才拔起謝先生背上的刀。

唉，連薰予只能嘆息，吳家喬究竟有沒有受到控制呢？或是亡者只是激發出她心底真正的渴望，讓她順著本性去做？

猜忌與嫉妒，造成了一場悲劇。

「好，我們不提他們了，都是別人了。」連薰予扯開話題，再說下去會吵架，「妳家應該沒事了，有空記得把符拆下來。」

「我不要，陸姐的符這麼有效，我放著吧。」羅詠捷堆滿笑容，「樓上現在死這麼多人，我需要安全屋啊！」

「會超渡淨化的啊！」連薰予覺得好笑，「而且之前雖然他們在樓上，也沒侵犯過妳啊！」

「那是因為他們死守那個家！」羅詠捷吁了口氣，「突然覺得幸好他們只在乎那個家！」

所以沒有在大樓裡作祟、也沒有去傷害任何人，因為他們只是想要那個「One Happy Family」。

「所以……繼續住在那邊到底安不安全啊？」蔣逸文倒是憂心忡忡。

「不會有什麼大礙的……目前是這樣。」連薰予看著羅詠捷，感受不到什麼即時的危機。

「啊對！我那天在那裡遇到妳的同學！」蔣逸文對阿瑋很好奇，「有阿嬤跟著的那個。」

連薰予尷尬的苦笑，「阿嬤跟著啊……」

「對啊，他說妳知道那個阿嬤，從什麼醫院帶回去的，一早就提醒他那天會有事情發生，要小心呢！」蔣逸文回憶起來還有些可怖，「那個瘦乾的女鬼應該是想阻止我們去報警，撲上來，阿瑋居然一步往前擋住，然後鬼就不見了！」

蔣逸文說得生動，音效手勢俱佳！

醫院帶回去的……哇，是上次跟著阿瑋回家的亡靈嗎？是個阿嬤？不對……他們和平的住在一起啦？

連薰予有幾分訝異，但是沒有憂心……對耶，她沒有感覺到任何威脅感，阿瑋跟那個亡者處得挺好的。

「我還沒機會跟他說話呢，他為什麼會在那邊？又送 Pizza 嗎？」連薰予覺得應該是要關心一下同學才對。

「對，他說十二樓有人訂 Pizza，結果才在十一樓就被那個警衛的屍體嚇到了！我是剛好跟著他上去，及時把他拉去躲好的！」蔣逸文想起來還是心有餘悸，他沒有看見警衛的屍體，但是有看到滿牆的血跡。

「誰訂 Pizza ？」羅詠捷倒覺得奇怪，「十二樓那時不太會有人啊，不是上班就是上學……該不會是吳家喬訂的吧？連外送員都不放過？」

「不是不是，是一個姓朱的！」蔣逸文回憶著袋上黏的紙條，「我記得是個朱小姐，但是阿瑋說是送到謝家沒有錯。」

羅詠捷愣住了，朱……小姐，該不會是朱禹琳吧！她在那個當下訂 Pizza 是什麼意思？是要害外送員還是——

「唉。」對面的連薰予重重嘆口氣，「她是希望有人留意到去報警。」

在陽台上哭泣的女子，為了自己的無能為力，看著同學變得喪心病狂、再看著同學被殘殺，她唯一能做的是希望有人發現命案。

「真的是朱禹琳嗎？」羅詠捷有點鼻酸。「但她這樣可能會害到妳同學耶！」

「亡靈可能更能理解吧，說不定她知道阿瑋身上有東西保護著……」連薰予只能苦笑。

「所以就算我沒去，也會有人發現屍體……那也不錯，只是危險了點。」蔣逸文搓搓雞皮疙瘩，「這太可怕了，我光是想像在十二樓那些人的遭遇，就覺得毛骨悚然。」

人命太多，想想羅詠捷還是保有安全屋好了，不說水泥牆裡的屍體，就算外頭那些亡者，也不知道未來會有什麼影響。

手機突然震動，連薰予翻過手機看，大吃一驚。

「誰啊？」

「居然這麼晚，我忘記時間了。」連薰予囫圇吞棗的喝完湯，掏出錢擱在桌上，「我有事先走了，再說。」

「咦？」羅詠捷才莫名其妙，「妳要去哪裡啊，小薰？」

「我跟人有約了！」連薰予匆匆出門，回首向同事揮手道別。

匆匆忙忙往捷運站的方向走去，終於看見了一臉不耐卻還是引人側目的男人。

「久等了！」

「妳也太慢了，吃到忘我了嗎？」蘇皓靖挑了挑眉。

「我真忘記了，在跟羅詠捷他們聊這件事，新聞一直在報。」她打量著他，「手沒事了吧？」

「小傷，但為了以後不要再受這些小傷，才要麻煩妳。」他難得這麼有禮貌。

「啊對，我得提醒我姊下班，不然她要是忘記我們就有得等了。」連薰予趕緊傳訊息。

「其實妳姊只要把宮廟名字告訴我就好了，為什麼這麼麻煩？硬要我去拿？」蘇皓靖有些不安，「喂，妳是不是跟妳姊說我吻妳的事？」

連薰予當下僵硬身子，漲紅了臉，瞪直眼睛瞅著他。

他不提她都想忘掉了！為什麼一直講！

「……我我……」

「那是為了保命好嗎？妳明知道我們接觸越深力量越大的！」蘇皓靖非常無奈的雙手合十，「我知道我伸舌頭時應該先說，但事發情急……」

連薰予掩耳，「拜託你不要提了！我才沒跟我姊說呢！我要跟她說喔，你就……」

蘇皓靖挑高了眉，看來連姊姊不是好應付的角色？

不過倒是不能一直叫連姊姊，聽羅詠捷都叫她陸姐？不是姊妹嗎？怎麼姓氏不同，一個從母姓一個從父姓？

而且他原本期待能感應一下與陸姐過招的感受，卻落了空。

他對這位陸姐的符紙與「吉祥物」很感興趣，想問哪間宮廟，誰知道姊姊卻死活不想說，還說家裡有很多，難得遇到懂得「欣賞」她信仰的，無論如何一定要見見！

請他去，要多少有多少……是把家當符紙堆放處嗎？這實在太叫他好奇了，連薰予能活到現在，是不是跟她姊姊異常誇張的迷信有關呢？

「你……」在車上太悶了，連薰予找著話題，「你射飛刀那些怎麼這麼準啊？」

「練的啊！」蘇皓靖哎呀了聲，「說到這個我才覺得妳奇怪，妳怎麼都沒練個一技之長？」

「我？」連薰予有些傻住，「我英語不錯……」

「誰跟妳扯語言，這些不能保命的，妳跟好兄弟撂英文，也得遇到剛好聽得懂的啊！」蘇皓靖手握著桿子，額頭靠在手背上，帥氣度幾霸昏，「第六感強烈，很容易感受到那、些，那些也感應得到你，我們自己總得學些什麼防身吧？」

啊？連薰予皺起眉，滿臉困惑已經告訴蘇皓靖答案了。

「這樣能安全活到現在，也算奇葩！」蘇皓靖冷笑一抹，帶著的是嘲諷，她讀得出來。

「什麼意思啊，我非得去學那些嗎？」

「這表示妳遇到的危險不夠多吧？也對，相較於我妳弱了許多。」蘇皓靖抬首看著跑馬燈站名，「我就算不去管事，有時事也會找上我，我必須自保。」

「所以……練射飛標嗎？」

「隨手拿到的東西都能變防身物才行，我覺得飛刀之類最方便。」蘇皓靖指指上方，「這站吧？」

「啊！對！」

連薰予家住在離捷運站不遠的安靜巷弄間，踏進巷弄後蘇皓靖只感到驚人的寧靜，真難得有這麼乾淨的巷子，沒有地縛靈，也沒有一些徘徊腐爛的傢伙，舉凡不安、危機與煩躁感，全部都沒有。

這傢伙真幸運啊，蘇皓靖打量著走在前頭的連薰予，難怪她不需要學防身術啊！這附近有沒有空房……不對，他應該要離連薰予遠一點才對！

「姊，我回來了！」燈開著，她知道陸虹竹回來了。

蘇皓靖跟著走進，很樸實的家，聽著急促的足音由內傳來，「等一下喔！不許進來！」

一個穿著套裝的女人疾速的衝到門前，指著他們要他們不許輕舉妄動。

她手裡拿著……柳葉枝？

「等……等等……」蘇皓靖正想說話，那沾水的柳葉就往他頭上、臉上、身上亂灑一通，「喂！等一下！」

連薰予倒是很從容，這麼被點了一堆後，抹抹臉就進去了。

陸虹竹收回柳枝，用一種驚異的眼神看著蘇皓靖。

「咳！」蘇皓靖抹去滿臉不知道什麼水，「您好，我是……蘇皓靖。」

陸虹竹雙眼發亮，就這麼站在玄關看著他，從上到下、再由下到上。

嗯，這看得可真仔細啊！越過陸虹竹，他拚命朝連薰予使眼色，說話啊女人！

「姊！夠了喔！」連薰予憋著笑。

「我是陸虹竹，連薰予的姊姊——你是小薰的男朋友啊？」

「不是！」這句可是異口同聲的喔！

「哎呀，不是？」這口吻裡好生失望，「怎麼不是？小薰難得帶異性回家，而且好帥啊，妳去哪裡認識這種明星類的人啊！」

「就說不是了！」連薰予嘟囔著，之前都交代過了啊，同一層樓，然後也有一點點第六感。

一點點，她故意說得很輕。

「請進請進。」陸虹竹終於讓開，但沒放棄打量他。

蘇皓靖微笑著脫鞋入內，飛快地往連薰予走去，他不是不習慣視線，是不習慣「快被看透」的視線，她姊真的太扯了！

「我聽說你也有一點第六感啊？」陸虹竹大眼眨呀眨的。

「呃……」蘇皓靖皺眉，「是，一點？」

「我跟你說，你找我就對了！全國各宮各廟沒有我不知道的！」陸虹竹一副自豪的模樣，「你要什麼儘管說！」

「喔，謝謝。」蘇皓靖盡可能自然，他真心覺得陸虹竹很怪、非常怪，跟連薰予完全不一樣啊！「就是羅詠捷家中那些……」

「喔，那些啊！」陸虹竹綻開笑顏，「其實我也不確定是哪間啦，我就是一樣顏色的收集起來！我等等拿給你！我今天準備了點心，先吃，我去找！」

一樣顏色的收、集、起、來！

陸虹竹掠過他身邊去冰箱拿甜點，蘇皓靖朝連薰予擠眉弄眼的，這是什麼跟什麼啊！

陸虹竹端上甜點，黑糖豆花之類的，還沒吃蘇皓靖就知道是什麼了。

「糖是我供奉過的，再請人熬煮，糖水放了點香灰不影響味道！」陸虹竹熱情的招呼，「這些吃了對身體有益的！」

「妳每天……」蘇皓靖小聲的問。

「是。」連薰予不必聽完都知道他想問什麼。

唉，他有點後悔過來了，依照顏色分符紙……會不會最後拿出一大堆沒用的東西啊！

「羅詠捷鄰居的案子好可怕啊，我就說不讓妳去住了吧！」陸虹竹進後面的倉庫翻箱倒櫃，一邊扯開嗓門，「死這麼多人！多可怕！老祖宗的禁忌還是要聽的！」

「是是是！」連薰予揚聲回應，姊可得意了，老說羅詠捷住得平安都是有照她的教戰守則！「姊，你們接這個案子嗎？」

「有聽說，但我不會接啦！」陸虹竹先抱了兩大箱鞋盒出來，蘇皓靖看了冷汗直冒。

「站哪邊我都覺得怪怪的，所以我不幫死者家屬，也不打算幫那個丈夫。」

打開鞋盒，裡面琳琅滿目的符紙、香灰、護身符、佛牌，還有米？是怎麼可以收集成這樣啊！

「姊，這些夠了吧？拿有用的啦！」連薰予只專注看有沒有跟羅詠捷的符一模一樣的玩意兒。

「這全～部都有用啊！」陸虹竹說得理所當然。

好，當她多話，連薰予默默低頭繼續吃豆花。

「我等等先看這兩箱就好，陸姐別忙……呃，可以問為什麼你們不同姓嗎？」蘇皓靖希望把陸虹竹留下來，不要再搬了！

「我是領養的啊！」連薰予自動舉手，「爸媽讓我保留原來的姓氏。」

「領養？」哇，蘇皓靖倒是很驚奇。

「我超想要一個妹妹的！爸媽就幫我找了個妹妹！」陸虹竹可開心了，「完全是可以讓我照顧的類型！瞧我收集這些，都是為了她啊！」

呵……呵呵，連薰予只能乾笑，她不能說什麼啊！

「這倒也是，連薰予能活到現在，我想陸姐功不可沒！」瞧瞧這種迷信狀態，不管怎麼樣，她拜十家只要有一家是真的有用，那就夠了！

「聽到沒聽到沒，人家就是會說話！」陸虹竹逕自坐定，她也有一碗，「對了，我猜你們會想知道，我接了另一批死者家屬的委託。」

「另一批？」連薰予皺起眉，「大樓命案的受害者家屬是聯合求償的啊！」

陸虹竹得意的笑了起來，這會兒的眼神轉為銳利。

隔著橢圓桌對面的蘇皓靖忽然一驚，「該不會是——水泥屍的……」

只見陸虹竹舀起一口豆花送進嘴裡，她相信大家都很想知道——水泥裡那些人的真實身分、當年究竟發生了什麼事、以及是誰封死裝飾柱的吧！

「那妳……要向誰求償？柯先生已經死了啊？」連薰予不明白，如果姊代表那些女人向加害者求償，可是加害者已經不在人世了啊！

「再說很難證明凶手是誰了。」以講求證據而言，著實有困難。

「這個交給鑑識小組了，大家在查這個案子，至於我呢，只負責一旦有真相，就代表求償。」陸虹竹一彈指，「柯茂軍有前妻喔，Surprise！」

還有認識的人活著呢！

「前妻？已離婚的意思？」蘇皓靖有點不解，「這樣要向她求償什麼？」

「離婚不代表財產分離啊，很遺憾的，很多人都以為離婚財產就分離了！No！所以我們會向他的前妻求償。」

連薰予緊皺起眉，「姊，這太不厚道了吧！關他前妻什麼事？這樣子……豈不是拖另一個人下水？」

只見陸虹竹聳肩，「我是律師，我忠於我的當事人——而且，我覺得這樣才能找到些其他線索呢！」

例如，殺掉柯茂軍的又是誰？餓死那些女人好組成一個家，又是為了什麼？

咦？連薰予瞟向蘇皓靖，他倒是一臉漠然。

「吃完儘管挑，不夠我還有！」陸虹竹殷勤交代。「啊你說的槌子我還剩一個，前幾年過年時我去排隊拿了四個呢！」

「謝謝陸姐。」蘇皓靖用畢點心，起身挑選。

唉！連薰予托著腮就覺得心情沉重，這麼幾天時間，一對夫妻快快樂樂的搬家，結局卻是腥風血雨。

「說也奇怪，」她望著蘇皓靖，「你同學還真的都瞧不見亡靈，也都不受影響，他唯一的傷，是來自他老婆耶！」

蘇皓靖輕笑，「就是因為謝茂一不信！他信念堅定，難以動搖，那些亡者當然找有心魔的人利用，用人殺人便利多了，不是嗎？」

「那……你覺得謝茂一跟劉玟筠會不會在一起啊？」

「這就不知道了。」蘇皓靖嘲諷的笑了起來，「有時候人們有緣會在一起，還要感謝阻撓者的促成呢！」

要是某一天他們真的在一起，那可要好好焚香感謝吳家喬呢！

尾聲

唰啦，病房門被粗魯推開再甩上，劉玟筠大步走進去。

「唷，還沒死啊！」

謝茂一整個人如驚弓之鳥的僵在床上，連在床尾的小妹也都傻掉。

「劉玟筠！妳是沒看見上面寫謝絕訪客嗎？」謝茂一咬著牙，他快被媒體逼瘋了。

「啊？有嗎？」她根本沒在鳥，「你住院也住有夠久，我聽說沒傷到要害啊，我出差都回來了還沒出院……小敏！」

「玟筠姊姊！」謝茂一的妹妹立刻上前擁抱，「哥現在不方便回家，記者又緊追不放，乾脆住在醫院清閒。」

「我等等要去謝媽媽靈前上香，我跟你大哥約好了。」劉玟筠把水果交給小妹，「下午的飛機回上海，謝媽出殯那天我也會回來。」

唉，謝茂一無力的躺在床上闔眼，「謝謝。」

劉玟筠凝視著他，他瘦了許多，臉色也很難看，她知道他這輩子將為吳家喬的所作所為付出代價。

房內有些悶，小妹識相的先離開病房，好讓二哥跟玟筠姊好好說話。

「有沒有後悔沒跟我斷交？」良久，她突然問出這一句。

謝茂一緩緩睜開眼睛，深沉的望著天花板，淚水迅速盈眶，這一切肇因於家喬的善妒、再加上他觸犯禁忌的催化，而嫉妒的原因，的確來自於劉玟筠。

「是啊，如果跟妳斷交，家喬就不會打翻醋桶，也不會變得疑神疑鬼，甚至被亡靈洗腦了。」謝茂一話語凝噎，「現在我們應該正在新家，過著幸福的生活，說不定還坐在那搖椅上，準備迎接新生兒呢！」

劉玟筠揚起一抹冷笑，她不意外這個答案。

「所以來跟你道歉，我想如果你有機會遇到下一個，那我們就不要再聯繫好了。」雖然她依然不覺得交朋友有什麼錯，但不想再讓謝茂一受苦。

這是身為朋友的貼心。

「但、是——如果跟妳斷交，我就沒有最要好的朋友了，那怎麼辦？」謝茂一看向了她，「情人是情人、老婆是老婆、知己是知己，這不該是會衝突的事，殺人的是家喬、喪心病狂的也是她，錯不在妳，在我。」

劉玟筠深吸了一口氣，鼻子有點兒酸，但她忍著。

「我一定有地方做得不好，讓她不夠信任我，如果我還有再遇到別人的機會，我會處理得更好。」謝茂一略顯悲涼，「人生不是只由妻小跟家庭構成的，朋友知己都很重要。」

「喂！還敢說知己，你不知道女人對這個詞有多介意嗎？」劉玟筠暗暗抹去眼角淚水，「才剛發生這血淋淋的例子……不過你放心，下一次不會這麼麻煩了！」

她從包包裡抽出一張紅帖，直接扔到他身上。

謝茂一用震驚的神情看著她，再拿起喜帖，那表情比那天在屋子裡撞鬼還誇張。

「不會吧，阿凱這麼想不開？」

劉玟筠一拳直接擊上她前胸，「你想住久一點是不是？是不是！啊！」

「哎哎……哎！」謝茂一背後傷口還是在，從前胸打下去一樣疼啊，「好好，我錯了我錯了！」

哼，劉玟筠指著紅帖，「半年後啊，你不來以後就不必出現了！」

謝茂一打開手中的紅帖，由衷自心底劃上笑容，這壓力沉重的日子裡，總算有件好事了！

小妹悄悄的推門而入，想著他們正事應該聊完了吧？一走進來就見著謝茂一那張紅帖，驚呼出聲！

「玟筠姊！」小妹掩嘴跳躍，「天哪，恭喜恭喜！」

兩個女人又是擁抱，小妹忍不住哭了起來。

「哭什麼呢！喂，我結婚是喜事吧？」這對兄妹！

「沒有，我只是想到媽……媽一直很想看著妳出嫁！」小妹想起被嫂子殺掉的媽媽，再度悲從中來。

劉玟筠微笑，抱過小妹，「放心，主桌永遠都有謝媽媽的位子！」

媽……謝茂一也難掩悲傷之情，唯一慶幸的是，媽跟那位師父沒有歷經太大的痛楚。

「好啦，別哭！我先預約伴娘啊，妳跟三妹都是伴娘喔！」劉玟筠交代著，「我得先去謝媽媽靈堂上香了！」

「……好！」小妹用力點頭，劉玟筠轉身就要離去。

要拉開門的她突然回身，右手握拳朝自己心窩搥兩下，再指向謝茂一，「有困難我一定陪你，儘管來找我知道嗎？」

謝茂一握拳在胸口輕搥兩下，也指向劉玟筠，什麼都不必說，代表：他知道。

這是難能可貴的友誼，他希望這輩子都能擁有這樣的朋友，如果家喬能真的跟玟筠相處，她會懂的。

遺憾的是，家喬根本不想懂。

「哥，屋子怎麼辦？」小妹提出了關鍵。

「賣也賣不出去了，就先擱著吧。」謝茂一擠出苦笑，「整理過後，我還是會住在那裡吧！」

「哥！你還——」

「就說整理過後啊！」

「不是，哥……你都遇到這種事了！」親人自然知道關於鬧鬼的實情，「家裡死了這麼多人，你不怕——」

嗯？謝茂一雙肩一聳，「這次我會好好的重新做入厝儀式的，絕對不觸犯任何一個禁忌……啊，對，羅小姐說她有本教戰守則！」

他抓過手機，從住戶群組中找到羅詠捷的 LINE，想要本教戰守則來參考參考。

「哥……我重點不是那個！你當真不怕再遇到……」

「我覺得這次是特例，屍體都清走了，羅小姐找了厲害的人來處理，我應該不會再遇到了。」

小妹深吸了一口氣，「萬一是嫂子呢？」

「哦？」謝茂一瞇起眼笑了，「那就更不必擔心了啊！」

※　※　※

嗯？

吳家喬睜開眼睛，發現自己坐在沙發上。

奇怪，她怎麼有點失神，剛剛在幹嘛呢？發呆嗎？

看著眼前的謝茂一走過她面前，直接往廚房裡去，她有些恍惚，阿一什麼時候留起鬍子了？

「阿一，你在幹嘛？」她起身跟進廚房，「你煮麵怎麼用這麼少的水！不行啦！」

謝茂一正撕開泡麵，準備丟麵下去煮。

「為什麼吃泡麵？我煮給你吃！」吳家喬打算先加水，伸手扭開水龍頭——她的手穿過去了。

咦？呆站在洗手槽前，右手邊的謝茂一將麵體放進去，終於留意到水量不足，拿過鍋子就往左邊水龍頭盛水。

他穿過了吳家喬的身體，盛了半鍋水倒入。

「為什麼……阿一！謝茂一！」她轉向謝茂一大吼，「你看得見我嗎？我在這裡！阿一！」

謝茂一哼起歌來，再敲個蛋下去，等等放一大堆青菜。

「不不不！」她驚恐的張開雙臂，撲進丈夫懷裡……如果她沒有穿過去的話。

怎麼會這樣？為什麼有這種事？她衝出了小窗的那扇木板隔間，一路穿過了餐桌、沙發與茶几，直抵電視前——她怎麼了！為什麼會變成這樣！

啪！電視突然打開，正在煮麵的謝茂一回頭自小窗瞥了一眼。

蹙起眉左顧右盼，放眼望去沒有其他「人」在。

「家喬？」他輕聲喚著，「是妳嗎？」

「是！是我！」吳家喬喜出望外的想奔回他身邊，「你看得——」

一股強烈拉力倏地拖著吳家喬向後，她穿過了電視牆，直抵後方的儲物間，摔進了那個重新被封死的裝飾柱裡。

謝茂一沒有打算使用那個裝飾柱空間，他讓人再度以水泥彌封，就當做那兒從來沒有什麼空間吧！這也是對被埋在裡頭的八位死者一點敬意。

「不不——不！為什麼！」吳家喬陷進黑暗中，動彈不得，「阿一！」

『死，她也想死在自己的家裡！』

『這是她的家，她是這個家唯一的女主人！』

The End

後記

搬家入厝？一種傻傻搞不清楚的感覺。

咱們禁忌百百款，但我還真沒想到區區搬家跟入厝的禁忌，居然超、級、多！

當然要詳細有詳細，但概略上來說一般人似乎最注重吉日跟煮甜湯這些，其他還是看各家需求。

自己查了一圈後，突然有種怪異的錯覺，這系列怎麼好像是在教人迷信似的？趁這個機會跟大家說明喔！禁忌相關的都只是故事喔！只是以「禁忌」當藍本去發揮，並不是在告訴大家一定要迷信嘿！

真怕有人以為如果沒照著禁忌做就會出什麼大代誌，這樣就不太好了！對於一些傳統上的民俗，本著尊重，信的人自有一套SOP，不信者倒也不必加以危言聳聽便是。

我當初查到一大串的禁忌時有愣住，於是趕緊問許多搬過家的朋友們，所謂搬家或是入厝，一般好像是指「購買」的家；學生租屋的遷徙不在這之內，但以前我們還是有認真的同學會做基本的拜拜呢！

入厝前三天要燈火通明，這個倒有一半以上的人這麼做，期間不斷電，還有每個抽屜塞紅包內放零錢，或是有人是紅紙壓家具，而大家均有共識的——就是正式入厝前不能睡床！

這一點真的很奇妙，就算家裡都裝潢好了，一切都可供生活，但是在入厝前都會被交代「絕對不能睡床」。

理由多半都是因為未入厝前，屋子不算你的，而且屋子裡面可能之前有「原房客」在，入厝的一切儀式目的都在告知「原房客」，這間屋子將有人住了喔！如沒做足，就會變成像故事中呈現的——這是我家、你怎麼可以隨便住進我家！

不過禁忌這種事也是信者恆信，像外國人概念中都沒有這類禁忌，連農民曆都沒有，照樣沒有什麼事情啊！

而這一次的 IDEA，來自於之前一位朋友家入厝，以下有雷喔，還沒看書的趕快停止看下去。

現在許多建案中，為了外觀的美好，常會出現類似裝飾柱的地方，因為當時我參觀新屋時發現有「暗門」，極像電影裡機關門的感覺，裝飾柱裡的空間也不大，就一個柱子的寬度吧，不過能善加利用還是挺不錯的。

當時也去參觀同層別間空屋，裝飾柱的地方外面看起來就是根柱子，但敲一敲裡面是空心的，等住戶買下後看他們要怎麼設計都隨心所欲；職業病使然，腦中閃過的第一想法是——這柱子裡如果放屍體呢？

完全不必額外開挖的空間啊！另外用水泥填補起來多便利！位子又寬敞，可以住不少人呢（誤）

所以，有時「原住戶」還不一定是無形的喔！科科！

再來談談這次寫的屋子女主人，一點都不算特例的大醋桶！現實中超多這種女生或男生，我個人不懂為什麼要擁有戀情或婚姻，就必須剝奪個人的生活圈或是交際圈？尊重蕩然無存。

每個人都有每個人的朋友或交友圈子，這是人生組成的一部分，並不與婚姻或戀情相衝突，很多人都喜歡逼迫另一半擇一，這完全是不尊重的行為！

至於對自己沒自信，或是不信任另一半這種事，問題就在當事者自己身上了，這些點我都超費解的，打翻醋桶似乎就會顯得自己愛意如江似海？

故事中的新屋女主人就是這樣的例子，雖然爾後的心態有因為「原屋主」的影響而偏執，但若不是她有心魔障礙，事情也不會發展到最後那樣的瘋狂。

我認為健康的關係是絕對公平的互重，但遺憾亞洲社會中能做到這點的實在不多。

至於直覺二人黨咩，我如果是蘇皓靖心裡一定繼續無限幹，閃了一輩子，最終決定繼續閃躲卻一直被阻礙，又陰錯陽差的在公司以外的地方遇上連薰予，更無奈的是因為彼此接觸的第六感擴大，還導致身不由己的去感應對方的一切。

我個人羨慕這種直覺強大者，但完全不想要有這種能力。

我覺得這太累了，當然好處可以說是預知危險、簽中樂透之類的，但這又不能挑？一直感覺到不幸的事情，或是可以輕易去感應他人的生活，人的大腦與心只有一個，分神去感受別人的人生與情緒，這樣的生活太沉重。

不過主角們都要有試煉的，所以再不甘願還是只能承受，而且我給蘇皓靖的福利很多耶，跟小薰的親密程度越來越提高了（為了自保！為了自保），力量也逐漸在開發中，不過也應該很多人看出來，接觸得越「深入」，力量就越大，所以——不要想歪了，我們是要談樹大招風的狀況啦！

就像，如果我是最後封住裝飾柱的那個人，我應該不太喜歡直覺二人組的存在吧？

還有，我如果是嚴重的犯罪者，若知道直覺二人組，應該會想除之而後快？

我想我還是偶爾買張彩券，祈禱刮中兩百就好，不要想擁有強大直覺，獨得幾億這種事了，一點都不快活哩！

下一個禁忌會是什麼呢？敬請期待唄！

笭菁

國家圖書館出版品預行編目資料

禁忌錄：入厝 / 等菁作. -- 初版 -- 臺北市：
春天出版國際, 2017.11
面； 公分
ISBN 978-986-95429-9-9 (平裝)

857.7 106017489

ISBN 978-986-95429-9-9
Printed in Taiwan

作者 等菁
封面繪圖 Fori
美術設計 三石設計
總編輯 莊宜勳
主編 鍾靈
編輯 黃郁潔

出版者 春天出版國際文化有限公司
地址 台北市大安區忠孝東路四段303號4樓之1
電話 02-7733-4070
傳真 02-7733-4069
E-mail frank.spring@msa.hinet.net
網址 http://www.bookspring.com.tw
部落格 http://blog.pixnet.net/bookspring
郵政帳號 19705538
戶名 春天出版國際文化有限公司
法律顧問 蕭顯忠律師事務所
出版日期 二〇一七年十一月初版
二〇二二年四月初版十四刷
特價 290元

總經銷 楨德圖書事業有限公司
地址 新北市新店區中興路二段196號8樓
電話 02-8919-3186
傳真 02-8914-5524